# 瀛山随笔

章建胜 著

百花洲文艺出版社

图书在版编目（CIP）数据

瀛山随笔／章建胜著. --南昌：百花洲文艺出版
社，2022.7
ISBN 978-7-5500-4752-5

Ⅰ.①瀛… Ⅱ.①章… Ⅲ.①散文集—中国—当代
Ⅳ.①I267

中国版本图书馆 CIP 数据核字（2022）第 113408 号

# 瀛山随笔

YINGSHAN SUIBI

章建胜 著

| | |
|---|---|
| 出 版 人 | 章华荣 |
| 责任编辑 | 蔡央扬　郝玮刚 |
| 特约编辑 | 胡永其 |
| 封面设计 | 书香力扬 |
| 制 作 | 书香力扬 |
| 出版发行 | 百花洲文艺出版社 |
| 社 址 | 南昌市红谷滩区世贸路 898 号博能中心 A 座 20 楼 |
| 邮 编 | 330038 |
| 经 销 | 全国新华书店 |
| 印 刷 | 成都兴怡包装装潢有限公司 |
| 开 本 | 880mm×1230mm　1/32　　印张　9.625 |
| 版 次 | 2023 年 3 月第 1 版第 1 次印刷 |
| 字 数 | 235 千字 |
| 书 号 | ISBN 978-7-5500-4752-5 |
| 定 价 | 56.00 元 |

赣版权登字 05-2022-123

网址 http://www.bhzwy.com
图书若有印装错误，影响阅读，可向承印厂联系调换。

# 自　序

瀛山，是一本厚重的书，是称得上经典之作的巨著。这座山，贡献了一首千古绝唱："半亩方塘一鉴开，天光云影共徘徊。问渠那得清如许？为有源头活水来。"朱熹这首脍炙人口又富有哲理的诗作，使此山始重，闻名遐迩。

我是瀛山人，我深爱着故乡。我家住在瀛山之麓，瀛山、瀛溪给我带来了创作冲动和灵感，新作《瀛山随笔》，正是我挚爱家乡山山水水的内心宣泄和华丽表达。我坚持创作几十年，耳顺之年，新作集结，聊以记忆。《瀛山随笔》，意之所至，随即记录，因其后先，无非诠次。文字多记叙县域文史和乡间逸事，如今结集成册，是将这种钟爱故土、缘厚情深的朴实情感进行集中表达。

农村是片广阔天地，它能给人以灵魂自由驰骋的空间，乡间阡陌，能给人以精神上丰富的营养。故乡是深植于中国传统文化作品的情感内核，中国的文化、文学没有哪种情怀不陷入乡村松软泥土的，这是千古文人情感的殊途同归。中国人更多的是从农村走出来的，农村给我们提供的是新鲜的空气，是肥沃的可以生长万物的土壤，还有祖辈的根基。

改革开放四十多年来，中国乡村发生了翻天覆地的变化，国家富强，农民富裕，乡村振兴，城里人很难再看到阡陌小道，很难看到"小桥流水人家"，眼下的乡村也是鳞次栉比的洋楼洋房。有人说中国人的"故乡"去哪儿了，再也找不到乡土的气息。实则不然，我们相信肉体之外精神力量的存在，相信文字的笔画永远流淌着返璞归真的热血，于是我们拿起笔，在素纸之上留下记忆和梦想，用文字去感受大自然的脉动，用墨迹去耕耘肥沃大地的土壤，用丝丝入扣的情感去描绘与我们同根相连的庄稼，用一篇篇散发泥土芬芳的文章，还原完整的乡土情结。

"诗者，感其况而述其心，发乎情而施乎艺也。"我对生活充满热爱，对故乡情深意切。常在琐碎的司空见惯的乡野凡人小事中，找寻生活中的那些无处不在的诗意。《瀛山随笔》其中有为政清廉且具民族气节的历史人物，如《忠孝一生心》《"兄弟进士"造福桑梓》《抗倭英雄"八大王"传奇》；有对大山的感恩，如《读瀛山》《歙岭纪事》《"新安大好山水"溯源》；也有对亲情、友情、恩情的珍惜，如《忆父亲》《清明祭》《悠悠恩师情》等等。这些鲜活的人和事都是乡土的符号，也是拼接时代的元素，一个个真实的人和事构建了古朴的时空，使"乡愁"的情感从形而上的修辞回到真实世界的感受里。

乡土情结难以释怀，始终萦绕在我的心头，挥之不去，于是我写下了很多关于乡土的文字，力求通过一段段昔日生活气息的记叙，呈现乡村的生存状态，以及生存的各种艰辛，以多角度、多元化的思考，凝聚于叙述。更想在其中加以人生感悟，加以凝聚式思考，打开时间和世界的某一开端，勾勒乡间风情画面，为时代存照，以唤起人们对乡土、对逝去的时代共同的记忆。

《瀛山随笔》内容涉及历史人物、乡土风情、山水景观、人生感悟。文章中有对一种情感、一个事件的追溯，有对农村变化发展历程的记录。《瀛山随笔》凝聚了我对故乡的深情和心血，但毕竟才疏学浅，书中缺憾在所难免，望读者不吝赐教。

章建胜

辛丑秋月

# 目 录 Contents

## 第五辑　民间风雅韵悠悠

## 后记

# 觅古寻踪说遗风

# 朱熹与瀛山书院

　　瀛山书院坐落在原遂安县西北陲的郭村，其创始人是邑人詹安，初名"双桂堂"。詹安是北宋熙宁年间举人，曾任浦江主簿，赠宣奉大夫，其著作后裔哀拾为《瀛山集》。书院开创伊始，主要吸取詹氏"群族戚子弟"入学就读，詹安"躬教五子，皆登科第"。其后，外地士子也慕名而"负笈往学焉"。到了詹安孙詹仪之时，由于硕儒朱熹经常"往来论学于斯"，于是书院声名大振，又由于詹仪之的侄孙詹骙于淳熙二年（1175年）高中状元，遂取"登瀛"之义，易名"瀛山书院"。詹骙高中状元后，官至龙图阁学士，宋孝宗赐詹骙及第诗云：

　　　　振鹭飞翔集凤庭，诏开闻喜宴群英。
　　　　已看射艺资能事，更觉人才在作成。
　　　　冀野乍空千里隽，桂林争占一枝荣。
　　　　他年共庆功名遂，莫负夔龙致主声。

　　此诗表达了孝宗喜得人才欢悦之情，并对詹骙寄以报效君主之厚望。

　　詹骙金榜题名，瀛山书院一时闻名遐迩，成为封建士大夫向往之所。明隆庆戊辰（1568年），宛陵周恪任遂安知县，曾鸠工庀材，大兴土木，规模益大。凡为屋二十四楹，其著者有格致堂、双桂堂、登瀛亭、大观亭、仰止亭、得源亭、朱文公祠（朱熹）、詹先生祠（詹仪之）等，兼有讲学、游览、祭祀三方面的活动内容。由于年久岁荒，书院圮塌，仅存大观、得源二亭，登瀛桥、"半亩方塘"遗址，及朱熹《咏方塘》诗碑刻（清代闵鉴重书）。2018年淳安县委、县政府将复建瀛山书院列入"为民办实事"项目之一，2020年6月瀛山书院复建工程竣工，正式对外开放。瀛山书院重现古朴徽韵风姿，为千岛湖旅游再添新景点。

瀛山书院与朱熹的渊源，旧县志及《瀛山书院记》中，诸多名贤撰写的诗赋中有记载。据清郑禹畴《方塘赋》载："遂邑西北之有瀛山书院也，宋熙宁时有詹安者，结庐其上，凿池引泉，注之以为方塘。厥后朱子访詹体仁（詹仪之，字体仁）于此，往来讲学，所题'源头活水'之句，使人循环讽咏，其风轨皋然，如遇诸'天光云影'间。"

朱熹在瀛山书院讲学，在方塘悟道，奠定了朱熹哲学思想的"始基"。据《遂安县志》及《康塘洪氏宗谱》记载，朱熹于宋孝宗乾道、淳熙年间，曾三次前往瀛山书院讲学。第一次"岁在辛卯"，即宋孝宗乾道七年（1171年）；第二次"淳熙甲午"，即宋孝宗淳熙元年（1174年）；第三次"淳熙己酉"，即宋孝宗淳熙十六年（1189年）。朱熹为何多次前往瀛山书院？究其缘由，还得从朱熹与詹仪之的交往说起，据旧《遂安县志》载："詹仪之，字体仁，绍兴年间进士，累官吏部侍郎权尚书事，知静江军府事兼两广经略安抚使……淳熙二年，知信州，时朱文公、吕成公（即吕祖谦）俱在鹅湖，往复问辩无虚日。及帅广东（詹仪之曾任两广经略安抚使），以濂溪（即周敦颐）旧治立祠曲江上，而宣公（即张栻）为之记。"又因"论广盐官鬻之弊""代者飞语中之，责授安远军司马袁州安置。光宗登极，念仪之故官僚，许自便，既归而没"，朱熹对詹仪之的贬官深以为恨，朱熹在《怀詹帅书》书信中提到"今乃以区区一方盐策之故，轻去朝廷，识者不能不以为恨"。詹仪之复信朱熹曰："居官之法，尽心平心而已。尽心，则无愧；平心，则无偏。"现存《朱文公文集》中，朱熹与詹仪之往复书信可谓多矣，詹仪之及其夫人死后，朱熹又为其撰写祭文，不仅示以哀悼之情，而且认为詹仪之是"笃志力行，以期入乎圣贤之域"（《祭詹侍郎文》）的学者，赞叹之情，溢于言表。

詹仪之与张栻、吕祖谦的关系也甚是密切。乾道年间，张栻任严州太守时，吕祖谦为教谕，詹仪之"日以问学为事"。淳熙二年，詹仪之知信州时，吕祖谦邀朱熹、陆九渊鹅湖相会，"往复问辩无虚日"，詹仪之此时任信州知府，不仅参与而且给"鹅湖之会"以鼎力资助。"詹体仁辟斋于便坐，以其虚且长也，题之曰虚舟。"张栻、真德秀为之写有《虚舟斋铭》。张栻还应詹仪之的请求，为其伯父左中奉大夫直秘阁詹至撰写墓志铭，朱熹为其书并题额。朱熹、吕祖谦、张栻，当时被称为"东南三贤"，詹仪之与"三贤"的私情友谊甚为深厚，应詹仪之邀请，"三贤"曾前往瀛山书院讲学论道。群贤毕至，山川增色。

"方塘悟道"，奠定了朱熹哲学思想始基。所谓《咏方塘》诗，乃针对"半亩方塘"而发，是朱熹对自己探索理学经历的写照。"半亩方塘"，本为詹家修建瀛山书院时所凿，供"游憩"之地，朱熹悟道功深临流触发，写下了《咏方塘》千古绝唱：

半亩方塘一鉴开，天光云影共徘徊。
问渠那得清如许？为有源头活水来。

"源头"是实指，离方塘二里许，有源头村，方塘之水来自源头活水，经水渠注入方塘；"渠"也是实指，朱熹将自然风貌与内心的哲学思想融为一体。源头活水注入半亩方塘，方塘才能清澈如镜，人的认知也一样，认识事物要"即物穷理"，方能获得真知。"宋熙宁时有詹安者，凿池引泉，注之以为方塘。"朱熹虽临流即兴赋诗，但随着他哲学思想的升华，往往会赋予诗歌以新的蕴含，"豁然一旦悟道此间"。王畿在《瀛山书院记》中曰："仪之始慨然有志于学……淳熙中，与朱晦翁相友善，常往来山中论格致之学。因为《题方塘诗》以见志。"陆登鳌（民初遂安第一任知事）在《遂安县志》中称颂朱熹在瀛山书院讲学，乃"承圣贤道统，独得真传。故辙迹所经，山川亦为生色"，"则谓瀛山一席与鹿洞、鹅湖并成鼎足，可也"。可见瀛山书院自宋历明、清，在中国教育和学术史上的重要地位了。

# 读　瀛　山

瀛山是一本书，需要用心去读。

据《瀛山书院志》载："熙宁、淳熙间（即建书院以来的不到一百年时间）第进士十八人，而名骥者居殿试第一，故有取登瀛之义，而以瀛名之也。虚舟先生独邃心濂、洛之学。当时晦翁朱子命驾相访，会以格致两条（即格物、致知），辩论山巅。居久之，观书有感，复咏方塘诗以示意，而此山始重，自是予乡读书志道者代不乏人。"由此看来，瀛山，早在宋代，就负有盛名，可与庐山白鹿洞齐名。

这座山，贡献了一首千古绝唱："半亩方塘一鉴开，天光云影共徘徊。问渠那得清如许？为有源头活水来。"这首脍炙人口又富有哲理的诗作，世人当成读书明理之心得，引申为学习受教是获取知识永不干涸的源头活水，成了后人读书明志的座右铭。

在翻阅《瀛山书院志》时，我怦然心动地领略到了书院教学之特色。书院盛行讲会制度，允许不同学派进行会讲，开展争辩；教学也实行门户开放，不受地域限制；在学习上以学子个人阅读为主，十分注重培养学子的自觉能力，并多采用问难辩论式，注意启发学子的思维能力。书院内师长与学子关系融洽，书院名师不仅以渊博的学识教育学子，而且以自己的品德感染门生。

　　凡此种种，不正是我们今天教育教学上值得借鉴和珍视的吗？

　　据考，瀛山书院始建于北宋熙宁年间，创始人为詹安（即南宋名儒詹仪之祖父），初名"双桂堂"（古时向有祠内课子弟的惯例）。詹安，嗜学重教，"躬教五子，皆登科第"。书院创办之始，主要吸收詹氏"群族戚子弟读书其中"，其后逐渐扩大"招生"范围，外地的士子也慕名而"负笈往学焉"。至南宋淳熙二年（1175年，即"双桂堂"建成逾百年后），因詹安的第五代孙詹骙状元及第，而取"登瀛"之义，遂将"双桂堂"更名为"瀛山书院"。瀛山书院名重之时，当在南宋淳熙年间，是"第进士十八人""詹骙高中状元"和"朱熹访詹仪之"三大因素使书院知名度大幅提升。这是世人的共同认知。值得一提的是当时的"熏陶所"，早在朱熹访詹仪之前就产生的深远影响，常被后人忽视或低估。据《瀛山书院志》载："方塘，在瀛山下，地僻静，可以涤浴。即朱子题诗处"；方塘源，"深十余里，溪流曲折，水极清冽，酷暑严冬不涸。朱子诗所谓'为有源头活水来'是也"。塘下，旧有"熏陶所"，书院志载为古迹，称其为"宋宣奉大夫詹安与上蔡谢氏讲论之地"。尚有"魁星堂"，"亦被载为古迹，称其为詹公骙状元及第，建此堂于塘下"，在今遗存的"得源亭"旁，遗址尚存。据考证，朱熹当年造访詹仪之，第一次是在詹骙尚未状元及第前，当时瀛山书院仍称"双桂堂"。况且，朱熹只是为《上蔡先生语录》补注和准备"鹅湖之会"论证素材，而至严州与张栻、吕祖谦会文时，才得知此时正在严州问学的詹仪之也是理学同好，于是结伴同行，慕名造访詹仪之故里的"熏陶所"。正因为"熏陶所"为上蔡先生与詹仪之祖父詹安"讲论之地"，朱熹初衷即为《上蔡先生语录》补注而来，就是不遇上詹仪之，他也会来遂安造访这处先贤遗迹的。所以，今人在考证瀛山书院和方塘二处古迹时，不能忽略"宋宣奉大夫詹安与上蔡谢氏曾讲论于熏陶所"这一重要史实节点。

综上所述，瀛山，它是培养士子的"摇篮"。翻开《遂安县志》，可以看到，光是两宋时期，从瀛山书院走出来的詹氏进士就有二十五人，无怪乎有一知县看到这种情况时惊叹曰"宋代两举，詹氏为最"了！瀛山，它还是一处"学术论辩"的"会文之所"。由于硕儒朱熹"往来论学于斯"，它声名大振，出现如后世陆登鳌（民初遂安第一任知事）所说的"瀛山一席与鹿洞、鹅湖并成鼎足，可也"的鼎盛局面。

我无法得知瀛山当年是何等的鼎盛规模，但见它选择在这样一处深山腹地辟地起宅，是很见开辟者的一番苦心的。瀛山像一只卧虎，雄踞于平畴沃野之中。前有凤仪山，顶有巨石，形如人立；右有笔架山，三峰并倚；左有浩轴山，如天使赍诏而至；后有岐山，相传唐代越国公汪华第八子在此登临。远眺大连岭，朦胧蜿蜒，气势雄伟，酷似群龙起舞，又如万马奔腾；近听山涧淙淙，恰似拨弄古琴，又像弹奏新曲。立于"大观亭"之中，千峰竞秀，碧水环绕，大千世界，尽收眼底。

瀛山，原有五祠（朱文公祠、詹先生祠、方先生祠、邑贤侯祠、乡贤祠），二堂（双桂堂、格致堂），三亭（大观亭、仰止亭、得源亭），一池（即方塘）。因岁久倾圮，时至今日，书院、五祠、二堂、仰止亭已圮，幸存大观亭、得源亭、登瀛桥和方塘。欣闻县政府已实施瀛山书院遗址保护工程，这意味着，这个曾经代表淳安人文高地的瀛山，将整装亮相，惊艳世人。

我流连于"得源亭"旁，怀着景仰的心情，默诵着朱熹的《咏方塘》。掩卷沉思，我感觉悠悠千年的历史依附于瀛山，然后层层积淀，实难分清属类。瀛山，你是一本什么书？亦哲学，亦文学，亦儒学，亦教育，亦古亦今，恢宏又深厚的历史气概，叫人俯仰今古。噢，这本书叫经典。

# 家乡的那条瀛溪

　　郁川溪，又名瀛溪，发源于白际山脉歙岭东麓。经沈畈、汇横源，过郭村至姜家，注入新安江。主流长 30 公里，流域面积 155 平方公里。其间，"危峰盘行，云岚嵯峨，飞瀑泻玉，山溪缭曲，田畴绣错，烟村隐约"，颇类晋代诗人陶渊明笔下《桃花源记》所描述的境界。

　　老家位于郁川溪源头，门前的这条溪，乡亲们叫它"瀛溪"。因一代儒宗朱熹，访乡贤詹仪之时，在郭村瀛山书院，题"活水源头"句："问渠那得清如许？为有源头活水来。"使"瀛溪"闻名遐迩，也给郁川溪赋予了文化灵韵。

　　我这辈子几十年间走过、渡过、淌过多少条溪流？确实很难统计准确了，但要说数以百计，绝不过分。我曾经在许多山泉小溪里濯足，它们留下了我的岁月屐印，并勾起我对往事的回忆。然而，让我终生魂牵梦萦的那条溪，还是故乡的郁川溪。

　　郁川溪，是一条舞动灵性之溪。宋代硕儒朱熹为之兴叹，郁溪胜迹曾多少次诱动了朱熹的心，古遂安八景之一的"郁溪渔钓"，就留下了朱熹垂钓的身影和辞赋。相传这位大理学家路过郁溪，就情不自禁放竿垂钓，并欣然作《渔家傲》词："一道清溪穿柳过，锦鳞钓得旋吹火。换取村醪夸白堕，水轮大，夜凉还襄蓑衣卧。青箬疏蓬重补破，呼儿略转沙边柁。欸乃声中忘物我。闲则个，磻溪却笑称王佐。"郁溪胜迹令朱熹流连忘返，又在"狮象对峙"的高峻石崖上，题写了"狮象高峻人文蔚起，郁溪长流翰墨清香"之句。

郁川溪，是一条神奇之溪。在郁川溪下游的甘坞村，20世纪70年代曾发现了1.37亿年前晚侏罗纪时期两种鱼化石，据地质测定，白际山脉形成始于侏罗纪晚期，距今已有1亿多年。又因长期受到地壳运动和洪水冲刷，郁川溪流中终于形成了稀有而罕见的石群。千万年来与郁川溪紧密相伴的是散落于溪畔奇形怪状的石头，这些石头犹如上天下凡的精灵，神奇而诡秘，每一块石头流传的故事都给人以无限的想象空间。

这里有凌空而降的岩石兀立于斯，有"路到此处忽有屏，云匿石后流不动"的将军石横空出世，有尾摆成壑、划鳃成云的神鱼石溯流而上，有侧耳谛听、引颈眺望的石鸭群。在这充满了勃勃生机的石群之间，你能听到在广袤的四维空间中，有芸芸众生的呼吸声，白际山释放的精华滋养着它们，让它们周而复始地变化。

如果歙岭是条铁骨铮铮的汉子，那么郁溪就是一位典雅、贤淑、温顺的女子。多少年来，正是它们天仙一般的珠联璧合，才能使郁溪两岸富足、安宁、大气、醇厚……生生不息。郁川溪流蜿蜒在大地上，像一条茁壮成长的瓜藤，那些被果园、茶园、桑园、庄稼、大树包围呵护着的村庄，不就是一个个结在这条藤上的瓜果吗？郁川溪水系，宛若一棵大树的枝枝丫丫，那些勇敢、耿直、上进、机灵的小伙，那些娟秀、安静、朴素、灵巧的姑娘，不就是飞翔在林间，栖落在这棵大树上的鸟儿吗？

中国人文情怀的流传大致有两种形式，一是用翰墨文章来寄思，一是用行踪留迹来抒怀。无论是前者还是后者，其共同的前提是亲临其境。回归路上，在郁川溪畔的大型宣传牌上，我们看到了"怪石、清溪、幽谷、人文"八字。自然的造化赋予了郁川溪与众不同的景观与特色，而文化的滋养则让郁川溪于奇妙中充满了灵性和美慧。

# 康塘觅踪说朱熹

踯躅于姜家的山山水水，翻阅着尘封的遗文古籍，朱熹那神逸于姜家的道道足迹，习静于方塘的仙风道骨，讲学、会文于瀛山书院和康塘百琴楼的谆谆教诲，仿佛又历历在目，犹萦于耳。漫步在康塘山道上，有一种突如其来的神秘的亲切感。恍惚间能看到南宋理学家、教育家朱熹飘逸的身影，尽管他离开康塘已有八百年。

## 一、朱熹与康塘"三瑞堂"

康塘，在原遂安县城北十里许（今为姜家镇霞社村康塘自然村），是旧时去往瀛山书院的必经之地，为闻名一时的"遂安三山四塘"之一。这里"山川佳胜，木石鹿豕，可纵居游，诚高蹈之墟，君子之居也"，朱熹"见其山川毓秀，风景清幽，而深慕之"。

康塘村有隐士洪志曾，字延佑，为瀛山吏部侍郎詹仪之家族外甥，自小"奋步蓬瀛"，即在瀛山书院求学，是一位"爱泉石，乐琴书，迹不履城市，交不接浮夸"的隐君子。他在村中建有育英堂和锄花别墅，育英堂为教化子戚之所，锄花别墅（朱熹易其名为"百琴楼"）为会文、琴棋娱乐之所。

据史料记载稽考，朱熹至少有三次到过康塘。

朱熹第一次到康塘，是在乾道辛卯（1171年），朱熹为访友抵瀛山书院詹仪之故里，商讨"格致之学"。途经康塘时，朱熹结识了村中隐士洪志曾，彼此相见恨晚，一个羡其"隐君子"的做派，一个慕其"大儒者"的风范，遂成契友至交。于是两人经常会文于百琴楼，游赏于环翠池，诗词唱和，匪朝伊夕，结下了不解之缘。

　　康塘洪志曾有三子：洪法、洪汲、洪沐，"皆文坛骥足，中原旗鼓"。洪氏三子在文坛颇有建树，朱熹于是常在康塘与洪氏父子讲论于百琴楼，唱酬于环翠池。朱熹在《康塘三瑞堂记》中这样赞赏"百琴楼"与"环翠池"："宅傍建一楼，高十余丈。楼置瑶琴百具，每当风晨月夕，幽致飘然。按弦而抚，百琴应响，如出一律。所谓啸虎闻而不吼，哀猿听而不啼。惜子期不再，空负此高山流水也，楼后竹千竿，楼之左右，百卉备举。前一池，广可二十余亩，中有鲤鲹、菱莲、蒲藻，无不悉具。两岸桃李繁饶，池内置设画舫，凡宾朋交错，皆游赏其中。"这就是朱熹笔下的康塘胜景，百琴楼与环翠池皆为会文、讲习、娱乐之所。朱熹常与他的朋友和弟子讲论、商榷、作文、赋诗、书画、抚琴、对弈其中。

　　朱熹第二次到康塘，是在乾道癸巳（1173年），是第一次到康塘的"后二岁"。其年，"春笋怒发，亭亭直上数丈余，峭直无节；池内莲实，每枚体大如盏，清芬逼人；荷下之菱，其大如枕，水溢味甘"。对此三异，洪志曾问朱熹是否花木之妖。朱熹曰："草木得气之先者也，和气致祥，则动植之物先应焉！"朱熹笑答："这是'瑞'啊！"是年大比，洪氏三子，一榜同登。当年洪氏新修其祠宇，洪氏宗祠落成之日，朱熹颜其堂曰："三瑞。"欣然为洪氏宗祠题匾为"三瑞堂"，并附之联曰："三瑞呈祥龙变化，百琴协韵凤来仪。"为记述"三瑞"其事，朱熹还撰写了

《康塘三瑞堂记》。

朱熹第三次到康塘，是淳熙己酉（1189 年）二月，时隔十五年之久。在这次逗留期间，朱熹除了为《康塘洪氏宗谱》撰写了《旧谱引》以外，还为会文聚社的"百琴楼"写了《百琴楼歌》，这首歌赋，字里行间，无不洋溢着这位文化大师与康塘洪氏之间的真挚情谊。

## 二、朱熹与康塘"百琴楼"

百琴楼，坐落于姜家镇霞社村康塘自然村内（现已圯），宋硕儒朱熹曾在此会文讲学，并作《康塘百琴楼歌》，此地因而声名鹊起。

百琴楼，为宋乾道年间，村中隐君子洪志曾所建。乾道辛卯朱熹访友抵郭村瀛山书院，途经康塘时，见此地风景清幽，山川毓秀，感知洪氏崇文重教之风醇厚，与村中隐士洪志曾结为好友，并一道授徒讲学。据朱熹所作的《康塘三瑞堂记》载："宅傍建一楼，高十余丈。"指的就是"百琴楼"。清咸丰年间，遂安训导丁樾曾在《百琴楼志》中称颂道："上则玉轸牙签，犁然备具，下则山房书舍，风雅宜人。一曰'育英堂'，盖取得天下英才而教之意，门额有'天光云影'四字。一曰'锄花别墅'，以及回栏曲槛，鱼池花砌，层次井然。"朱熹的《康塘三瑞堂记》中这样描写道："楼置瑶琴百具，每当风晨月夕，幽致飘然，按弦而抚，百琴应响，如出一律。所谓啸虎闻而不吼，哀猿听而不啼。惜子期不再，空负此高山流水也。"朱熹用"子期死伯牙谓世再无知音"做感叹，将"百琴楼"内化于心的真挚情感表现得淋漓尽致，并将"育英堂"易名为"百琴楼"。

百琴楼建在山川毓秀、风景清幽的金峰山麓，前有环翠池，后有文昌阁，左有福聚庵，右有节孝坊。朱熹《康塘三瑞堂记》中曰："楼（百琴楼）后竹千竿，楼之左右，百卉备举。前一池（环翠池），广可二十余亩，中有鲤鲶、菱莲、蒲藻，无不悉具。两岸桃李繁饶，池内置设画舫，凡宾朋交错，皆游赏其中。"朱熹在《康塘百琴楼歌》引言中曰："余尝习静于银峰之半亩方塘时，与洪子守成昆仲会文百琴楼中，故作歌以志之。""习静"为思考之意，即朱熹于半亩方塘的哲学思考。"洪子守成昆仲"就是指洪志曾三子：洪法，字守成；洪汲，字守泽；洪沐，字守引。"会文百琴中"指朱熹和洪氏三子在百琴楼中会文，所以作歌以志。

育英堂是洪氏教化子弟、课读修身之书斋，而自朱熹讲学于"百琴楼"后，因其主张"有教无类"观点，一时，远近乡儒、学子云集此所，就连牧童、樵夫也慕名而来，以至"坐不能容"。

在朱熹的启迪和教诲下，于乾道、淳熙年间，瀛山书院先后有詹渊、詹洙、詹骙、詹俶之、詹价之等人考取进士，其中詹骙得殿试第一，中了状元，大魁天下，得孝宗赋诗嘉勉，官至龙图阁大学士。康塘洪志曾三子洪法、洪汲、洪沐也都考取了进士。朱熹讲学在姜家乃至整个淳安都产生了深远的影响。

## 三、朱熹父子与康塘洪氏

朱熹三番五次"访友康塘"，首先是因为康塘是往返瀛山书院的必经之地，其次是因与康塘洪氏父子结下了"同盟结社""会文百琴楼"的学术友情，更重要的是朱熹与康塘洪氏有着"通家至谊"的情谊。

为此，只要是洪氏父子需要他办的事情，不管是为旧谱写序也好，还是为"三瑞堂"和"百琴楼"写记、赋歌也罢，他都乐而为之，"敬而述之"。

早在1141年，朱熹之父朱松，就到过康塘，适逢康塘洪氏重修宗谱，朱松为洪氏撰写了《康塘洪氏宗谱引》："今夫山必本乎昆仑之脉，千峰万岫皆其支也；水必本乎天一之精，千流万川皆其派也；人必本乎有生之祖，则千子万孙皆其荫也。今阅洪氏家谱，以远及今，统宗衍派，一览百世，绳绳无穷，孝子顺孙，家藏世珍，昆仑天一，不是过矣。新安朱松。"

三十年后的 1171 年，朱熹应好友詹仪之邀请，到郭村瀛山书院商讨"格致之学"，途经康塘时，见此地风景清幽，深慕康塘文风醇厚，民风淳朴，流连忘返。其与村中隐士洪志曾交谈甚为投缘，结为好友，并将"育英堂"易名"百琴楼"，将"百琴楼"分设为"育英堂""天光云影""锄花别墅"等作为讲学、抚琴、会文之所。朱熹主张"有教无类"，一时，远近乡儒、学子云集康塘，就连牧童、樵夫也慕名而至，聆听"博大精深、通古贯今"的朱子理学，以至"坐不能容"。

洪氏乃名门望族，东晋元兴元年（402 年）兵部尚书洪绍，从京口迁居新安郡遂安武强溪南木连村，睦州有洪氏自此始也。洪绍公迁居以垦田致富，于始新、遂安、寿昌广置田庄，命诸子分而居焉，后裔允元公见"康塘山川深密，风土淳厚，遂卜居焉。嗣是支繁派衍，诗礼相传，代不乏人"。允元公乃康塘洪氏始祖。

南宋名臣洪皓与康塘洪氏同族同宗。朱熹父亲朱松，官至司勋吏部员外郎，尝与洪皓同朝，洪皓曾以礼部尚书名义出使金国，被金国拘留十五年，至绍兴十一年（1141 年）始得归宋，时人比之汉代苏武。返宋后，洪皓与朱松在反对秦桧"诀议和"的政治立场上，观点一致，态度鲜明。由于朱松和洪皓极力反对秦桧苟安钱塘，分别被贬死饶州、袁州途中。

朱熹又与文名满天下的洪皓三子洪适、洪遵、洪迈（时称"三洪"）有过同朝为官之情，而且保持着政治立场上的始终不渝。朱熹尤其对洪皓及其季子洪迈敬重有加，洪迈亦于绍兴末，以翰林学士的名义使金，金强其在表中改称陪臣，遭到拒绝，被金拘于使馆，几经周折，才放了回来。朱熹对他们父子的民族气节和洪迈的著述《容斋随笔》《夷坚志》很是称道。凡此种种，便是朱熹与洪皓后代及其康塘洪氏维系着一种不同寻常的关系，保持着一种特殊感情的缘由。

# 附

## 康塘三瑞堂记

### 〔宋〕朱熹

余素耽山水之趣，凡有名山大川，无不悉至。则一石一木，可寄游览而助吟咏者，悉皆留情。岁在辛卯，余访友遂安。城北十里余许，有名康塘者，山川佳胜，木石鹿豕，可纵居游，诚高蹈之墟、君子之居也。中有隐君子，号志曾者，爱泉石，乐琴书，迹不履城市，交不接浮夸，其逃世之君子欤！令允三：长字守成、次守引、三守泽，皆文坛骥足，中原旗鼓。余每造其宅，与三君子商榷古今，匪朝伊夕。宅傍建一楼，高十余丈。楼置瑶琴百具，每当风晨月夕，幽致飘然。按弦而抚，百琴应响，如出一律。所谓啸虎闻而不吼，哀猿听而不啼。惜子期不再，空负此高山流水也。楼后竹千竿，楼之左右，百卉备举。前一池，广可二十余亩，中有鲤鲶、菱莲、蒲藻，无不悉具。两岸桃李繁饶，池内置设画舫，凡宾朋交错，皆游赏其中，即曲水流觞，何多让焉！其年春笋怒发，亭亭直上数丈余，峭直无节，此一异也；池内莲实，每枚体大如盏，清芬逼人，此二异也；荷下之菱，其大如枕，水溢味甘，其琼浆耶？其醴泉耶？此三异也。洪公颦蹙告余曰："有此三异，花木之妖也，不禳，且有祸。"余曰："否！否！草木得气之先者也，和气致祥，则动植之物先应焉，此休征也。兆当在三嗣男矣！"是岁，三子举于乡，果并与选，奏名礼部。所谓必有祯祥者，信不诬也。噫！斯皆天意所钟，岂人力所能为哉！以洪公平昔律身端严，行己有耻，居家笃厚，伦理待人，不亢不阿，恭顺尊长，轸恤孤寡，种种德范，难以笔罄。斯殆天诞德裔，以张大其门，为善人积德光裕之报也。后二岁，洪公新其祠宇。祠成而余再至，因颜其堂曰："三瑞"。附之以联曰："三瑞呈祥龙变化，百琴协韵凤来仪。"而并述其事，以志不朽云。

## 康塘百琴楼歌

〔宋〕朱熹

余尝习静于银峰之半亩方塘时，与洪子守成昆仲会文百琴楼中，故作歌以志之。歌曰：

武强洪氏有康塘，山崔嵬兮水飞湍，卓哉硕人生其间，作德日休心自闲。崇楼广置百琴张，兴来鼓操乐且耽。其声高，萧萧静夜鹤鸣皋；其声古，洞洞金徽传太初；其声洪，冗冗铁骑响刀弓；其声幽，溶溶花落咽泉流。琴宜春，春日露，东风应声律，肺腑春满怀；琴宜夏，夏景长，披襟奏南薰，夏阁生微凉；琴宜秋，秋思爽，金飙助宫商，万壑秋声朗；琴宜冬，冬令寒，呵手弄冰弦，和风解冬霜。书虞倦，琴满案，玉轸常与牙签伴，任教披吟历万卷，终是心恬神亦健。棋虞喧，琴满轩，焦桐常置烂柯边，任教当局猛争先，终是心和形也捐。画虞癖，琴满壁，朱弦常与丹青匹，任教骨髓爱奇笔，终是心融情自适。有时风，竹松送响和丝桐，飘扬午夜号长空，余音袅袅拟鸣钟，拟鸣钟，百琴之乐乐融融。有时月，清辉异影声疏越，嫦娥亲自云端阅，大笑人间音妙绝，音妙绝，百琴之乐乐泄泄。有时雪，琼树瑶台音韵别，一团和气满腔彻，顿觉寒威忘凛冽，忘凛冽，百乐之乐乐习习。昔有琴台传至今，今见琴台擅其名，矧是楼头鼓百琴，猗欤休哉孰与群？噫嘻，振振绳绳深有庆，于洪氏之后允！噫嘻，振振绳绳深有庆，于洪氏之后允！

# 歙岭纪事

　　歙岭，是浙西与皖南交界的一座海拔1266米高的大山，歙岭东麓为郁溪发源地，郁溪主流长30公里，出山涧、过险滩，注入新安江。歙岭，山高水长，为绵延千年的新安文化之光。"新安大好山水"语出南北朝梁武帝萧衍，当年，朱熹曾由遂安瀛山书院走歙岭官道，寄宿南源古寺，夜读经书之暇，突想起梁武帝御赐"新安大好山水"句，即兴挥毫，寺僧将其镌刻于"燕石岩"。歙岭，自古以来，是兵家必争之地，也是商贾贸易之道。歙岭古道，名噪千年，这条古道，走出了国学大师胡适，走出了徽商翘楚胡雪岩。时光荏苒，如今的青石板古道，见证了历史变迁。歙岭的俊朗，郁溪的温润，述说着当年神话般的传奇故事。

## 一、歙岭古道

　　白际山脉是横亘于淳安西北，毗邻安徽歙县、休宁县的一条交界山脉。歙岭古道，就是白际山脉间古徽州连接遂安的主要官道，古道北起歙县长陔乡南源村，南跨白际山脉中部，至淳安县姜家镇沈畈村叶祀自然村，岭顶海拔1266米，西南延伸至连岭之啸天龙。

　　经沈畈村叶祀自然村可攀越歙岭古道，连绵三十多里，古道用青石板铺就，整条古道穿梭于大山之间，或深藏山涧，或迂回山腰，或霸气地游走于山脊。

汉建安十三年（208年），吴将贺齐率兵攻打歙、黟山越，建新都郡，析出歙县南部武强乡（现淳安县中洲镇）置新定县，后改遂安县。歙岭古道，开凿年月无从考究，据现有史料记载及残存建筑推测，至今已存千年以上，是古徽州连接遂安的必经之路，这条古道，走出了国学大师胡适，走出了徽商翘楚胡雪岩。这条古道，也是古代兵家自严州进入徽州的战略要道，山中至今仍残留着诸多古代战争遗址。历代黄巢起义军、洪秀全起义军、抗日先遣队都以此作为军事重地，至今还存有朱元璋义军修筑的古关隘。古道沿途风景秀丽，移步易景，朱熹题写的"新安大好山水"镌刻于此。

歙岭古道旁，除少量平缓的茶园外，其余均为茂密的阔叶林植被，从山脚至山顶要穿越好几种气候带，一路可领略到常绿灌木丛林、针叶林、落叶林、混合林、高山草甸等景观。春日，攀越歙岭古道，可欣赏神奇、旖旎的春光。山峰上成片的映山红，红艳艳，延伸十几座山峰，无边无际，灿若红霞落人间。歙岭映山红，学名杜鹃。相传，古有杜鹃鸟，日夜哀鸣致咯血，而染红满山花朵。歙岭海拔千米以上，此地映山红开花迟，花期长，常根植于山崖峭壁，忍受贫瘠干旱、风霜雨雪，故与黄山松齐名。歙岭的映山红树低、丛密、枝繁、花小、量多、面广，与千岛湖畔的杜鹃相比，虽无高挑枝干、猩红花色、阔大花朵，但它们能够倔强地生长在那片裸露、贫瘠的岩石沙砾上，每一根枝条都渗透着千年的沧桑，每一朵花瓣都盎然绽放出不屈不挠的艳丽。

隆冬时节，如雪后登顶歙岭，那堪称"震撼"！山凝白霜，树结玉挂，雾凇雪景，银装素裹，分外妖娆。

立于歙岭之巅，北望黄山，诸峰若隐若现，南瞰千岛，绿波影影绰绰。位于海拔1030米处，有一土名称"歙岭寨"的古城墙，相传是朱元璋所建。古城墙绵延二十多里，朱元璋曾在此驻军操练、抵御官兵，墙内有一处石屋遗址，或是当年的"前线指挥所"。在这千米高山上修建如此规模工事，无论古今，都是一项巨大工程，不知朱元璋义军何以修成？

距古城墙不远处，有南源古寺遗址，据《歙县志》记载："南源古寺，为唐太和三年（"太和"或作"大和"，829年）建，祀梁武帝暨宝。志有古碑存寺，寺后五峰插天，前三瀑布飞泻而下汇为潭，名钵盂潭。有燕石岩，朱文公读书寺中，手书'新安大好山水'，镌于岩壁。"当年朱熹自遂安瀛山书院走歙岭官道，到达歙县，寄宿南源古寺，因钟情这一路山水，夜读经书之暇，突然想起当年梁武帝御赐的"新安大好山水"，于是即兴挥毫。寺僧如获至宝，将其镌刻于"燕石岩"上。

歙岭古道，往昔属于古代官道，也是当时浙皖贸易商道，淳安茶叶、淳安旱烟、淳安豆腐等土特产就是从这条古道上流入徽州的。海拔800米有一处叫"塘汰"的山坳，地势平坦，广种茶叶，传说朱元璋屯兵连岭、昱岭关、歙岭一带，筑墙御兵，屯田积粮，充军扩伍，积蓄力量，以待战机与强敌陈友谅抗衡。其间，淳安叶祀人在"塘汰"开荒种茶，朱元璋有一次喝了叶祀人呈上的自产名茶"歙岭青"后，连赞："好茶！好名！"因遂安方言"歙"与"雪"同音，朱元璋误把"歙岭青"听成了"雪岭青"，从此，"雪岭青"茶就名扬徽州了。

自此，叶祀村从歙岭顶采摘的无污染绿茶就叫"雪岭青"，现在该村还流传着"斤茶兑斤盐""斤茶换升米"的民谚。

## 二、歙岭"三宝"

歙岭，是浙皖交界的一座海拔一千多米的大山，歙岭东麓为郁川溪发源地。此地，属原遂安十六都（今姜家镇），是浙皖交界的深山区。郁川溪流，云岚嵯峨，峰峦回环；山溪缭曲，潭水清澈；溪流怪石成群，石斑鱼往来游弋。30公里郁川溪流，蜿蜒于十六都源。

歙岭，不仅有珍稀动物狗熊、乌獐、山羊、黄麂、梅花鹿等，更有罕见的野生植物红豆杉、铁皮石斛、石衣。但这些都不足为当地人所乐道，他们最为珍视的还是"歙岭三宝"——娃娃鱼、鹰嘴龟和山鳗。

说起"歙岭三宝"，还有一个神奇的传说。相传很久很久以前，歙岭山麓的白峰坪村苦竹坞自然村，有一户住山棚的人家，家中只有母子二人。有一天，儿子一大早，就到歙岭上打猎了，母亲则背着虎皮和豹皮下山兑换油、盐、米等生活用品。午时光景，一位徽州的商贩，躬着腰挑着货郎担，正吃力地走在歙岭脚的双溪口村的山路上，碰巧遇上了满载而归的苦竹坞的打猎人。打猎人左肩上背着一只吊眼金睛老虎，右手提着一只花斑大豹，毫不费力地奔走在山路上。两人相遇，各自惊奇。猎人心里想，世上竟有这样没用的人，挑着鸡毛担子都躬腰走不动；商贩心里想，世上竟有这样身强力壮的人，几百斤的虎豹别说是怎样打来的，眼见得身背手提虎豹毫不费力就不可思议。商贩很会捕捉商机，靠近猎人说："英雄，买点东西吗?"憨厚的猎人愣了愣，因为身上没带钱。商贩忙说："用虎皮换也行，先看看有没有中意的东西。"猎人高兴地看了看小商品，样样实用，件件精致，对商贩说："好，我家住在苦竹坞，离这里不远，到我家里去换吧。"商贩挑着担子哪跟得上猎人，猎人也觉得商贩吃力磨蹭，就干脆把商贩的担子往自己两耳上一挂，与商贩一同回家。两人一路上说说笑笑，越谈越拢，商贩知悉了年轻猎人为什么这样力壮，原来是经常吃家里井中的几样宝贝东西。猎人到家，发现母亲不在，找来找去也没找到可招待客人吃的东西。猎人自己肚子也饿了，就去提开一尺多厚半丈见方的井盖石，抓了三样鲜活的动物煮熟和客人一起当中饭吃了。猎人饭饱之后，就在板凳上睡着了。商贩先是发觉身上像火烧一样发热，接着就有使不完的劲。商贩窃喜，乘着猎人熟睡之机，把货郎担里的小商品一倒，迅速跑到井边，到井里打捞了所有活蹦乱跳、说鱼非鱼、说蛇非蛇的动物，然后把它们装进两个货郎筐里。商贩匆忙之际，找不到扁担，也把两只筐往耳朵上一挂，快步溜出了苦竹坞，不巧，在路口遇上兑货回家的猎人母亲，猎人母亲看到外人如此情形，好生奇怪。赶到家中一看，井盖掀翻，井中宝物不见踪影。母亲对着熟睡的儿子大喊："小子，不好了！山神赐给的东西怎么能送外人呢？快去给我追回来，不然山神要怪罪的。"猎人被母亲喊声惊醒，飞奔出山，在歙岭半山腰追到商贩，与商贩打了起来。商贩哪是猎人的对手，最终被猎人打得趴下，可是挂在商贩耳朵上的两筐活宝，早已逃得空空如也，遁入山中。猎人一怒之下倒提商贩，一阵狂晃，使商贩将肚中的所食之物全部吐了出来，让他力气丧尽，连回家的力气都没有。从此，三样山中珍宝就在歙岭山麓的大坑小坞、山涧水潭中繁衍生息开来，栖息于水陆石罅之中，日伏夜出，时现踪迹。这就是歙岭"三宝"：娃娃鱼、鹰嘴龟和山鳗。

现在，歙岭"三宝"虽然没过去那样多了，但在歙岭的山涧、深潭间，还是常常能见到的。前两年，还有人在歙岭山潭里捕捉到过三斤多重的娃娃鱼，在冷坞源头也捉到过四斤多重的鹰嘴龟。如今，村民环保意识都提高了，主动将这些宝贝交给了林业部门，并放生于歙岭山谷中。山鳗游曳迅疾，上山巡山护林人员还经常遇见山鳗出没于山涧水潭之间。

# "新安大好山水"溯源

"新安大好山水"语出南北朝梁武帝萧衍。登顶歙岭，但见关隘如钥，古树庙台，路亭碑铭，峰石嶙峋，悬崖峭壁，其"燕石岩"上镌刻"新安大好山水"六个大字——虽字迹斑驳，但磅礴大气，古韵犹存，其摩崖石刻为新安朱熹手写体。尽显千年沧桑……

据《歙县志》载："南源古寺，为唐太和三年建，祀梁武帝暨宝。志有古碑存寺，寺后五峰插天，前三瀑布飞泻而下汇为潭，名钵盂潭。有燕石岩，朱文公读书寺中，手书'新安大好山水'镌于岩壁。"当年朱熹自遂安瀛山书院走歙岭官道，去往歙县，寄宿南源古寺，因钟情新安山水，夜读经书之暇，突然想起当年梁武帝御赐的"新安大好山水"，于是即兴挥笔。寺僧如获至宝，将其镌刻于"燕石岩"上。歙岭古道，名噪千年，它连接浙、皖两省三县，是原淳、遂两县走向古徽州的必经之路。

南北朝时，皇帝兼文学家萧衍（梁武帝）对另一位文学家、候任新安郡太守的徐摛说："新安大好山水，任昉等并经为之，卿为我卧治此郡。"梁武帝自己是文学家，也非常看重文学家徐摛，他得知"摛年老，又爱泉石，意在一郡，以自怡养"时，便派徐摛出任新安太守，中大通三年（531 年）徐摛到任新安郡，

《梁书·列传》有载。

梁武帝并未亲临新安,又如何知道"新安大好山水"呢?因前任新安太守萧几、任昉向朝廷有所禀报,如萧几曾专门写过《新安山水记》。另外,"新安大好山水"的景观也在一些诗作里有些许刻画和表现,如沈约的《新安江至清浅深见底贻京邑同好》诗作,这是梁武帝熟知的。梁武帝早年曾与沈约、任昉等结成"竟陵八友",过往甚密,应该说沈约等人描写新安山水的诗文也是梁武帝"新安大好山水"认知的一个重要来源。梁武帝所说的"新安大好山水"主观上是对徐摛"卿为我卧治此郡"的精神慰藉,客观上却揭示了新安山水的美好本质。

"新安山水"究竟"大好"在哪里?从历史上的文人墨客的诗文中可领略其大端。南朝谢灵运《初往新安至桐庐口》片段:"江山共开旷,云日相照媚。景夕群物清,对玩咸可喜。"南朝沈约《新安江至清浅深见底贻京邑同好》片段:"洞澈随清浅,皎镜无冬春。千仞写乔树,百丈见游鳞。沧浪有时浊,清济涸无津。岂若乘斯去,俯映石磷磷。"唐代李白《清溪行》片段:"借问新安江,见底何如此?人行明镜中,鸟度屏风里。"宋代杨万里《新安江水自绩溪发源》片段:"皱底玻璃还解动,莹然鄱渌却消醒。泉从山骨无泥气,玉漱花汀作佩声。"历史上的文人皆为新安山水所折服,于是李白写了"游子清溪",章八元写了《新安江行》,权德舆写了《新安江路》……

新安山水钟灵毓秀。自然的造化赋予了新安山水与众不同的景观与特色,而自然禀赋为世居此地的人们带来了福泽。"新安大好山水"此语一出,给新安山水带来了深远影响,引发了后人对新安山水的审美自觉,久负盛名的新安山水,使历代文人雅士陶醉,也孕育了博大精深的"新安文化"。在新安这方水土上,文成风、学成派、商成帮,这里成为世人尊崇的"东南邹鲁",

养育了朱熹、戴震、商辂、胡适、陶行知等旷世才俊。难怪清代赵吉士在《寄园寄所寄》中不无感慨地说："新安名贤辈出，无论忠臣义士，即闺阁节烈，一邑当大省之半，岂非山峭厉、水清激使之然哉？"

近期，《钱江晚报》和县委、县政府联合推出《新安文化》大型系列报道，探寻千年新安文化之基因和密码。实现了对历史的生动回应，又一次激活了人们对历史文化的乡愁情怀和对美好山水炽烈追求的良好愿景。"新安大好山水"，多么美丽的历史景象，多么深沉的现实呼唤，感恩大自然的慷慨馈赠和历史的殷殷垂爱，但愿新安山水处处"大好"，为世居于斯的今人与后世子嗣带来无尽福祉。

# 芹川——古韵遗风今犹存

古村落，是我们的祖先凭聪明才智建起的一座座"博物馆"，里面孕育了灿烂的传统文化，承载着厚重的人文历史。

走进古村落芹川，但见：

芹溪自潺湲，香樟掩甸园。
水映皆古居，一径入桃源。

据清康熙五年（1666 年）《左江郡王氏宗谱》载，芹川村始祖王瑛，宋末元初时由儒高搬至月山底，其子万宁公成人后，由月山底迁居芹川村，万宁公见此地"四山环抱二水，芹水川流不息"，故取村名为"芹川"。从此王氏一族在芹川生了根。如今的芹川村，已成为人间仙境般的村落，王氏子嗣枝繁叶茂，村中有 500 余户，1800 余人。这个历史悠久、人文丰富、民风淳朴的古村落，一派古韵犹存的味道，美得让人不想离去。

走进芹川村，首先映入眼帘的是一座四角翘的廊桥，名叫"进德桥"，始建于清同治甲戌（1874 年）。廊其实是一座亭，只不过建在石桥上罢了。廊桥外墙斑驳，桥两头各有两扇门，可左进右出，既可避雨，又作交通。亭内墙上有一幅发黄的《溪山图》，图两侧有对联："世外桃源白叟黄童咸悦豫，人间福地青山绿水任徜徉"；亭上有匾，字"德业流芳"；墙上书写着南宋大诗人陆放翁诗："山重水复疑无路，柳暗花明又一村。"村口五棵巨大的樟树驻守，其中有两棵古樟"喜结连理"，人称"夫妻树"，遒劲的树干遮天蔽日，圈出一处桃源秘境，水口山势呈"狮象把门"状，别有洞天。最吸人眼球的，自然是穿村而过的芹溪，清澈见底的溪流中，众多野生的石斑鱼，成群结队地往来游弋，怡然自得。两岸村姑村嫂浣衣洗菜，溪面白鹅灰鸭拨动清波，水底野鱼追逐嬉闹，一座千年古村因此活泼灵动起来。

一路走去，一座座石拱桥、木板桥，还有造型古朴的廊桥，跨溪而立。一条芹溪不宽不窄，六七米的样子，恰好方便架桥。因此，短短不到一公里的村街上，竟然架起三十六座桥，这些桥造型各异，仿佛调皮的孩子们搭积木做游戏，率性而为，趣味十足。一幢幢保存完好具有徽派建筑风格的古民居依溪而筑。穿村而过的芹溪，将村落一分为二，村人沿溪而居，"小桥、流水、人家"的桃源水墨画卷，在人们眼前徐徐展开⋯⋯

古民居，其实就是芹川古村的活化石。

王家宗祠"光裕堂"，始建于明代，几经修复，古韵犹存，成为芹川古建筑精华所在，近年在此建起了"文化礼堂"，俨然一处芹川王氏的精神家园。走进古祠堂内文化礼堂，"两堂五廊"图文并茂的介绍，为人们静静诉说着芹川人文历史故事。从明代至民国，芹川的历史文化名人历历可数：明代有曾任广东廉州知府的王宗才，官至广西提刑的王宗鲁；近代有曾被聘为东北大学中国文学系主任、浙江通志馆编修的王伯尹；现代有潘天寿得意门生、旅美国画大师王昌杰，有曾任中华全国商会会长的王文典⋯⋯

芹川古村，山水清幽，人文荟萃，人杰地灵。

芹川古民居大多分为两层，徽派建筑风格，有马头墙、石库门。进了门有天井，雨时，大雨由此落入天井，晴时，阳光由此射入厢房。村中明清时期的老宅至今保留下来的有 260 余幢，古祠堂 7 座，让人叹为观止。老宅内那飞檐上惟妙惟肖的神兽、飞禽、花草、人物，庭院门前纹样繁复的砖雕、木雕、石雕，精致细腻，工艺精湛，巧夺天工。用鹅卵石垒砌的小花园内的门窗、阶石，无不造型精巧、匠心独具，透露出古建筑带来的历史和文化气息。与这些古老的精致相比而言，当下出现的那些种种实在显得笨拙。

历史的长河中，芹川村一砖一瓦都经历着岁月的洗涤，古韵斑驳，每一处都在诉说着这样或那样的故事。芹川村因有着完整的村落形态，众多的古民居和仍保留完整的当地村民的生产生活方式，而荣膺中国历史文化名村。

漫步在幽深斑驳、古色古香的村巷里，檐墙、马头墙、风火墙，层层叠叠，错落有致。感受历史在芹川古村留下的足迹，品味浓郁的乡土文化和淳朴民风，领略古村的文韵墨香和宁静悠闲，置身其中，仿若穿越历史，梦回明清。

芹川，不仅让人领略了古韵遗风，更让人领悟了对文明的不懈追求。

# 人间烟火味，芹川佳丽地

　　提起古村落，为人熟知的比比皆是，皖南西递、宏村，江浙的深澳、大陈……而历史悠久，底蕴深厚的淳安芹川古村落却鲜被外人所知。随着全县景区化建设推进，近年来，芹川古村落才揭开"养在深闺无人识"的神秘面纱，露出了古朴而典雅的面容，被冠以"中国历史文化名村"名号。

　　阳光灿烂的白昼，芹川古村落的村道上人还算多。因为近，因为小，因为农家小吃，因为阳光，因为古桥，因为溪中野鱼，因为一点点原因，就可以说来就来。

　　五一小长假，我和移民江西的两位老同学，游历了芹川古村，刚到芹川村口，就闹了大笑话，我那移民江西的同学，跑上前问一位保安，哪里买门票？那保安告诉他，这个村完全免费开放！我那阔别四十多年的移民江西的同学，大吃一惊，乐不可支，竟然不买门票，就可以游览？有福利！

　　心之所喜，即是天堂。

　　林语堂说，春天要做三件事，"赏花、踏青、喝西湖龙井"。无奈因为疫情的原因一件也没完完整整做好。趁着五一长假，移民江西的两位同学，很希望到古民居芹川游一游，我想，就算补做春天该做的事，也该去趟芹川吧！

芹川古村，至今仍保存着 260 余幢传统建筑。这些古建筑多为民居，部分为祠堂、学堂和桥梁，皆为明、清，及民国时期建筑。芹川古村，在一条相对独立的山谷之中，地势北高南低，整体地形地貌极为巧妙，呈"葫芦"状。如果把江南诸多古村落比作颗颗璀璨的明珠，那么芹川便是那镶嵌在大山褶皱里夺目而耀眼的一颗明珠，其独特的古村落风貌和浓郁的历史文化气息，扑面而来。芹川古村落，体现了"幽静"二字，进村沿途曲折蜿蜒，村头水口狭紧，村口古樟参天，山势呈狮象对峙状，村庄翠峦环抱，别有洞天，实有"山重水复疑无路，柳暗花明又一村"之感。一条长 1.3 公里，宽 6 至 8 米的清澈芹溪穿村而过；一座座石拱桥、木板桥、廊桥跨溪而架；一幢幢徽派古民居沿溪而筑，杨柳依依，溪中石斑鱼嬉闹追逐，真乃一幅"小桥、流水、人家"式的桃源美景。

说实话，我到过芹川多次，每次都有别样的心境。我那两位移民江西的同学，是初到芹川，他们乐呵呵地说，可以免费感觉一下古村落的韵味了，漫游在古村落，乐赏那人那景那时光，未尝不是一件乐不思蜀的事情。

有古村落的地方自然有人烟，顾不上休息的我们一到村口，就迫不及待地拿出手机、相机，记录着美丽村景的瞬间。村中历史文化古迹较多，有进德廊桥、际云石拱桥、赈灾恩赐碑、光裕堂、敦睦堂、敬义堂、七家学堂、上策厅、昭灵庙、具笏轩、连理古樟等。这些独特的古迹遗风赋予了芹川这座江南古村无限魅力。

但这个古村落更让人为之心动是整体的生活气息。晚间漫步在村街，芹溪两旁的石埠边，村姑、农妇浣衣洗菜，溪面白鹅灰鸭嬉戏，水底野鱼成群结队，一座千年古村因此活泼灵动起来。曲直长廊中围坐畅快聊天的老年人，木桥边席地而坐快乐游戏的少年，村街灯下沉浸围棋对弈的中年人，还有门店里等待闭市悠然追剧的店老板……看在眼里，油然生发舒适感，我们也在这夜色中结束了一天的漫游和拍摄。

晚间，我们在民宿主人的引荐下，去"芹溪人家"体验了包包子、包粽子和煮米羹……这些每天在城里生活中都能见到的早餐食物，让我们亲自动手操作，也颇有一种新奇感。

在夜色相伴的芹溪旁，望着静谧的溪水，小酌一杯。夜色正浓，在这里放空自己，然后顺着溪流信步游走，回到了温馨的民宿。身体和灵魂，总有一个在路上。在"廿四桥民宿"入住古朴、木质的客房，一觉睡到第二天日出。推开客房的窗户就看到后院荷叶上昨夜凝固的水珠，我的两位同学伸着懒腰说，这一夜实在太过舒适。

苏轼说过："人间有味是清欢。"一天一夜的乡村游也算是短暂逃离城际的闹中取静。江西九江的那位同学不无感叹地说，不知下一期旅行是什么样的体验，我对他说，来千岛湖，让淳安美丽乡村濡染最美的你。

# 淳安县博物馆走笔

　　只要走进淳安县博物馆，我们就接上了地气，留下了追寻，跨越了时空，延伸了希冀。

　　四个展厅，各具内容，各显特色，充满激情，令人耳目一新。

　　场馆共有四层，一层为序厅，二层为历史厅，三层为移民厅，四层为"非遗"厅。该馆以淳安文化为主轴，讲述淳安从"湖底江（新安江）"时代到"江上湖（千岛湖）"时代的历史故事。

　　穿越时空，我们在此相遇。

　　序厅。该厅气势恢宏，高端大气，艺术气息浓郁。顶部那三十万片贝壳组成的艺术装饰，代表着淳安的"水"，几艘悬挂的木船，为我们营造了置身水底的空间感；四周墙面的块状起伏装置，则代表了淳安曾经的"山"，现在的"岛"，那恢宏壮阔的淳安山水让人追寻。多少远古的呼唤，给人豪情，"江湖时代"的山水淳安，使人神韵飘荡。

　　历史厅。该厅以"在水一方，淳而易安"为主题，循着淳安历史文脉，讲述了淳安"文明曙光，置县伊始""新安中流，人文蔚起""严陵首邑，文献名邦""甲等强县，浙西要枢"四大历史阶段。厅内展示 100 余件文物，讲述了淳安 4000 年文明史。那缤纷多彩的展品让人神摇；那惊天动地的历史让人激情飞扬；众多新石器时代的遗存，给人沉甸甸的感受和精神寄托；珍藏的"方腊起义刻石"为镇馆之宝，为人们打开了淳安骄子金戈铁马、驰骋沙场的无限想象。在淳安这片神奇而古老的土地上，勤劳而勇敢的淳安人，创造了独具地域特色的"新安文化"，成就了"文献名邦"。

移民厅。该厅以"国家特别行动"为主题，陈述了六十多年前，为了实现国家特别时期的一场特别行动（建设新安江水电站），近三十万淳安儿女踏上了背井离乡的移民之路的历史故事。

"非遗"厅。该厅集淳安地域特色元素，展示了戏曲舞乐、传统技艺、民间习俗与非遗传承等内容，将原来以口口相传为主要形式的非物质文化遗产，定格成永恒经典，还原出淳安人原有的民俗风情与美好的精神世界。

四个展厅，把神奇的风韵汇聚在一起，展现出无穷的魅力和风采。淳安县博物馆啊，你带给我感动，你带给我铿锵，你带给我希望。

# "一县三魁"拾遗

南宋时期，淳安东北一隅三个村庄：高坊、合洋、富昌，分别出了状元方逢辰、榜眼黄蜕、探花何梦桂，"三贤"佳话颇多，今俯拾二则，以飨读者。

方逢辰（高坊人）、黄蜕（合洋人）、何梦桂（富昌人），三人均就读于石峡书院，方逢辰与黄蜕同窗，何梦桂与他俩为同堂学友，南宋淳祐七年（1247 年）黄蜕科考中榜眼，时方逢辰未第，方逢辰写了一副"状元留后举，榜眼探先锋"的对子道贺，黄蜕当即挥就一联"欲与状元留地位，先将榜眼破天荒"回赠。淳祐十年（1250 年），方逢辰（方梦魁）先在 542 名进士中独占鳌头，果真中头名状元，宋理宗将方梦魁赐改名方逢辰，因而，一时传美谈。南宋咸淳元年（1265 年），何梦桂廷试第三，考中探花。前后十多年，黄蜕、方逢辰、何梦桂分别考取榜眼、状元、探花。度宗帝得知何梦桂与侄儿何景文同榜进士，而且何梦桂与黄蜕、方逢辰又是同堂就读于"石峡书院"的学友，龙颜大悦，于是亲笔御赐一联"一门登两第，百里足三元"，并赐改"富昌"为"文昌"。

淳安，历史悠久，文脉深远，加之钟灵毓秀的人文环境、自然禀赋，孕育了三百二十余名进士，"一县三魁"足以说明当时淳安的科举盛况。

有诗云："龙山有灵气，石峡出芝兰。""石峡三贤"在同堂就读和回乡省亲时，也有诸多佳话。

方逢辰在石峡书院读书时，有次出书院散步，正巧遇到一位私塾先生，老先生知道方逢辰才华出众，有心试探他的才学，便指了指旁边的一座石拱桥，出了个上联："推倒磊桥三块石。"

方逢辰思索一下，也指了指南面的群山，伸出两个指头作剪刀状，说："剪开出字两座山。"

老先生一听，连连称赞："对得好，对得好，不愧是石峡书院的才子。"

淳祐十年，方逢辰高中状元，皇帝赐假三个月，让他回乡省亲祭祖。正巧，同在石峡书院同堂读书的黄蜕和何梦桂也在家乡休假，于是，三人相约同去龙华寺游览。

三人来到禅房内，见四壁挂满墨宝，三贤一时文思泉涌。何梦桂看到壁上有一幅白鹤图，脱口说出上联："白鹤过河，头顶一轮红日。"方逢辰对道："青龙挂壁，身披万点金星。"

黄蜕看见一幅荷花，道出上联："画上荷花和尚画。"方逢辰知道这是一副回文对，用谐音来读，顺读倒读都一样，而且中间要夹带同音字。他凝思片刻，一抬头看见桌子上有本苏东坡的字帖，不由得灵机一动，笑答："书临汉帖翰林书。"这时，何梦桂想起少年时打桐子、拾桐子的欢娱情景，随口吟出了一句上联："童子打桐子，桐子落，童子乐。"方逢辰听了，一笑，说道："丫头吃鸭头，鸭头咸，丫头嫌。"黄蜕、何梦桂二人听了，连连拍手称赞："状元公才思敏捷，我等望尘莫及啊！"

# 千年"忠孝传芳"古村——章村

章村，位于姜家镇境内，坐落于白际山脉歙岭东麓，俯瞰全村可见其形似一条巨大的帆船穿梭在青山碧水间。"危峰盘行，云岚嵯峨，山溪缭曲，田畴绣错，烟村隐约。"俨然晋代诗人陶渊明笔下《桃花源记》所描述的境界。

北宋年间，貂山始祖章君杰自福建浦城游历于原遂安狮城北40里名为貂山的地方，见此地"象水耸秀而盘清"。君杰公因慕此地风景清幽，山川毓秀，千亩沃野，于是卜居貂山，结茅为庐，开荒种地，建立章村，章氏宗族在貂山之麓繁衍生息。如今的章村中章氏子孙枝繁叶茂，在这座千年古村的历史中，章氏族人一直以"忠孝"为传家之宝，因此自古以来忠臣良相、文人学士层出不穷，踪迹历历可数。

南宋末年，章村出了一位进士，名叫章元礼，以忠孝闻名。章元礼是宋郇国文简公的后人，生于1234年，他天资忠孝，雅负奇节，平生十分敬仰屈原，称其品格犹如香草与兰花，以此寓意，自号"芷庵"，志洁行廉。章元礼自小就是孤儿，依靠祖母汪氏抚养成人，以笃孝闻名，他潜心研读《春秋》，三荐监闱，考取进士。入仕后与文天祥同朝为官，彼时朝廷奸臣当道，忠良遭弃，国势日衰，章元礼有感于李密赡养祖母的典故，便请辞回乡侍奉祖母，隐忍潜藏，待时而发。后蒙古军南下，各路忠勇之士纷纷起兵救君报国。章元礼也在乡里招募乡勇，准备前往援助文天祥，不久文天祥被俘就义，南宋灭亡，章元礼不食元粟，隐遁深山奉养祖母。

元平定残宋正位大统后，下诏广召亡宋人才，以备朝廷任用，章元礼也名列其中，并被要求即刻赴任。章元礼说："我乃宋朝进士，之所以未赴崖山殉国，因家有83岁祖母。今祖母已享天年，吾已无虑，若强我所难，唯死而已！兰芷无芳，吾以何面目去见泉下的文丞相（文天祥）呢？"并在门上书联"旧时科目中儒户，今日山林下逸民"以明志。章元礼以为祖母守孝为由，坚辞不就。元帝遣钦差私访，若发现不是为祖母守孝，以抗旨论处。钦差到章村后，见章元礼在祖母坟墓旁筑庐而居，披麻戴孝，整身素白，日夜守孝在祖母坟前，钦差用刀割其鞋底，未见一寸青布。钦差回朝禀报此事，皇帝叹曰："真孝子，百善孝为先，有孝，才有忠！"章元礼终身不屈于元，是个很有民族气节之人，他在七十二岁时，在浯溪山麓为自己修造了墓穴，墓碑上写"元真山人"，并自撰墓志铭，只写干支纪年，不写元朝的年号。他每日或诵《离骚》而泣，或吹铁笛以遣忧，叹息涕零而终。

明万历年间，南缮部方应时（邑人银峰村进士）在荒蔓荆榛中找到章元礼生前为自己写下的墓志铭，拜读后非常钦佩和感动，禀告了当时遂安县令吴撝谦，县令遂将章元礼的忠孝节义记载进了《遂安县志》里，并上书朝廷，皇帝御赐"忠孝堂"匾额。自宋元时代起，章氏族人以章元礼精忠报国、孝敬至亲为楷模，以"忠孝"箴劝后世。章氏后裔十分尊崇"忠孝"家风传承，无论为官还是从商都恪守家训，谨持忠孝，留下了诸多广为传颂的忠孝美谈，忠孝尚义在章村蔚然成风。

"忠孝堂"是章村忠孝文化的根基，历经数百年，几近倾圮，几经修复，"文革"中惨遭破坏，破损不堪，2011年县政府拨款百万元对其进行了全面修葺。"忠孝堂"现已成为章村"文化礼堂"综合性文化活动的重要场所，村里还在"忠孝堂"举办了中断多年的"忠孝文化节"。每年一届的忠孝文化节不仅展示了本村传统民俗文化，还为全村老人摆起"孝心宴"，通过"诵家训、拜寿星、评孝子、颂金婚"等活动，引领村民爱国爱家，敬老孝亲新风尚。近年来，章村先后荣膺"省文化示范村""省文化礼堂建设示范基地""省乡村记忆示范基地"等荣誉称号；2017年章村被授予"杭州书画之村"称号，并以"弘扬忠孝文化"为主题，在杭城举办农民书画展，田园翰墨飘香省城。

　　走进章村，耸立于湘湖山间新修建的"忠孝塔"犹如一座灯塔指引着章村这艘"巨轮"驶向远方；望貂亭前村碑上镌刻的"忠孝文化之乡"遒劲有力的大字，赫然映入眼帘。千百年来，章村民风淳朴，忠于国家、孝于父母，这是貂山章氏传统文化的精髓。章村忠孝文化的传承，皆因《章氏家训》的感召；也得益于朱熹"忠孝廉节"思想的浸润及瀛山文化的熏陶。章村与瀛山书院咫尺之遥，古时章村有"千灶万丁"之称，章氏学子自瀛山书院考取功名者众多。朱熹讲学于瀛山书院，主张"有教无类"，一时，远近乡儒、学子云集瀛山书院，就连牧童、樵夫也慕名而来，以至"坐不能容"。据《貂山章氏宗谱》载："元礼公曾任教瀛山书院，首倡以大礼崇拜奉祀朱熹、詹仪之，以教化民风、培植纲常为己任。"后瀛山书院"先贤祠"也将元礼公奉祀为乡贤。《章氏家训》以"忠孝传家，载耕载读"为族人理念，代代相传，风范世袭。

　　忠孝为千古昭穆，以忠孝节义为代表的章元礼故地——章氏宗祠"忠孝堂"，现已成为章村"忠孝文化"的核心载体，传承着世代优秀家风。

# 纪晓岚为毛绍睿撰写墓志铭

最近，在翻阅《泮塘毛氏宗谱》时，发现纪晓岚为毛绍睿撰写的一篇墓志铭。全文摘录如下："公讳绍睿，字时绎。其先祖一瓒，官吏部，清名天下。公生而颖敏，九岁有神童之目，弱冠入泮。丁卯举顺乡榜，戊辰联捷巍科，秋授江西举事，又晋擢湖广司郎中，清慎廉谨。时刑部牢狱数人狡狯贪贿。公察其弊端，严整纲纪，胥卒莫敢肆。擢南台御史，益矢冰兢。常言曰：吾见无死罪者为之欢忭。百姓闻之泣下……尔我乾隆二十年轩芸阁一叙，奉先枢返里，宦情松淡，恋子萱帷，日夕不离膝下，十年仁孝。归籍四十余年，以种花木自娱，八十四岁而终。嘱子孙曰：吾儒以理为主，无效世俗作佛事。有《念轩制艺》行世，诗稿驾三唐以上。纪春帆曰：予与念轩为同年，又气谊相厚，故知其甚悉，使公更列台鼎。调盐梅，政绩更有卓然，乃急流勇退。若以俟之后人而已无与焉。语曰：不奉其身，必于其子孙尚其勉哉。"

从纪晓岚为毛绍睿撰写的墓志铭中可以看出，纪晓岚与毛绍睿有着深厚情谊，毛绍睿能被"一代文宗"纪晓岚所推崇，也反映了毛绍睿为人，为官，为文之诚实、清廉和严谨。纪晓岚原名纪昀，又字春帆，晚号石云，历雍正、乾隆、嘉庆三朝，官至左都御史、兵部尚书、礼部尚书，是清朝两朝皇帝的重臣，也是清代文学家，他主修《四库全书》，官位显赫。纪晓岚能在毛绍睿告老回乡期间，数次赶往遂安毛家村看望毛绍睿，并在毛绍睿去世时，赶来悼念并撰写墓志铭，足见他与毛绍睿非同一般的情谊，就像纪晓岚在碑文中所说："予与念轩为同年，又气谊相厚，故知其甚悉。"可谓挚友情深了。

毛绍睿，字时绎，号念轩，汾口毛家人，乾隆十三年（1748年）进士，是清朝顺治年间进士毛际可的曾孙。毛绍睿的父亲毛览辉，祖父毛士仪，曾祖父毛际可，都曾以学识道德跻贵显，以文章取盛名，祖孙几代为官者皆清慎廉谨，堪称德政典范。毛绍睿五岁启蒙，七岁吟诗，九岁会文赋，人称"神童"。毛绍睿二十岁中进士，官至刑部郎中、文华殿学士。毛绍睿还是位孝子，他父亲毛览辉在定州积劳成疾，病死于任上。绍睿得知消息，不分昼夜赶赴定州，亲自为父下殓，扶棺回到遂安毛家，为父守孝三年，后以母亲年迈多病为由辞官，在家侍奉母亲。归籍四十余年，毛绍睿以种花木自娱；创办私学，教化子戚；并倡修家谱，又与方引彦共同编纂《遂安县志》，晚年著作颇丰，可惜没有刊行，唯有《念轩制艺》行世。

汾口毛家村是个进士村，毛家村人杰地灵，英才辈出，旧时的毛家村曾被称为"遂安第一村"，原遂安县的乡贤祠中共有32位乡贤，而毛氏就有5位，毛一公、毛一瓒、毛一鹭为兄弟进士，毛际可与萧山毛奇龄、江山毛先舒齐名，世称"浙中三毛，文中三豪"。尚有毛志添、毛升芳、毛士仪、毛士储、毛览辉、毛绍准、毛绍睿、毛诚，皆为官清廉、政绩卓然。无怪乎毛绍睿归籍四十余年里，纪晓岚经常往返于毛家，一为与同朝为官好友共叙旧情，也为深慕毛家村山川毓秀、书香绵延进士村的人文环境。

# 鲜为人知的"乡饮宾"

　　"乡饮宾"一词，现代鲜为人知，可"乡饮酒礼"制，在春秋时就已盛行。所谓"乡饮宾"，亦称"乡饮耆宾"，是由乡里举荐，皇帝恩准的德高望重、齿德具优的贤能之人。

　　我国自周朝开始评选乡饮宾，历代相沿，直至清朝。按清制乡饮宾的人选，主要是本籍致仕官员或年高德劭，望重乡里者。评选乡饮宾需由当地士绅推荐，州县学官考察，然后出具"宾约"（被举荐者籍贯、年庚、出身、事迹等），报知县（或知州、知府）复核，复核通过后逐级上报，由藩台（副省长）转呈巡抚（省长），由抚院（省政府）咨送礼部，由礼部呈皇帝批准。被皇帝批准为"乡饮宾"，朝廷会赏给顶戴品级，地方政府还赠送匾额以示祝贺。乡饮宾享有参加地方官吏主持的"乡饮酒礼"的待遇，这种酒礼是一种尊贤敬老的宴乐活动。

　　据《清史稿·乡饮酒礼》记载："顺治初元，沿明旧制，令京府暨直省府州县，岁以孟春望日，孟冬朔日，举行学宫。"清朝的乡饮宾分为乡饮大宾、乡饮僎宾、乡饮介宾、乡饮众宾四个级别。其中退休官员被称为"大宾"，年高有德之人被称作"僎宾"，年龄稍长、有德之人被称作"介宾、众宾"，所有被邀之人均统称为"乡饮宾"。乡饮酒礼每年正月十五与十月初一各举行一次，由各府、州、县的正职主持，地点一般设在儒家明伦堂。这个习俗，始于周朝，直至清朝，沿袭约三千年之久，在当时的社会中，起到了敦亲睦族、止恶扬善作用，人们把获得乡饮宾称号作为家族的一种莫大荣耀。

我县中洲镇南庄村，自宋元鼎革间建村始，汪、童、杨三姓聚住，笔者从该村三姓宗谱中发现，自明清以来，该村先后涌现了童应镇、童应武、杨光前、杨于遐、杨于约、杨义廷、汪义成七位乡饮宾。可谓乡风淳朴、人敦古谊。童应镇因品德端方，齿德兼优，征举乡饮宾后，遂安知县万为恪为他题写了"葛天奇老"匾，教谕毛文为他题写了"耆德可风"匾。童应武因年高德劭，望重乡里，征举乡饮宾后，遂安知县陈学孔为他题写了"行孚月旦"匾，县教谕徐始亨为他题写了"硕望"匾。汪裕纶征举乡饮宾后，遂安知县贾椿龄为其题写了"善盖一乡"匾。

据悉，乡饮酒礼，在当今的重阳节，已多地再现。"乡饮酒礼，六十者坐，五十者立侍，以听政役，所以明尊长也。"在古代，乡饮酒礼一般每年春、秋举行，地点设在县儒学内，被邀参加乡饮酒礼的宾客称为"乡饮宾"。乡饮酒礼是古时"嘉礼"之一，是中国流传久远的教化活动，以敬老尊贤为中心，通常是州县的长官邀请耆宿乡绅共同宴饮，席间典礼主人要依宾客的年龄资历依次敬酒，以体现尊贤、敬老、礼让的美德。

当今，为弘扬尊贤敬老好乡风，全国多地选择了重阳节举行"乡饮酒礼"，目的在于教化孝悌之道，传播尊长敬老精神，复兴传统礼仪文化，名为乡饮，实在崇礼，以宣教化。

# 横沿古镇忆旧

## 一、历史沿革

汾口镇横沿村是个千年古村落，曾有过辉煌的历史。据民国十九年（1930年）版《遂安县志》记载，遂安县有横沿、郭村、东亭、汾口、安阳五大集镇。横沿，地处武强溪畔，距狮城三十里，离汾口镇十里，水运、陆路交通便捷，排筏可达狮城、港口，陆路直通杭、婺、严、歙等地，是遂安县重要的水、陆货运码头，商贾云集。横沿镇发轫于唐末，兴起于明清，繁荣于民国，一度成为浙西名镇。

唐光启元年（885年），唐平寇将军翊运侯姜晨率部剿黄巢义军，经遂安十都南川（横沿古镇南的毛家山一带）在此安营扎寨。战乱结束后该部队有一些士兵解甲归田，便在南川定居，取名南川旗山寨，是为横沿立村之始。又越数十载，唐灭宋兴。在宋建隆元年（960年），姜晨之子姜灵椿子承父业带领仁、义、礼、智、信五个儿子和族人开始在武强溪南岸的大沙洲上披荆斩棘、搬石填土、垦荒造田。一晴朗春日，姜礼随父亲在溪畔割草，但见东方太阳正冉冉升起，旭日祥光照得溪面碧水波光闪烁，天际苍穹雾霞缭绕，顿时触景生情，随口吟诗一首："碧水映波波粼粼，天宇披霞霞漫漫。苍穹旭日日辉辉，岸畔芦絮絮扬扬。"众人听后齐声赞道好诗，姜灵椿当即就取儿子诗文后两句句末"辉扬"二字作为村庄之名。从此之后"旗山寨"更名为"辉扬庄"。因为古汉字通音通假的缘故，后人又把"辉扬"写作"挥扬"。岁月的年轮转到了明末，历经了宋、元、明三朝数百年的岁月更迭，战乱纷争，陆陆续续来到挥扬定居的先后有萝蔓余氏、松林余氏、龙源姜氏、三经蒋氏等。在各姓氏村民的共同开拓下，挥扬庄逐渐从一个默默无闻的乡间小村蜕变成了一个具有重要集聚力的农村商贸集镇。

明朝后期，遂安十四都进士、云南道御史余四山，是一位有名的清官，余四山落职回乡，来到挥扬振兴教育，创办"宏贤书馆"，广纳贫民子弟，培养地方贤才。此举被后人广为传颂，成为美谈。后来便将"挥扬"更名为"宏贤"，以示对余四山的怀念。

经清康熙、乾隆盛世数百年之发展，吸引了严、歙、婺、衢诸州各县大批商人来此经商兴业，挥扬镇日益繁荣，市场辐射集聚功能日益增强，文化积淀日益深厚，当之无愧地成为遂西名镇。

清末民初，多家"遂绿精制珍眉茶庄"入驻该镇，加工出口桐柏茶油的榨油坊依镇而立。木材收购店、肥皂制作厂、竹木工艺厂、五金当铺店、客栈餐饮店等蓬勃兴起。沿武强溪南北而建的街道共有四条，其中溪南的正街规模最大，道路全长五百多米，宽约四米，南北走向。以东西流向的武强溪为直向，南北走向的正街即为横向，就溪而言，溪之东西向处于武强溪沿，因此规模最大的正街就叫作横沿街。有趣的是原先的镇名"宏贤"与后来的街名"横沿"恰好是谐音。于是大家就习惯地以"横沿"街名代替"宏贤"，成为镇名了。

正因为横沿镇的政治经济商贸地位如此重要，所以从民国以来一直到 20 世纪 50 年代，横沿既是遂安县第三区区公所驻地，也是横沿乡之乡治。

然而 1959 年随着新安江水电站建成蓄水，淳遂两县大部分村镇相继沦为水域，横沿镇亦淹没于湖底。

1960 年横沿公社撤销，横沿村归属百亩畈公社（乡）管辖，1966 年横沿村整体搬迁到西山坡上，建起横沿新村。2000 年原横沿公社所属的百亩畈乡和龙源乡重又合并再设新的横沿乡，横沿新村为乡治。2007 年又撤横沿乡并入汾口镇，横沿村成为汾口镇的中心村。横沿村（镇）的地名变迁，承载着横沿千年的兴衰变化。

## 二、历史遗迹

### （一）万寿桥

万寿桥，原名横沿桥，又称"万岁桥"。架设在武强溪横沿段水面最宽阔处，是连接横沿大街和街北横沿直街及栗园诸村的重要通道。据考证万寿桥是原遂安最长最宽的木桥，有遂安第一木桥之称。该桥的桥柱用粗壮耐腐的松木做成，桥板用坚固耐磨的老杉树并铺而成。桥柱之上一共铺有 36 块大桥板，每块桥板长 4 米、宽 2 米，全桥总长 140 米。桥梁结构科学合理，桥柱和桥板相互之间用铁索环紧紧相扣，即便遇到特大洪水把桥冲塌了，铁索环仍旧会紧紧扣住桥柱和桥板，使它们不至于被冲散流失。一般年景的洪水如果没有漫过桥板，此桥便不会倒塌。所以万寿桥比一般桥使用年限都要长。

为什么把这座桥取名为万寿桥呢？说来还有一段精彩的故事。据民间传说，元末安徽凤阳人朱元璋举兵起义时，曾率部队数次转战于淳遂城乡一带。其中两次遭遇数倍于自己的敌军追杀，险些丧命。一次是追兵追到了遂安横沿镇所属的十一都与九都交界的楼底小溪的石拱桥旁，情急之际朱元璋只得偷躲在这座石桥上的拱洞内，由此才未被发现，从而免遭敌兵杀掳。事隔数月，朱元璋兵败又被敌军追杀，退至横沿镇武强溪北岸，敌兵步步紧追，离朱元璋已经不到百米，当时正值梅汛，倾盆大雨不停地下着，洪水暴涨。洪水即将漫过横沿桥的桥面，整座桥已经摇摇晃晃，随时可能倒塌。朱元璋不禁仰天长叹："天灭我也！"无奈之际只好与数十随从冒死越桥向南岸逃去。说来也奇，这时暴雨突然停止，洪水突然降沉，朱元璋等人安然过了大桥。

此时敌兵也追到了桥上，正当他们追至桥中间时，突然间又天昏地暗，雷声大作，狂风巨浪铺天盖地而来，木桥瞬间轰然倒塌，桥上的敌兵全部被滔滔巨浪吞没。朱元璋见此喜极而泣，大声高呼："天助我也！"后来朱元璋灭元兴明，得了天下，成为明朝的开国皇帝。他并没有忘记救了他性命的这两座桥，于是传下圣旨，诰封楼底石拱桥为"高桥"，赐封横沿桥为"万寿桥"，寓意大明江山步步登高，皇恩浩荡，万寿无疆。从此以后，这原先名不见经传的横沿镇上的两座桥便声望大增，远近闻名了。因此，当地人对这座木桥特别崇拜，说这桥是救过皇帝性命的桥，干脆就叫它"万岁桥"好了。

（二）挥扬亭

清顺治年间，挥扬庄（即横沿老村）姜姓族长姜应华（岁贡生，当地名望）邀请本村姜、余两姓族人商议，为了方便武强溪两岸过往路人歇脚，决定共同集资在武强溪万寿桥南头修建一座凉亭，并以村名代名之曰：挥扬亭。该亭建筑风格比较独特，分为上下两层，乍看像亭的模样，细瞧又像楼的架构，给人以似亭非亭、似楼非楼的视觉享受，确是难得一见。亭底层南北两向的亭门构思也颇巧妙，一改传统的长方形门模式，而用欧式的圆拱形门取代。底层东西两面墙壁上，各开有一个相互对称的直径1米左右的圆形窗洞，跟南北两向的圆拱形亭门相辅相成，显得别具一格、典雅大方。亭内座位全为长条形固定木凳，可供二三十人休息。亭中央立有圆形石桌一张，桌旁配有四柱圆形石凳，石桌上面画有象棋盘，供棋艺爱好者着棋休闲。

整座亭子的外壁全部用丹漆涂刷成朱红色，显得金光灿灿、富丽堂皇，因此人们又称该亭为红亭。亭底层两侧有十九级茶园石铺设的石阶。上层建筑格式与底层风格迥然不同，但见顶层四周都由向外挑出的阳台连通而成，阳台宽一米五，高一米三，回廊长约二十二米。整个阳台和外围护栏全部用硬杂木制作而成。为防风雨侵蚀，阳台板栏全部用桐油清漆涂刷过。这样的阳台回廊结构极大地方便了游人们全方位观景，使亭子成为极佳的观景台，这里既可远眺武强溪两岸郁郁葱葱的青山绿水，也可近览阡陌纵横、炊烟缭绕、鸡犬相闻、生机盎然的田舍风光，更是观赏旭日东升、斜阳晚霞的最佳去处。

顶楼内摆有长桌、方桌、竹椅、方凳。案桌上还放有文房四宝，这里既是好友闲聊叙旧、品茗交流的好去处，亦是文人墨客吟诗作画的好场所。顶楼北向的两根廊柱上就留下了一位路过秀才的墨宝："亭立桥畔，跃上亭顶览旭日。水注溪中，潜入水底捞夕阳。"细品之，不难体味出撰联者高远之意境。

## （三）余氏大宅院

余氏大宅院位于横沿后村街，建造年代跨越明清两个朝代，是横沿余氏族人后裔所建。该宅院群占地面积约十五亩，建有堂前带一天井的二层楼屋十六幢，四纵四横排列成方形的四个单元，总建筑面积四千多平方米。房屋一律坐北朝南，每横排的四幢房屋以宽两米的小巷相隔，每竖排的房屋之间铺有鹅卵石垫底的道路三条，道长七十米，宽三米，道路两边有排水阴沟。每幢房屋的正大门朝路而开，东西两家大门恰好相对。三条道路的最南端都建有拱形大宅门，大宅门顶端悬有"余府宅院"四字的石雕匾额，显得古朴典雅、气派非凡。

该宅院群最前面的四幢房屋结构跟后面的房屋结构有很大的不同，每幢房屋内都有一个面积达一百二十平方米的庭院。庭院内花圃、晒坦、杂房、水井、洗衣台等生活设施一应俱全，可以说是该宅院群内的顶级豪宅了，这在遂安山区的农村里是少见的。为此，曾有人以这样的诗词赞美："青砖砌起马头墙，黛瓦飞植格子窗。斗拱牛腿撑华梁，粗柱磐石气势壮。天井开于屋中央，通风透光够亮堂。前厅后室两向廊，四水归堂多宽敞。"这样日照充足、空气流通、生活便利、温馨舒适的房子真是不可多得的宜居华堂。新安江水库水淹没横沿后，余氏大宅院亦被拆除。

### （四）胡氏大宅院

胡氏大宅院是遂西巨富胡宏生商号的私家宅院，位于横沿大街中段，建造于清朝至民国期间。整个宅院占地面积二十余亩，建筑面积七千多平方米。宅院内共有各类建筑三十余幢，分为店铺作坊、排屋住房、花园别墅和仓库杂房四大块。

店堂作坊和排屋住房一式徽派建筑风格，高昂的马头墙，飞翘的檐角，乌黑透亮的店铺大排门，配以黄铜铸就的虎头大门环，在阳光照射下金光闪烁，给人以一种古色盎然的美感。店面商号的匾额和招商广告的金字招牌，在阳光下熠熠生辉，显示着百年老店久盛不衰的荣耀辉煌。悬挂于檐口之上的布幡彩旗和大红灯笼随风飘荡，显得格外明快典雅。

宅院内有大小花园二座，面积近三亩。花园布局颇具匠心，亭台楼阁错落其间，曲径通幽，别有情趣。奇花异草四季如春，荷莲鱼池相映生辉。人们置身于这花树草丛中会感觉忧愁顿消、心旷神怡。宅院内各类作坊、杂房、仓库等生产生活设施一应俱全。

最值得一提的是那幢掩映在花丛树下的别墅洋楼。其建筑风格可谓是推陈出新、中西合璧，既有徽派风格的古朴庄重，又带欧式建筑的典雅浪漫。例如大门和窗户均为欧式的圆拱形；二楼的梁柱和花撑上雕有花鸟图案，却是典型的中国气派，雕琢件件精细，形象个个逼真，处处显示出徽派木雕巧夺天工的高超艺术。楼顶四周设有挑出的阳台，楼顶中央部位建有一座小巧玲珑的欧式小阁楼，显得格外耀眼。该大宅院在新安江水库水淹横沿时，被拆除。

### （五）蒋公馆（红楼）

蒋公馆（红楼）是横沿镇蒋家村人蒋孝先所建。蒋孝先民国时曾任淳安县港口警察局长。该楼位于横沿大街北端，墙壁全部用丹砂涂成朱红色，所以人们称它为红楼。红楼宅院占地约六亩，有主楼一幢，厢房两幢，杂房十数间，还有花园菜地等附属设施。主楼坐东朝西，砖木结构，三进四开间，进深十六米，宽十二米。两层楼，楼下层分前厅、正厅和后堂三部分。各厅堂之间有一大天井和一小天井相隔。楼上层为卧室、客厅和办公室，楼南北两向建有露天阳台。站在阳台之上向外瞭望，可见青山苍翠，碧水环流，阡陌纵横，茶桑丛丛，民居农舍鳞次栉比，山乡田园风光尽收眼底。

该宅院最具特色的是花圃，花圃内奇花异草品种繁多，灌木盆景造型各异，一年四季，季季花香不断。最令人难以忘怀的是花圃四周那数十株桂花树，每逢金秋十月，天高云淡、秋风送爽时节，正是桂花相继开放的时候，伴随着阵阵微风的吹拂，武强溪畔、横沿街上、湖田畈里……满村漫野到处可闻到浓浓的桂花香。最先登场的是丹桂，随之飘香的是银桂，压轴的是金桂。整个桂花开放期从含苞初放到桂花盛开再到花谢花落长达一月之久，沁人心脾的浓郁花香，着实令人难以忘怀。

中华人民共和国成立后，红楼作为遂安县第三区（横沿区）公所的办公场所，一直到新安江水库水淹横沿后，才被拆除。

### （六）胡氏宅院井

胡氏宅院井，是遂西首富、徽商胡宏生商号独家专用的水井群。首井始建于清初，到了清末、民国时期一共建有六口水井。水井群位于横沿大街胡氏宅院内，井水深六到八米不等。圆形的井台上装有汲水用的辘轳，只要摆动木轴把手，升降井绳，就能非常方便地提取井水。全商号五六十口人的饮用水、生产生活用水全靠这六口井提供，足不出户即可满足用水需要，非常方便。

有趣的是，对于井水的使用，该商号老板立有特别的规矩，凡商号内师傅、伙计、杂工一应人等必须遵循专井专用原则。根据这条原则老板特意把水井编号，以便分类使用。建在厨房的1号井，专门用于烧茶、煮饭、炒菜，是饮用水井。建在作坊内的2号和3号井专门用于酿酒、制酱、制造糕饼糖果，是食品加工用水井。建在杂房和菜园的4号、5号井，用来浆洗衣物、浇灌蔬菜和牲畜饮用，是生产生活用井。6号水井则建在中药房外，专门用来煎制中药汤剂。

上述分类用水的措施能有效地把饮用水跟生产、生活用水分开，这就完全避免了多水混合给井水带来污染的风险，更好地保障了水源清洁，有益身体健康。百年以前的先人就有这样的环保眼光和科学的用水观念，实在罕见。胡氏先辈这种合理用水、健康用水、环保用水的理念和做法确实值得我们后人反思、借鉴和效仿。

## 三、特色茶饮

### （一）遂绿蜂蜜茶

遂安十都横沿乡间，百姓民风淳朴，待客热情，凡有外来人士到访，不管是达官贵人还是普通乡民，无论是亲朋好友还是陌路生人，皆一视同仁，视为贵宾，请入堂屋八仙桌坐定后，第一件事就是请客人喝茶，而遂安十都横沿人待客会友的茶饮与一般的茶饮有所不同，它的芳名就叫"遂绿蜂蜜茶"。

遂绿蜂蜜茶的饮料有两部分，其一为遂绿珍眉茶叶，其二为横沿土蜂蜜。遂绿茶的主产地就在遂安横沿一带，而横沿一带百姓自古就有养蜂的传统，所产蜂蜜产量高、质量优。蜂花粉、蜂蜜、蜂胶和蜂王浆等蜂产品名声在外，至今横沿蜂产品仍远销东南亚、日本和韩国。

横沿人把这两种原生态无污染、富有营养的本地有机绿色食品巧妙地融合在一起，优势互补，相辅相成，从而使口感、营养和保健功效更优。喝过这种茶饮的顾客对该茶都赞不绝口，大家都有一种共同的美好感受，一致认为该茶的特色是"汤色明亮，入口清爽，味甘舒心，满嘴留香"。那时，不但国人爱喝此茶，外国人对这种茶也是喜爱有加，令此茶备受追捧。为何这样说呢？且听下面一则发生在横沿的真实故事。

1942 年，为支援中国抗战，美国盟军曾派遣以空军中校杜立特率领的 12 架 B25 轰炸机组成的远程轰炸机大队，在 1942 年的 4 月 18 日从离东京 800 海里的美国黄蜂号航空母舰上起飞，实施对日本首都东京的战略轰炸。首次轰炸成功后，返航的轰炸机按原预定计划在浙江衢州机场降落。当飞机快要进入衢州机场时，天色已晚，浓雾弥漫，天气突变，飞机无法降落。不得已杜立特只得临时急令各机自寻目标降落逃生，其中有两架飞机上的四位飞行员弃机跳伞后，降落在遂安县境内。遂安县县长高德中闻讯后立即组织当地村民在大连岭一带搜寻营救，四位美军飞行员均被遂安县百姓安全营救。而在大连岭山脉中营救到的两位美军飞行员就下榻在原遂安县横沿第三区区公所。区长见这两位国外稀客到来，当然高度重视，立命横沿街上最好的酒店厨师设宴招待他们。因为存在语言交流障碍，这两位飞行员口中咿咿呀呀地嘟哝着，可是谁也听不懂他们说的话。但从表情中似乎可以猜测他们好像对这些异国风情的食物有点不放心，因而满桌的大鱼大肉怎么也不肯吃。区长会意后就派人请来一位通晓英语的当地名望余立柱先生（遂安十都横沿宋京村人，据说跟周恩来总理是校友）来跟美军飞行员沟通，通过余先生一番流利的翻译解说，美军飞行员才逐渐消除了戒备之心，露出了欣慰的笑容。余先生深知西方人士对我国绿茶有特殊的爱好，于是在席间就极力推荐这两位美国客人不妨先品尝一下遂绿蜂蜜茶。也许是太过疲劳和极度饥渴的缘故，没等余先生介绍完，两位飞行员就急不可待地将一大杯遂绿蜂蜜茶一饮而尽，喝完后一边啧着嘴，一边竖起大拇指连声称赞："好，好喝。还有吗？能否再尝一杯？"服务员连忙再拿了一壶遂绿蜂蜜茶来，他们俩一连又喝了三杯，方才歇口。余先生这才笑呵呵地把遂绿蜂蜜茶的产地来源和营养保健功能，详细地向这两位美国飞行员做了介绍。两位美国客人听得入了迷，再一次竖起大拇指赞道："OK，遂绿蜂蜜茶，OK，十都横沿人。"席间大家谈笑风生，气氛十分友好融洽。

后来，获救的美军飞行员为感谢遂安人民的救命之恩，特制了一块"盟国良宰"的匾额，赠给当时的遂安县政府。从此横沿人施救美军飞行员，并以遂绿蜂蜜茶招待美军飞行员，令他们交口称赞的佳话，便在遂安民间广泛传播并一直流传至今。

（二）蒋益春大茶号

清朝至民国数百年间，作为遂绿珍眉茶主产地之一的横沿镇，具有深厚的茶文化积淀，茶产业发展迅猛。最盛时曾拥有四家绿茶粗制厂，两家绿茶精制厂。从业职工多达两百余人，年产绿眉茶特珍名茶八千多担，占全县绿茶总产量的三分之一。品质优异的遂绿茶远销欧亚美五十多个国家和地区，享誉海外，横沿也因此被称为"绿茶之乡",蜚声江浙沪。

蒋益春茶号是遂西最大的绿茶精制厂。占地面积两千多平方米,建筑面积一千两百平方米。茶号内设有鲜叶堆放房、炒茶杀青房、揉捻初制房、辉锅整形房、拣梗分筛房、提香拼盘房等各类不同工序的厂房数十间,还有大型仓库两幢。每年春夏制茶旺季,除了固定茶工二十多人以外,还要雇临时工七八十人。他们夜以继日地制茶加工,将一袋袋口感清醇、汤色清亮、浓香耐泡的优质绿茶,源源不断地推向国际市场,为国家赚取外汇,也为当地经济发展做出重要的贡献。

## 四、民间艺术

### (一)横沿花灯

横沿花灯起始于清乾隆年间,兴盛于清末民初,至今已有两百多年的历史,是广泛流传于横沿和周围村落的一种民间传统灯彩活动。

横沿花灯形式独特、阵势庞大、内容丰富,以三个方阵组成。第一方阵以一对威武的狮子打头,四只大鼓、四面大铜锣、两支唢呐、八面大彩旗紧随其后,然后是龙凤灯、鲤鱼灯、鸳鸯灯跟进,第二方阵以一对金童玉女手持彩灯坐于圆车上开路,后面跟着的是子孙灯、百花灯、福寿灯,观音娘娘脸带微笑地坐在彩车上压阵。第三方阵以面目各异的文武八仙领头,紧随着的是十二生肖灯、五谷丰登灯、六畜兴旺灯,伴随腰鼓乐队,最后以手持各式彩灯的七仙女殿后。一路上前呼后拥、载歌载舞、吹吹打打、热热闹闹,沿着横街、前街、后街、直街四条街道绕行一周。巡游队伍长达一里许,各路观众纷纷前来观看,久久不愿离去。每年正月期间,横沿花灯如期举行,乡民翘首期待。

### (二)跳竹马

也叫舞竹马,是淳遂两县流行的一种民间舞蹈,它跟三脚戏齐名，在遂安横沿一带广为流传。竹马以竹为骨架，分为马首、马臀两节。鬃毛系马首，响铃挂马颈，长尾系于马臀后。马身蒙各色彩布，外形似马，姿态独特。表演时，演员跨于马首和马臀之间，在场上前后上下翻腾，东西南北跳滚，好似骏马在奔跑跳跃。民国时期和中华人民共和国成立初期横沿一带竹马班为数众多，似乎每个较大的村都有竹马班。其中名声最响的当数横沿后村以姜厚华、姜厚祥兄弟俩为首的腾飞竹马班。该竹马班生、旦、净、丑角色齐全，舞技多样善变。配有红、黄、绿、青、白、黑六种不同颜色的竹马，演员们分别扮演《三国演义》中的人物刘备、关公、张飞、诸葛亮、赵子龙和刘夫人。其中刘备跨红马，关公跨黄马，张飞骑黑马，诸葛亮坐绿马，赵云骑青马，刘夫人坐白马。

在时而激越昂扬、时而轻悠舒缓的竹马锣鼓伴奏下，六匹竹马时而轮番出场，时而集体齐上，在场上东南西北狂奔，前后左右急转，鞍前马后翻滚。竹马阵势更是威武雄浑，气势豪壮，时而六马盘柱，时而一字长蛇，时而马跃龙门，时而突袭火阵……直看得在场观众眼花缭乱、心潮起伏，纷纷拍手称绝。

春节初一至元宵期间，是竹马班最忙碌的演出时节。竹马班每到一村，必须要挨家挨户登门拜访，演员们骑着竹马一边俯首弯腰双手作揖，向主人拜年，一边口讲利是话向主人祝福，口中念着"竹马跳一跳，金银财宝到。竹马摇一摇，铜钱真不少，竹马跳得响，粮食堆满仓。竹马跳得欢，老幼都健康"，或"竹马跳归村，满村好子孙。竹马跳进门，儿孙跳龙门。竹马跳进堂，福寿万年长。竹马跳进院，富贵万万年"，直念得左邻右舍人人欢乐开心，男女老少个个眉开眼笑。

（三）目连戏

目连戏是一种古老的戏曲表演形式，俗称五猖五道班。据考证，目连戏起源于明末清初，到民国末，已经有三百多年的历史。其中民国时期，活跃在开化马金村一带的老虎林班和盛行于遂安横沿一带的福彩林班最为出名。

遂安横沿的福彩林班每两年小演一次，每五年大演一次。小演适合于一般的祭祀活动，演出的目的主要是驱瘟、祈福、扬善驱恶。出场的道士一般五个人，他们头戴灰色道士帽，身穿灰黑色道士袍，手执铜铃、钢叉、宝剑、纸符等不同的道具，上下左右劈杀、冲刺。口操目连高腔，时而高亢，时而低吼，时而粗犷，时而细吟。再加上铜锣、响铃、唢呐等器乐作配，使整个剧情氛围起伏跌宕、惊险刺激。

大演适用于大型祭祀典礼，或有达官贵人参加的专场公祭活动。此时开化的老虎林班必受邀前往遂安与福彩林班唱对台戏，双方一比技艺的高下，两个大戏台高高地搭在横沿大街南头的大店坦里的东西两侧。这边福彩林班在东台先演《精忠传》，后演《目连救母》。那边老虎林班在西台先开打《西游记》，后演《老傅劝读》。接着在台下福彩林班的送瘟神、驱五猖，和老虎林班的滚双锤、放烟灯等技艺表演也在轮番竞技，交叉进行。从下午二时一直演到深夜十时，从台上到台下，难分胜负输赢。五都十乡的村民都举家出动，携老挈幼来到横沿店坦里观看演出，整个横沿街上，人山人海，人声鼎沸。

### （四）横沿香龙

据《横沿姜氏宗谱》记载，舞香龙的民俗在横沿镇由来已久，早年，居住横沿镇的姜、汪、余三姓，捐建了"越古庙"共为一社，就有成规，到民国一直以香龙为古礼，莫敢废。

中秋夜，居民出稻草编造龙形，自首及尾十余丈，撑于桁竿之上。每二尺余用一木系之。首尾由壮年有力者执持，其余则成童数十人鳞次握捧。编扎香龙时，金鼓三通，龙体告成。

香龙编成之后，到庙中或祠堂中，点蜡烛，烧锡箔，在草龙身上插满纹香，开始跃然起舞。出庙或祠堂，由七八人敲锣打鼓在前行倡导，龙随其后。一路上，有人点放爆竹，声响震天动地，四面八方来的老人小孩挤满街衢，龙行即行，龙停即停。妇女则倚门而望，小孩则插香于瓜果嬉游于门侧。香龙在街上舞得如火如荼，蜿蜒屈伸，昂首扬鬐，腾云驾雾。到空旷的地方，则又将龙摆上桌子，点烛焚纸放爆，继续烧香插于龙体之上。人群随龙舞涌动，或东或西，上下舞遍，然后送龙入海。

活动到此还没结束。送龙回来之后，人们结伴入席，吃饭喝酒，其间也是敲锣打鼓，唱歌度曲以为乐。一直到漏尽更阑才结束。

舞香龙不仅仅是娱乐，也是居民敬畏神灵、祈求丰收的活动。农事耕稼，靠天行道，风调雨顺。龙是兴云降雨之神。在百姓看来，龙则春分升天，秋分降海，所以正月龙灯迎之，秋分焚香送之。用稻草编扎，意在重农，也是报答龙的功劳。舞香龙，有感恩报本的寓意，也有一年辛苦劳作斗酒相庆相慰的成分。

# 乘风源隐逸唐朝皇族

中洲，最早是武强溪中间的一片沙洲。传说，几百年前，一位程氏徽商挑着担子经过这片沙洲时，用柱头撑肩歇力，想不到柱头插入土中拔不出来。他想，柱头不愿跟我走，说明这是块灵地，明年此时能发芽成树的话，我就举家迁此。到了第二年，柱头果真长出绿芽，变成一棵小树了。这位程氏商人即迁徙于此沙洲，并定名为中洲。

中洲，藏匿于大山之中，大山的褶皱中隐逸着一座古老的村落——乘风源，乘风源里隐逸着唐朝皇族李氏，隐逸着一个鲜为人知的神奇故事。

大唐王朝的末唐时代，有一位唐昭王李汭，为躲避黄巢之乱，皇族后裔大批渡江南迁，唐王宗室昭王李汭后裔流向昌水、歙州、祁门（今属江西、安徽"三田"地区）等地。唐宣宗第九子昭王李汭生三子，最小的儿子遭黄巢军追杀，改名李京（人称京公），从繁华都市逃至偏僻山野，在徽州刺史李櫂的帮助下，躲在安徽歙县（中洲民国前隶属于歙县）的黄墩。李京历千险，躲过劫难。黄巢攻入长安，唐朝李氏宗室多被斩杀于九曲池，李京的父亲昭王也同样死于黄巢之乱。李京，先躲歙县黄墩，后迁居江西饶州浮梁之界田，生三子，长子仲皋、次子仲安、季子仲亨。李京长子仲皋生三子。长子德鹏，迁祁门新田；次子德鸾，迁婺源严田；三子德鸿，守旧不迁，仍居界田。延至宋元时期，这三支李姓已是枝繁叶茂，史称"三田李氏"。唐末宋初，"三田李氏"首迁赣、浙、皖交界大山深处，分地而居。江西婺源"严田"李氏德鸾的后代，迁中洲乘风源，系唐朝皇族直系血脉。笔者查阅了李氏《南徙事略》《家世源流》及《三田李氏宗谱》序、谱引等史料，发现避乱流落到中洲乘风源一带的李氏，正是昭王李汭后裔李京一支宗族，被称为遂阳乘风李家村派。

乘风源，旧时称凤溪、凤川、乘风源，后演变为乘风源，隐匿于浙皖交界、新安江上游源头，那里崇山峻岭，沟壑纵横，溪流潺潺，从浙皖深山盘旋飞流直下的山泉，飘逸而灵动，汇合成武强溪。乘风源坐落于武强山大山尖西北山麓，被一层层山岗遮住，溪水经九曲十八弯流向外界，是处被人遗忘或忽略的僻壤。

一个穷乡僻壤的弹丸之地，一千多年前，容纳了隐逸唐朝皇族，乘风源成了大唐败落后皇帝后裔的一个归宿，一个李渊、李世民直系血脉躲避战乱的隐匿之地。

"三田李氏"本是皇天贵胄，但黄巢起义，朱温篡唐建梁后，他们只能退出历史舞台，忘情于江湖，寄情于山水，逐渐摆脱皇族身份的束缚，躲开世人瞩目的目光，隐于深山，回归内心，沉寂于山谷，复归于平民。乘风源，这个皇族官宦的避隐之地，有着不同于一般古村的贵气，淳朴之中带着典雅。如今的村野小路中仿佛还能看见前世的华贵宅邸，而生活在这里的人们，却早已享受这里的平静祥和。

# 武强溪畔知洪绍

　　清明时节，县政协文史委《淳安村落》编纂办公室在搜集村落资料时，发现《康塘洪氏宗谱》卷十二《尚书绍公偕夫人墓图》，于是我们一行四人，到中洲、汾口一带探寻东晋兵部尚书洪绍墓址。带着《康塘洪氏宗谱》上的墓图，我们按图索骥，辗转于中洲镇李家畈、霞童、长垵三村山水之间，在莽莽丛林中探勘，发现了"洪绍公墓"。

　　洪绍乃东晋名将，随刘裕征讨有功，封明威将军，后升兵部尚书、金紫光大夫，原配夫人王氏，继配陶氏。陶氏乃晋朝著名大将陶侃孙女，陶渊明的姑姑，洪绍死后，陶侃曾孙陶渊明为其撰写墓志铭。该墓志铭说到洪绍由于不满刘裕（后篡夺东晋皇位，成为南朝开国皇帝），挂冠隐居。陶渊明的"墓志铭"中说："晋室日微，裕势益盛，以公不附己，欲中伤之。乃于义熙十三年（417年），由京口挂冠隐于新定郡武强之木连村……公享年八十有三。卒，偕王夫人同葬武强山脚洪塘坞。"

　　此次，我们经过实地考察探寻，确定该墓址在中洲镇长垵村的洪塘坞。依据《康塘洪氏宗谱》卷十二《尚书绍公偕王夫人墓图》提供的方位图，由该村74岁退休教师汪大武带路，我们寻找到了大致方位：洪绍墓所在的洪塘坞，地处长垵村洪塘岭。洪绍公墓，"文革"时期被人所盗，不见墓碑。但立足墓基前，放眼望去，视野开阔，真可谓："日受千桌供，夜享万盏灯。"按墓图所指，可清晰辨认出：墓前有洪塘，近五六亩，塘前有一小丘称"案山"，北有中洲、黄巢坪、洪家庄、武强庙、沙塘，西有武强山（亦称靖武山），远处是白际岭，南有李家坞。这些图名与实际地、物、名称、位置完全相符。

洪塘坞位于白际岭南北的大源、小源的武强溪两条支流的汇合处，南有狮山，北有象山，与"墓图"上的狮象两山名称、地点相符。当地人称"狮象把门"，认为此处是块风水宝地。"墓图"上狮山外是木连村，东为状元峰（龙耳山）、木连村（今为郑月村），洪塘坞处在狮山与状元峰之间，方位与墓图印合。

墓图上的"茅山下"，即木连村溪北，地势平坦，范围有七八平方公里，东南两面武强溪环绕其间，墓图标注"遂安旧县基"，即现在的石畈、仙居等村，再往外就是寺下村。尚有文昌阁、龙翔寺遗址；洪山宝塔（即琅琯塔）1999年倒塌，琅琯岭上仅存遗址。墓图及历代县志均称"洪山宝塔"，当地百姓称"琅琯塔"。墓图标明的旧县基、古迹、村庄的方位与墓图完全一致。

"洪绍公墓址"墓碑不存，但目前，已找到了墓基的碑帽，即墓碑顶上饰刻动、植物或山水花纹的横石，还找到了洪氏后裔重修"洪绍公墓"镌刻残碑及两块墓侧竖石。寻找并确认"洪绍公墓址"，对了解新定县四百十四年的建县历史及考证洪绍挂冠归隐木连村的史实，有着积极的意义。

建安十三年（208年），吴主孙权派遣威武中郎将贺齐平定黟歙。歙之东叶乡、歙之南武强两乡先降。贺齐上表孙权，分别将叶乡、武强乡改置为始新、新定二县。始新就是后来的淳安县，新定县于晋太康元年改名遂安县。

新定县（即遂安县）的县治何在？从明万历四十年（1612

年）到民国十九年的《遂安县志》均有一致的记载："县治旧在木连村溪北，唐武德四年（621年）迁五狮山之麓（即狮城）。"康熙十二年（1673年）《遂安县志》、乾隆三十二年（1767年）《遂安县志》古迹条称："遂安废城，木连村溪北，唐武德间迁县治于狮城，故城废而址存。"民国十九年《遂安县志》古迹条则说："遂安废城，木连村溪北，唐武德间迁县治于今处，故城废而址存。按址今亦无考。"

民国十九年修《遂安县志》，木连村无考，旧县古遗址亦无存。因此，木连村究竟在哪？今人出现了各种猜测和假设。《康塘洪氏宗谱》"洪绍公墓"图中发现了木连村的有关记载，考证了木连村即今日的中洲镇的郑月村。木连村（今郑月）溪北，茅山下的琅川、仙居一带，就是历时四百十四年的新定县旧基。

# 探访毛家村

　　武强溪的潺潺溪水，像条美丽的飘带，缠绕在山林、田舍间，流淌、闪烁、灵动，淡淡的雾霭笼罩着青山、田畴、绿树。人处天地间，雾气在树林间悄然穿行。影影绰绰，宛如仙境，婀娜中有矜持，蕴藉间闪现动人。山、水、石全随人就意，心不自觉变得熨帖、安静而祥和。

　　太阳挣脱云层冲出来了，洒下万道金光。轻纱似的雾霭渐渐消退，冬日的阳光照在身上，暖融融的。我们一行驱车来到毛家村口，一座新修的石牌坊兀立于斯。牌坊两块匾额上书"遂安第一村""世进士坊"字样，牌坊两侧柱书："山川毓秀年深唐宋仙源境，今古流芳誉满明清进士村。""世进士坊"联为："怀贞怀惠书写春秋继圣贤，事宦事亲情留忠孝酬家国。"我们面对牌坊肃然起敬。千年毛家文脉深厚，毛家自古人才辈出，人文昌盛。毛氏辉煌的历史，一直牵动着我的心，激起我极大的好奇与兴趣，很想走进毛家一探究竟，毛家是何等桃源秘境。

　　其实，原毛家村早已被历史滚滚红尘湮没了，1958年新安江水库蓄水后，毛家村有移民外迁的，也有后靠散居的，原先的村落古建筑都沉于水下。现在到毛家，要从横沿过桥，经百亩畈到枫新村（风沂桥），再沿湖岸过慈岭，抵毛家村。还有就是走千汾公路到浪川洪家拐弯至毛家村。现在的毛家村其实就是散居在上店、毛家源、泮塘、后山、伊家门前、春坞、冷水坞，及上源、下源的九个自然村落。

如今的毛家村，村中有三个内库水塘，自然村落或依山而建，或沿湖而居，整个村犹如众星拱月之势。空灵而幽美，是进村的第一感觉，村民在房前屋后栽花种菜，黄发垂髫，怡然自得，村道整洁、空气清新，时光在这里似乎慢下了脚步。

我们沿着村道，漫步于古宅新楼之间，恍如置身于世外桃源一般。毛家俨然是处天然湖泊湿地，村落相间，实有"人间烟火味，毛家佳丽地"之感。

心之所喜，即是天堂。

对生活在千年古村的毛氏家族来说，村庄就是他们的世界。在这里，宗族置产养贤，以农家耕读为本。纵观毛家村史，这里曾走出了九名进士，堪称"遂安第一村""进士村"。据《泮塘毛氏宗谱》记载，唐天宝年间，毛罗，由衢州棠陵（今江山市境内）徙居泮塘，罗公为泮塘毛氏始迁一世祖，建村已有 1200 余年历史。毛家村有着这样的祖训："继祖宗一脉真传克勤克俭，教子孙两行正道唯读唯耕。""耕读为本，重德崇文"使毛氏"耕读传家，书香绵延"，造就了"进士村"。毛家氏族科甲蝉联，官宦如林。唐朝末年，毛裕登第，官至御史，开创了泮塘毛氏"科宦之家"之先河。明清时期，毛氏一族更是书香满门。明代毛一公、毛一瓒、毛一鹭族兄弟先后登第入仕，声名鹊起。清代毛际可、毛绍睿祖孙又中进士，毛一鹭之孙毛升芳试博学鸿词，列二等，授翰林检讨。一村九进士、一翰林，实乃名副其实的"进士村"。毛一鹭一生从政 24 年，司法、文教两途颇有建树，官至南京兵部左侍郎，为国为民做了不少好事，虽因党争遭遇污名，成为政治牺牲品，但随着史料进一步考证，其生平与政绩自有公论。

毛际可一生仕途坎坷，但归隐故里，避居杭州西陵之后，著作颇丰，主纂《严州府志》《浙江通志》，文学成就名播天下，有"浙中三毛，文中三豪"之称，他留下了许多《文钞》收录在清朝各类丛书之中。毛际可不独通经史，还擅书画、工诗词。其文咏物写景，入微传神，比之韩愈、柳宗元记游散文，亦毫不逊色。

毛绍睿，清乾隆十三年（1748年）进士，五岁启蒙，七岁吟诗，九岁会文赋，官至刑部郎中、文华殿学士，常与纪晓岚会文吟诗，成为挚友。有一年元宵节，乾隆帝要纪晓岚制一对谜底为"射谜"二字的谜面，"谜"字纪晓岚制成的谜面为："诗也有，词也有，论语上也有，对东西南北模糊，虽为短文，也是妙文。"但"射"字谜面就不好制了，纪晓岚讨教毛绍睿，毛绍睿说："北方人叫猜谜为'射谜'，我们南方人叫'猜谜'，何不将'射'字改成'猜'字，就好制了。"纪晓岚才思敏捷，一下便制出来了，"猜"的谜面为："黑不是，白不是，红黄更不是，和狐狼猫狗仿佛，既非家畜，又非野兽。"当纪晓岚告知乾隆帝此谜面是毛绍睿指点下制成的时，乾隆帝拍手称妙，对纪晓岚说："这可是一字师啊！"后来，毛绍睿告老返乡，纪晓岚曾多次前来看望，毛绍睿病逝，纪晓岚还赶来吊唁，并为毛绍睿撰写墓志铭。

泮塘毛氏的科宦之风，对遂安人文兴起有着重要影响。明清时期，詹理、汪乔年、余国祯、方象瑛等遂安名流都与毛氏学宦相友善，这对遂安文化、教育的鼎兴作用是不言而喻的。

牌坊彰显事功藻德，忠孝仁义，为世人立德修身树楷模，垂范后世。古代的毛家村有"六世同居坊"，有"少司马坊"（毛一鹭），有"世进士坊"（毛一公、毛一瓒、毛际可），有"翰林坊"（毛升芳），有"柱史坊""会魁坊"（毛绍睿），有"登云坊"（毛诚），有"节孝流芳坊"（毛存元），有"祖孙父子兄弟叔侄大夫坊"等。毛氏家族，凭借世德流芳，门庭清廉，子孙励志，勤学苦读，跻显贵、耀门庭，彰显了一个家族的文化力量。

毛氏家族是遂安县邑的名门望族，为官者有政绩，为文者有文采，为人则有风骨，这是世德家风的传承，是勤学苦读的精神，鞭策着毛家村一代代学子走出家乡，走向社会，走向人生最高处。

欣闻毛家村正在实施省山海协作工程，借梯登高，将在三年内规划完成"世进士坊""松皋书院"复建，设计建设一座"进士馆"和文化公园。毛氏人文丰富，值得弘扬传承，彰显毛家千年文脉，传承人文，利在当代，功在千秋。现在的毛家虽因新安江水库建设，村落主体淹没水底，成了"水下古村，岸上的家"，后靠重建的毛家村，有着毛氏文化基因，薪火相传，绵延书香，任重道远。在乡村振兴的大背景下，毛家村以弘扬传统文化、打造文化品牌、培植乡土文化、回归历史文化为抓手，激励人心，凝聚力量，着力挖掘毛家历史和人文资源，建设一个以历史文化为底色的特色文化名村，此举值得称赞。

# 一个神仙到过的地方——王家源

　　王家源，古称丰源。丰源发源于海拔 917.3 米的小京塔西麓山坳。流域全长 11.18 公里，流域集雨面积 15.88 平方公里，是淳安县东部水系东源港上游文昌境内十五都源、丰源、浪洞源三条源流之一。王家源村紧邻 05 省道，距县城 26 公里，距杭黄高铁千岛湖站仅 5 公里，交通极为便捷。王家源村由王家、丰源、塔心三个行政村合并而成，辖区内散落着 15 个自然村，全村 340户，1117 人。

　　据《丰溪王氏宗谱》记载，唐武德七年（624 年）散骑常侍拔武公自横山卜居丰溪。王家源是淳安县 42 个千年古村落之一，获得省文明村、省文化示范村、省美丽宜居示范村、省五星级农村文化礼堂、省级历史文化名村等多项桂冠。王家源是一个山川秀美、森林茂盛、水源充沛的自然生态源。这里负氧离子最高值达到每立方厘米 270000 个，平均含量也达 170000，负氧离子爆表的醉人山水，带给人们清新和愉悦，俨然一处"天然氧吧"。这是一个古韵古风浓郁的村落，民居沿河而筑，依山而居，河边岸上的鹅卵石，被砌作墙体。墙与河，自然而然地衔接在一起，好一幅江南民居风情画，王家源村为国家 AAA 级村落式景区。

　　村口十八株古树遮天蔽日，犹如"十八罗汉"守护村庄，溪水清澈，流水潺潺，农家庭院、荷花池、亭榭、廊桥与青山绿水相交融，温婉而平和，人行其间，简直如置身于水墨江南风情画卷里。游走千年古村王家源，"浮云参野色，斜谷走溪声"的诗意扑面而来，一个个美丽动人的传说，令人神往。

王家源有一座海拔 800 余米的高山，名叫王尖山，此山呈"笔架形"，主峰王尖，东西两侧有东王尖、西王尖。王尖山下有千顷良田，古时的王家源村是座千灶人口的大村子，王尖山一年四季花果飘香，山下松柏林立，森林郁郁葱葱、鸟语花香，登临王尖山巅，眺望远处，贺城全景，尽收眼底，新安江上穿梭的船只也清晰可见。王尖山峦，云蒸雾绕，万脉聚集，灵气无限。

传说，王家源村有一王氏小伙，名不详，当地人称呼他叫"王郎"。王郎从小无爹无娘，也无兄弟姐妹，常年在舅舅家放牛砍柴。王郎每天都到王尖山砍柴放牧，王尖山的山山岭岭都跑遍了。

某天，王郎上王尖山砍柴，时值中午，看见两位白发老人在山顶上的棋盘石上走象棋，王郎好奇地走过去，他看见两位白发老头一边吃着桃子，一边下着象棋。此时，王郎肚子也有些饿了，就捡起两位白发老头吃剩下的半个桃子吃起来，并将柴刀垫着屁股坐下来，一边吃着桃子，一边观看白发老头下棋。等他半个桃子吃完了，白发老头说："你该下山回家了。"王郎站起来准备下山，去拿柴刀时，发现柴刀柄已烂断，柴刀也斑驳生锈。王郎观看白发老头下棋有个把时辰，有道是："仙家一时辰，人间三百年。"王郎吃了半个蟠桃已成半仙了，他在王尖山陪两位仙人过了三百年。王郎下山后，不久便死去了，这可是一位年过三百的老寿星了。现在王家源村后的王尖山上，还有棋盘石哩，民间百姓至今仍流传着"仙人下棋"的故事。

这个神仙到过的地方，唐武德年间就有了村落。有水的地方就有灵气，何况是山泉水，依山而居，更为王家源平添了一份仙气。王家源一直流传许多民间故事，多少都带有神话色彩，也许这里真的是神仙眷顾的地方呢……

据传，从前王家源曾是一处世外桃源，塔心自然村的一处"仙女献花"景观，述说着这样一个神话故事：

相传，天宫的"七仙女"羡慕人间的男耕女织生活，向往美丽乡村的田园风光。一天，七仙女们趁王母娘娘不在，欢天喜地飘飘荡荡下凡来了，仙女们手持花篮，一路飘来，一路散花。唯有最小的七仙女，口含夜明珠尾随其后，姐妹们来到王家源上空被凡间的白墙黛瓦、绿树掩映、云雾缭绕的美景惊呆了，驻足在王家源塔心的一块巨石上逗留片刻等候小妹七仙女，小妹七仙女飞至王家源上空被乡村美景惊艳得大叫一声"太美了"，嘴一张，夜明珠"呼啦"一声落下地来。那宝珠落地生根，眨眼间就变成了一个银光闪亮的大圆珠。夜明珠的银光和跌落的声响，惊动了深山里的两条乌龙，它们都拼命奔来夺珠，双龙围着夜明珠欢跳、嬉戏，时而腾跃，时而玩耍，仙女们在天空上演天女散花，地上双龙戏珠，为山村勾画了一幅"龙腾盛世"的壮丽画卷。

今天的王家源村人，将"龙腾盛世""仙女献花"的美丽传说，演绎成了民间艺术，以歌舞形式在杭州千岛湖秀水节民间艺术展演大赛中，艺术地再现了这一民间传说故事，并斩获金奖。

王家源村是淳安县"美丽乡村"烂漫山花丛中的一枝奇葩。千年古村王家源，历史文化蕴含深厚，乡村风味浓郁，自然风光旖旎，具有一种别致的江南古村韵味，集自然与人文为一体，环境优美宜人，古村朴雅之气展现得淋漓尽致。传统工艺、曲艺、美食等民俗文化元素在此相融，这里成了省级历史文化名村的翘楚。

一千多年的历史，为王家源积淀了厚重的历史文化。王氏子孙在这块土地上繁衍生息，涌现出很多出类拔萃的历史名人。据宗谱记载，自唐高祖时拔武公迁居以来，后裔多以武显，先后有唐武德郎行军司马王干、唐户部尚书（大司农）王克谐、唐末副指挥使王克勤、南北都指挥使王克俭、宋大理评事王仁宥等人物。王克俭后为唐侍衙，封忠顺英烈侯。

唐武德七年（624年），拔武公卜居丰溪，因慕王家源那片山清水秀的深山僻地，结茅为庐、开荒种地、繁衍生息，王家源现已成为人间仙境般的村落，王氏子孙枝繁叶茂。勤劳智慧的王氏先贤十分珍视生态环境的保护，村口十八株古树名木就是见证。提及省级历史文化名村，该村出土的"方腊起义刻石"，就是有力的佐证。这块刻石是我县唯一的国家一级文物，成了我县镇县之宝了。1980年，王家村民王三杰建房开挖地基，挖出了一块天然鹅卵石，重达17.5千克，四面均阴刻楷书铭文，共11列，计有84个字："庚子（1120年）十月初九日，睦州青溪县万年乡方十三作逆，名腊，妻姓邵。至十二月出洞，初五烧人家屋。打到杭州，便打秀州，城不开。辛丑（1121年）三月，天兵捉焉。四月廿七日，辛太尉入洞，收下入京。改为严州淳安县。丰源院僧用琴记。"丰源院，古时建在王家源村前溪北下前山，光绪《淳安县志》记载："丰源院，在县东北安乐乡，五代梁贞明二年（916年）建。"丰源院是淳安较早的寺院之一，院中用琴和尚镌刻的方腊起义刻石，为研究方腊起义提供了实物资料，具有珍贵的人文历史研究价值。

如今的王家源，是淳安县首批十条县级"百源经济"建设村之一，"百源经济"已是当今有口皆碑的发展热词。王家源村抢抓机遇，大干快上，提出了打造"多彩王家源、有机生活圈"口号，充分利用山水资源、交通便捷和文化底蕴深厚等优势，致力打造多姿多彩的王家源。

在这里，乡村旅游日益红火。有王家源古村落乡村游，乡非·云舍民宿度假游，花墅集休闲度假游，山地自行车环游，渊林幽谷景点，高木塔景观，小京塔探源游，何仙姑果园采摘游、蔬菜基地农事体验游，花猪节，丁香庄园休闲度假，乐享农趣乡村旅游文化节，山地自行车爬坡、速降比赛，王家源寻宝，方腊起义刻石展示馆，古木公园、灵惠庙、丰源院探寻游，及国家级古生物化石地质遗迹点（志留系底部化石产地）。今年又成功引进了田园旅游观光综合体项目，一期投资 1000 万元。王家源距今已有 1300 余年历史，文化蕴含深厚，自然生态绝佳，王家源乡村旅游资源丰富，其风味浓郁的乡村风情、田园风光，惊艳世人。

在这里，有机农业蓬勃发展。目前，源内已入驻江清山地蔬菜专业合作社等老牌蔬菜基地 5 家，也有老方家庭农场和"七彩稻田"等农旅结合的生态农业项目。其中百亩"何仙姑"高山有机水蜜桃 2016 年已挂果，枇杷、桃、李、柑橘、葡萄种植基地"五果丰登"；农盛粮油有限公司生产的"清野"牌千岛湖富硒米，被省农科院评为浙江"最好吃稻米"；"淳安花猪"已成为王家源美食品牌，该猪肉细嫩多汁、肉味香浓，其美味吸引了远近食客。淳安花猪有它独特的历史文化，据清乾隆丁亥（1767 年）《遂安县志》载："豕有粗皮细皮两种，细皮肉美，小豕运售徽属，为乡间出产之一。"据说，1948 年张大千途经淳安时，船行新安江上，看到淳安农家住在山顶上，家家养花猪，渔民在江上打鱼，即兴赋诗，欣然作《新安江图》："舟从乱石堆中过，人在荒山顶上居。顿顿煮鱼倾白堕，家家食黍养花猪。"淳安花猪是浙江省 16 个地方品种之一，是我国地方猪种"基因库"中的宝贵品种资源。王家源村利用良好的生态环境和原生态的养殖方法，沿用原始传统饲养方法，采取农家散养模式，花猪"吸的是森林氧，喝的是山泉水，吃的是有机食"，番薯、玉米、瓜菜、野草成了花猪的主饲料。这种品质优良的花猪受到城乡游客的青睐，许多人慕名前来求购，王家源村已被县政府确定为淳安花猪养殖基地。王家源村现已流转土地541.5亩，有机农业强势推进，民宿产业异军突起，乡村旅游渐入佳境。

这里，村庄优美，民风淳朴。每逢春节，年味醇厚，村民自发组织的原汁原味的"村晚"如期开启，为全村百姓送上乡村年味的文化大餐；每年重阳节，都要举办"百岁宴"为村里60岁以上的老年人送去关怀和祝福；王家源村的留守儿童是最幸福的，有专职老师辅导这些留守儿童节假期的作业，并时常开展"为留守儿童撑起一片蓝天"系列活动，"尊老爱幼"四个字在这里得到了很好的诠释。村落之间庭院美化各有特色，村容村貌优美，夜间村民自发开展的广场舞、健身操愉悦身心，充满民俗风情，泥土芳香的自编、自导、自演的睦剧小戏，还走向了省城大舞台。

王家源因山水而美，因山水而富。走进王家源，俨然进入世外桃源仙境，自然风光、人文遗迹、民俗风情、有机农业、优雅环境吸引了世人眼球，一条集农业观光、农事体验、休闲度假、节庆娱乐为一体的乡土文化"生态沟"，已成为我县"百源经济"开发利用的示范源。

# 千年沧桑话毛家

　　时间浩渺如海，千年的时光，也恰似弹指一挥，不过是宇宙之瞬息。而那些沉入浩瀚海底的历史，却经由文字的暗香，从古籍旧本里向我们袅袅而来。

　　毛家，乃遂邑小西门出城之望族巨村，举村皆毛姓。唐天宝年间始祖罗公自江山棠陵徙毛家源八亩山定居，十八代单传，于毛家周边，居址多变。元时，毛家敬六公由泮塘定居毛家村，于是瓜瓞绵绵。

　　始祖毛罗为何从江山迁徙至泮塘，后人无从考证。但自唐朝末年，毛裕登第，官御史，开创泮塘毛氏"科宦之家"先河之后，明清两代的史志上，就出现了毛存元、毛一公、毛一瓒、毛一鹭、毛升芳、毛际可、毛士仪、毛士储、毛览辉、毛绍睿、毛绍准这些响亮的名字，自此，毛氏科甲蝉联，官宦如林。有了"六世同居坊"，有了"节孝流芳坊"（毛存元），有了"少司马坊"（毛一鹭），有了"世进士坊"（毛一公、毛一瓒、毛际可），有了"翰林坊"（毛升芳），有了"柱史坊""会魁坊"（毛绍睿），有了"登云坊"（毛诚），有了"祖孙父子兄弟叔侄大夫坊"。牌坊彰显事功藻德，忠孝仁义，为世人立德修身树楷模，垂范后世。

对生活在千年古村的毛氏家族来说，村庄就是他们的世界。在这里，宗族置产养贤，以农家耕读为本。纵观毛家村史，这里曾走出了九名进士，堪称"遂安第一村""进士村"。据《泮塘毛氏宗谱》记载，自唐天宝年间，毛罗徙居泮塘，罗公为泮塘毛氏始迁一世祖，建村已有 1200 余年历史。毛家村有着这样的祖训："继祖宗一脉真传克勤克俭，教子孙两行正道唯读唯耕。""耕读为本，重德崇文"使毛氏"耕读传家，书香绵延"，造就了"进士村"。明清时期，毛氏一族更是书香满门。明代毛一公、毛一瓒、毛一鹭族兄弟先后登第入仕，声名鹊起。清代毛际可、毛绍睿祖孙又中进士，毛一鹭之孙毛升芳试博学鸿词，列二等，授翰林检讨。一村九进士、一翰林，实乃名副其实的"进士村"。毛一鹭一生从政 24 年，司法、文教两途颇有建树，官至南京兵部左侍郎，为国为民做了不少好事，虽因党争遭遇污名，成为政治牺牲品，但随着史料进一步考证，其生平与政绩自有公论。

毛际可，字会侯，号鹤舫。弃官避居杭州西陵之后，著作颇丰，主纂《严州府志》《浙江通志》，文学成就名播天下，有"浙中三毛，文中三豪"之称，他留下了许多《文钞》收录在清朝各类丛书之中。毛际可不独通经史，还擅书画、工诗词。咏物写景，入微传神，比之韩愈、柳宗元记游散文，亦毫不逊色。

毛际可，既是"世进士坊"（毛一公、毛一瓒、毛际可）中的曾孙辈，也是"祖孙父子兄弟叔侄大夫坊"里面的曾祖父辈。

大明崇祯六年（1633 年），毛际可在狮城"安序弄"旁的毛氏祖屋"安序堂"降生。"安序弄"位于狮城中心地带，在县衙西面，亦称"毛家弄"，一弄皆是毛家的产业，周边有毛氏宗祠、仁贤祠、毛际可故居等毛氏族人生活的遗存，1958 年，新安江水库形成后，这些遗迹随狮城沦为水域。

毛际可之父亦是一介书生，其父名志履（1597—1672 年），字尔旋，别号太素。他平日里乐善好施，孝悌谦恭，常急人所难，乡民借贷之券他不忍留存，私下焚毁，故每到岁末，常不能自给。史载毛志履"性嗜学，积书数千卷，一目能数行"。他曾负笈师从于汪乔年，乔年乃汾口赤川口村人，历任刑部、工部郎中、陕西按察使、青州知府，这期间，以父丧居家守孝。汪公惊叹其才："击节称叹，以励其群弟子。"但因为其文"奇肆自姿"，乡试主考官"谓其文有疗时之意，而以过奇置之额外"，毛志履从此绝意仕途。死后以子贵，被封文林郎城固县知县。

毛氏一族开始显赫，始于毛一瓒等人。一瓒字献卿，为明壬辰（1592 年）进士，出任进贤县令，减赋薄徭，与民休息，清廉之声名冠天下，人称"毛进贤"。有子三，毛国典、毛国章、毛国荣。毛志履是国章的儿子。

一瓒兄长毛一公，字震卿，幼年发奋苦读，"登先月楼，去其梯，不窥园者三年，遂淹贯经史"（毛际可《曾伯祖明斋公传》），万历己丑（1589 年）进士，文名籍甚，授湖广汉阳司理，断案明允。后擢工科给事中，受诏巡视皇城。后因抗疏请皇长子册立，神宗怒削其籍，天启即位后，陟南光禄寺少卿。

毛一鹭也是毛际可的堂曾祖父，官位显赫，曾任兵部侍郎，因名附阉党，晚年有亏名节。

相对于祖父和父亲来说，毛际可的仕途可谓一帆风顺，"九岁应童子试，邑人颇称之"。他十九岁赴省试，父亲毛志履叹曰："孺子文他日必能荣世。"果不其言，毛际可二十四岁中举人，二十五岁（1658 年）登进士，初授河南彰德府（今河南安阳）推官，廉明不阿，政绩卓著。后调城固（今属陕西汉中）知县，时湑河五门堰发洪水，毛际可昼夜筑堵，可使灌溉良田五万余亩。每每回到家中，毛志履依门安慰说："此行良苦，为民牧者，慎无惮一身之劳而贻生民无穷之戚。"再调浚仪（河南开封）知县，益清贫廉洁。康熙十七年（1678 年），被荐试博学鸿词科，因故未入京赴试。不久告老还乡，闭门著书。

纪晓岚是清朝乾隆皇帝的重臣。他主修了大百科全书《四库全书》，共七万九千多卷，约八亿四千万字。他曾受到乾隆、嘉庆两朝皇帝的重用，被誉为"一代文宗"。他的文章和书法，被世人评为"一字千金"。为什么这位官位显赫的纪晓岚，要为遂安毛家村的毛绍睿撰写墓志铭呢？这里有一段鲜为人知的故事。

毛绍睿，字念轩、时绎，遂安人，清乾隆十三年进士。是明代吏部尚书毛一瓒的裔孙。五岁启蒙，七岁吟诗，九岁会文赋，人称"神童"。二十多岁考中进士，官至刑部郎中、文华殿学士，常与纪晓岚会文嚼字，二人成为密友。

有一年元宵节，乾隆皇帝要每位大臣都糊一盏灯，上面写上灯谜，送进宫来让大臣们欣赏、竞猜，共度元宵佳节，并召见纪晓岚，要他写一对谜底为"射谜"的谜面于灯上，让大家都猜不到，最后皇帝本人来猜，如能做到，可有重赏。纪晓岚回家想来想去，总想不出。这时刚好毛绍睿来，纪晓岚说："皇上要我制一对谜底为'射谜'二字的谜面，'谜'字谜面已经制好，'射'字却制不出，奈何？"毛绍睿想了一会，也没想出，后来突然对纪晓岚说："要是改动一字便可制出。你们北方叫猜谜为'射谜'，我们南方人叫猜谜，将'射'字改成'猜'字，就好制了。"纪晓岚才思敏捷，一会儿便制出来了，的确是一对极妙极难猜的灯谜：

"黑不是，白不是，红黄更不是，和狐狼猫狗仿佛，既非家畜，又非野兽；诗也有，词也有，论语上也有，对东西南北模糊，虽为短文，也是妙文。"

纪晓岚当即告诉乾隆皇帝。乾隆听了，拍手称妙，对纪晓岚说："这可是一字之师啊！"

到了元宵节，满朝文武看了这副灯谜，都感到制作精妙，但都对不出来。最后乾隆说出是"猜谜"二字。众臣听了都跪倒在地，高呼："万岁才高八斗，学富五车！"为了这件事，纪晓岚对毛绍睿以"一字师"来尊敬。后来毛绍睿告老回乡，纪晓岚多次前来看望。毛绍睿病逝，纪晓岚还赶来遂安悼念，并撰写了墓志铭。

《泮塘毛氏宗谱》里，记载着纪晓岚撰写的墓志铭全文："公讳绍睿，字时绎。其先祖一瓒，官吏部，清名天下。公生而颖敏，九岁有神童之目，弱冠入泮。丁卯举顺乡榜，戊辰联捷巍科，秋授江西举事，又晋擢湖广司郎中，清慎廉谨。时刑部牢狱数人狡狯贪贿。公察其弊端，严整纲纪，胥卒莫敢肆。擢南台御史，益矢冰兢。常言曰：吾见无死罪者为之欢忭。百姓闻之泣下……尔我乾隆二十年轩芸阁一叙，奉先枢返里，宦情松淡，恋子萱帏，日夕不离膝下，十年仁孝。归籍四十余年，以种花木自娱，八十四岁而终。嘱子孙曰：吾儒以理为主，无效世俗作佛事。有《念轩制艺》行世，诗稿驾三唐以上。纪春帆曰：予与念轩为同年，又气谊相厚，故知其甚悉，使公更列台鼎。调盐梅，政绩更有卓然，乃急流勇退。若以俟之后人而已无与焉。语曰：不奉其身，必于其子孙尚其勉哉。"

泮塘毛氏的科宦之风，对遂安人文兴起有着重要影响。明清时期，詹理、汪乔年、余国祯、方象瑛等遂安名流都与毛氏学宦相友善，这对遂安文化、教育的鼎兴作用是不言而喻的。

毛氏家族，凭借世德流芳，门庭清廉，子孙励志，勤学苦读，跻显贵、耀门庭，彰显了一个家族的文化力量。

毛氏家族是遂安县邑的名门望族，为官者有政绩，为文者有文采，为人则有风骨，这是世德家风的传承，是勤学苦读的精神，鞭策着毛家村一代代学子走出家乡，走向社会，走向人生最高处。

# 寻访太阳山

　　暮春的一天，初阳曈曈，约三五好友，兴致勃勃地攀登太阳山。

　　太阳山坐落在文昌镇的东南方向东树坑村境内，距镇政府所在地三十余里。连绵的山峦，横亘南北，海拔八百五十米，山的西面是桐庐小京坞，东面是东树坑。沿东树坑进山，峰回路转，沟壑相连，虽十余里行程，据说过去出趟山要过七十二道水，绕三十六道弯。如今是逢山开路，过河架桥，汽车可直达山脚。一路上我们开着车窗慢速前行，东树坑坞深林茂，山清水秀，路就在两山峡谷间，两山夹一沟，狭窄处两山相距只有四五米。路和水相依，山和路相接，青山与绿水相伴，风声与水声和鸣。我们穿行在青山绿水间，平时刺耳的喇叭声经山坳回旋后，竟变得清脆悦耳。此时，我们有所悟——当年刘秀避难太阳山或许是因为这里地形复杂，易守难攻；或许是因为这里风光旖旎，"醉翁之意不在酒，在乎山水间"。因此这一带留下了许许多多有关刘秀的美丽传说。有他曾发号施令的"中央坞"，有神驹驮他倒行进坞而躲过王莽的追兵的"倒坞"，还有他失落的御剑形成了"宝剑石"，留守爱将形成了"石将军"，等等，似乎太阳山的一山一石一草一木都"长"满了故事。

沿着太阳山山坳向上攀登，没行多远就听见潺潺的流水声，循声望去，一股山泉从石隙间奔涌而出，奏出了明快活泼的音符，流淌着春的气势和神韵。越往上爬，沟愈陡水愈大，水乃山之灵气，水泉如此丰沛，可见太阳山灵气之足。

越过山沟进入灌木林，穿行在高高的灌木丛中，不多时来到一条山涧边。迎面就见一簇簇的树莓，一串串的莓子挂在长有刺的茎上，有红的、有紫的，非常漂亮，摘下一颗吃上一口，味道甜润爽口。

我们拄着拐杖探路前行，时值暮春，山上仍然一片盎然生机，各种不知名的野花，香味扑鼻，几只小蝴蝶绕身而飞。那殷红的杜鹃花，在层层叠叠的树林间像燃起的烈焰；洁白如雪的桐花，像春姑娘佩戴的装饰，散落在如屏的丛林；更有紫藤开得欢，一簇簇一片片鲜艳欲滴……爬上山腰，是一片开阔地，种植了大片茶叶，这里已是海拔六百米以上了。这荒芜的山野并非自古无人迹，至今残存的一幢幢坍塌的断墙残垣，便是见证，这里曾居住着一户王氏族人，他们开荒种地，以种植茶叶、山核桃为生，这里产的高山云雾茶以汁浓味香而闻名，可王氏族人早已搬到山下居住，不然我们一定能喝上一口浓香的高山茶。

我们继续往上攀登，在一片低矮茂盛的灌木丛中，突兀而起两块巨大的山石，当地人称"关门石"，两石之间可清晰看见石门闩，穿过石门，就到山顶了，迎面就是两棵古老的枫杨树，俨然像两位忠实的哨兵，几百年如此守着山口，摇曳的树枝，又像是挥动着手臂欢迎我们的到来。

踏上山顶眼前豁然开朗，出现在我们面前的是座船形的山顶，南高北低，南北各有一块平地，像是两个船舱。此山原来以形而得名，谓之船坳。我们走进"船舱"，惊飞了藏在草丛中的雉鸡，久违的长尾巴鸟成群地飞来飞去，天空中硕大的老鹰在盘旋，寻找着可捕捉的猎物。此时山上一片空灵，阳光普照，放眼眺望千岛湖，大小岛屿尽收眼底，还有那远处的山峦在雾霭中忽隐忽现。

太阳山，很早以前，就有人见其山色秀美，山势独特，在此结庐居住，建庙请佛，寺庙屡毁屡建。清光绪年间，南海有一僧人，法号悟空，一日慕名到此，见庙毁地荒，当晚宿于树下并得一梦，见太阳从东方冉冉升起，绚丽灿烂，阳光直射"船舱"，悟空顿悟，于是就决定留下来重建寺庙，新建寺庙取名为普光寺，将此山改名为太阳山。新建的普光寺，占地十余亩，红墙黛瓦，气势宏大。寺庙分前后两厅。前厅有五间为钟鼓楼，置放晨钟暮鼓；后五间为殿堂，供奉着观音和十八罗汉等菩萨。厅堂之间右边为厢房，用于招待香客，左边为过道，中间是天井，外围还有围墙、花园。盖庙所用的瓦片为铁铸，每片十余斤。前厅所置晨钟重千斤，远近闻名，它从杭州运抵此地。庙里所塑佛像惟妙惟肖，栩栩如生。据传这里的菩萨很灵验，来此祭拜的虔诚信徒络绎不绝，人群从山脚排到山顶。为缓解这人满为患的局面，北面的平地上又建起规模更大的真善堂，与普光寺布局相似，结构相同，香火亦很兴旺。可惜，现在普光寺、真善堂都不复存在，只剩庙基的痕迹和断瓦残砖。站在此地，仿佛听到晨钟暮鼓声在山涧回荡，如云似雾的香火在眼前浮现。

到了太阳山，"神仙井"是必看的。传说，有一年太阳山一带大旱，别说山上的池塘，就连山下的河里也旱得底朝天，小和尚们只有到山脚的山泉接水，挑担水上下山要走十五里路。有一天，庙里来了个破衣烂裳、挂着拐杖、老态龙钟的白发白须白眉的老头，声称路过此地，讨碗水喝，老和尚客气地一边让座，一边从小和尚刚挑上山的木桶里舀出一碗水来递给老人，老人一仰脖子碗中的水就干了，老人用手摸摸嘴巴，说这水真甜，老和尚又舀了一碗给他，他说："此碗太小，还是不能解渴，求求你们，能否将这两桶水都让我喝了?"老和尚不由得一怔，一旁的小和尚急了，忙说："我们还指望用水做饭呢!"老人"噢"的一声点点头，说："我知道水来得不容易，可我实在太渴了，你看我喉咙里都冒火了，现在赶路，肯定会渴死在路上的。"老和尚说："水没了还可以去挑，人渴死在路上是造孽，救人一命胜造七级浮屠。"老人不由得眼睛一亮，长叹一声："好人有好报!"说完拎起水桶咕嘟咕嘟地将两桶水喝得精光。小和尚挑起水桶往外走，老人拄着拐杖站起来说："你到哪里去?"小和尚生气地回答："去山下挑水再给你喝呀。"老人笑笑说："你们庙门前不是有井水吗? 干吗要舍近求远呢?"说完领着和尚来到庙门前，老人在庙前转了三圈，猛然将拐杖向地上一戳，无声无息地冒出了一口井，和尚们看着一井汪汪的清水都惊呆了，回头看老人，已无踪影，老和尚带领寺庙众和尚跪地拜谢神仙送来甘霖。从此，人们称这口井为"神仙井"，直至现在，这口井春不溢、夏不竭、冬不涸。

太阳山，它虽没有黄山的奇、华山的险、泰山的峻、庐山的秀，但它的景色之美、景致之幽，绝不逊色于这些名山。

# 乡村记忆话乡愁

# "耕读传家"话淳安

    独自一人走进幸存的一些淳安乡村古村落，从一座座乡村老宅走过，看着那残留的"耕读、耕读第、耕与读、耕读传家"之类的门楣题字，令人感受到村落中曾经飘荡着的诗雅风韵和那背后深藏着的意蕴，"耕读"在淳安老百姓中可谓流传甚广，深入民心。

    在古人看来："耕"指种田，是农民的本分，耕田可以事稼穑、丰五谷，养家糊口、以立性命；"读"则是可以在农闲时或劳累时以读书为乐，读书还可以知诗书、达礼义，修身养性、以立高德。所以，"耕读传家"既学做人，又学谋生。"读"，当然是读圣贤书，为的不是做官，是学点"礼义廉耻"的做人道理。因为在古人看来，做人第一，道德至上。所以说古代读书人都常怀"耕以致富，读能荣身"之朴素愿望。耕读文化是农耕文明的精髓，"耕读传家久，诗书继世长"，是对传统文化的核心解读。在淳安的氏族文化中常有"富贵传家，不过三代；诗书传家，继世绵长"的家训。

    千百年的耕读传家和文化濡化，孕育了淳安人"好读书"的风尚。民谣云："养囝不读书，好比喂口猪；人若不识字，开子要被瞎子骗。"据县志记载，淳遂两县历代科举考试，进士及第者 308 人，其中状元 3 名，榜眼 1 名，探花 1 名。唐代文学家皇甫湜、诗人皇甫松父子，开创了一代新安文化，而"名扬千万里"的诗人方干，首开"睦州诗派"之先河；两宋有被徽宗誉为"两浙三方，天下无双"学问赅博的方阃、方阊、方闻三兄弟，还有高中状元，榜眼，探花的詹骙、方逢辰、黄蜕、何梦桂；元有"七子"方一夔、洪震老、吴噭、夏溥、余炎叟、徐夔叟、翁民瞻，其所编倡和诗《七子韵语集》向有"未必淳安劣建安"之口碑；明有徐仲由著南曲《杀狗记》问世，还有名震文坛的"三元宰相"商辂和文渊阁大学士方逢年；清有"浙中三毛，文中三豪"之一者毛际可和方士颖、方楘如、方㮚如、方䅺如父子昆季四作家。淳安自古崇文重教，人才辈出，名儒众多，人文荟萃，素有"文献名邦"之称。千百年来，在以耕读为价值取向的影响下，淳安历代簪缨迭起，名家辈出。

学而优则仕，一直是学子士人的人生信念。淳安历代 308 名进士及第者，就是"学至大成乃仕"的淳安骄子。而"耕读传家"本义为"耕以养生，读以明道"。"读"，并非一定为"做官"而读，因为在古人看来，读以修身，书能育人。做人第一，道德至上。"万般皆下品，唯有读书高。"正是"耕读社会"形成的社会生活方式和传统文化，给人以安乐、宁静、和谐、自然的人生环境和浪漫情怀，因此人们才能在平平常常的生活中潜移默化地接受着礼教的熏陶和圣哲先贤的教化。"耕读传家"在淳安影响深广，"耕读文化"成为人们一种自觉的文化追求。众多淳安寒门弟子就是在这种"耕读传家"氛围里，悄然崛起于阡陌陇亩之中。

当我们远足乡村，吟诵着祠堂老宅残存的劝世楹联："几百年人家无非积善，第一等好事只是读书""传家无别法，非耕即读；裕后有良图，唯俭与勤""一等人忠臣孝子，两件事耕田读书"，可以看出耕读在淳安民间有着多么深厚的土壤！

# 古韵赤川口

青砖黛瓦，迂回曲折，深酿几许风情；

雕栏玉砌，白灰勾缝，静藏几多神秘；

历经沧桑，沉淀岁月，远蕴几载古韵。

这里，便是藏匿于汾口龙耳山麓的静谧一隅——赤川口村。

迎着初夏的风，信步而行，千年的青石已踩成时光的足印，百年的黛瓦已描作岁月的诗行。

村巷、旧街、老宅、古桥、古井，犹如一幅幅历经岁月侵蚀的古老画卷，虽几多泛黄，却并未弥漫清冷孤寂，依旧镶嵌在时光的长廊里，展现着点点滴滴古村落的风骨韵味，传承着丝丝缕缕历史的人文积淀，耐人寻味。

## 一、余氏家厅

余氏家厅，堂名为"象贤堂"，俗称祠堂。"象贤堂"坐东朝西，明代建筑，由门厅、正厅和天井组成。整座建筑规模宏伟，保留着众多匾额。占地面积 385.8 平方米，面宽 15.5 米，纵深 24.65 米。四合院式砖木结构，明间抬梁式结构，次间和稍间均为穿斗式结构。门牌为阁楼式，牛腿和雀替雕工精美，阁楼上雕有各种人物和飞禽走兽，造型各异，雕琢精巧，栩栩如生。

在家厅门额上方，悬挂着一块双龙望珠的"恩荣"匾额，说明余氏家厅的建造，是由皇上恩准，地方筹资兴建的高规格建筑。"象贤堂"，据《遂安萝蔓余氏族谱》记载，始建于明代嘉靖戊申（1548年）八月，落成于嘉靖壬子（1552年）三月。《象贤堂记》曰：思宽公居松林季子文广于弘治戊申（1488年）始迁于石川里象山之下居地（即今赤川口）。文广公生镜、铟、铖、鐩四子。镜生仕清、仕洪。仕洪，娶江村江氏（今枫树岭镇上江村），生四子：乾元、乾亨、乾利、乾贞。继后，余仕洪于嘉靖戊申（1548年）八月始建象贤堂，于壬子（1552年）三月落成。"象贤堂"初为仕洪一房子孙讲礼之地，后为赤川口余氏祭祖敬宗之"余氏宗祠"。

"象贤堂"，整个组群由"科甲传芳"坊、门厅、"象贤堂"组成。"科甲传芳"坊，三开间重檐歇山顶屋面，通面阔11.8米，脊高9.8米，上由牛腿斗拱承挑出檐。明间下额枋上镂空雕"双狮戏绣球"，次间下额枋雕，飞禽走兽，技艺精湛。原厅内有明代永乐至清乾隆年间匾额数块，现存有"祖孙进士""兄弟登科""四世柏台""进士"等九块匾额。在正厅的上方两侧，挂有两块"进士"匾额。南面一块是余思宽的匾额，余思宽，明永乐十三年乙未（1415年）进士；北面一块是余乾贞的匾额，余乾贞，字秉智，号四山，明隆庆戊辰（1568年）进士。另外，在余氏家厅的门厅上有三块耀眼的匾额，一块是"祖孙进士"，一块是"兄弟登科"，一块是"四世柏台"。"四世柏台"，明朝万历三十五年（1607年）由吏部尚书兼翰林院学士朱赓为余惟宾、余思宽、余乾贞立。柏台在明代的时候是"御史"的称呼，在这里"四世柏台"的意思，就是本村出了两位监察御史，一位是余思宽，另一位是余乾贞，然后皇帝又恩赐两位御史的父亲为御史，这样，就有了"四世柏台"之匾。家厅门牌右侧上方挂着的"祖孙进士"指的是余思宽和余乾贞（余四山），余思宽是祖，余乾贞是孙。家厅门牌左侧上方挂着的"兄弟登科"指的是余乾元、余乾亨、余乾贞三兄弟中举即登科之意。"科甲传芳"指象山余氏家族历史上先后出过多名进士、举人，悠悠文风，生生不息，也寓意只有熟读经书、博学多才、考取功名，才能流芳千古。

余氏宗祠，不仅建筑宏伟，美轮美奂，九块匾额更具历史价值，彰显了余氏辉煌的人文历史和荣耀的功名勋业。

## 二、登云桥与斗印亭

赤川口村，明朝时出了一对"兄弟进士"，兄叫余乾亨，弟叫余乾贞，字秉智，号四山。说起余四山，无人不知，他曾任云南道御史，后又奉敕巡按直隶、河南，清理军务。余乾贞初为崇安知县时，勉力为县城修建城墙；任云南道御史时，上疏朝廷，力谏将王守仁请进祠庙与朱熹等同享祭祀。王守仁，字伯安，号阳明，人称王阳明，明代最著名的思想家、文学家、哲学家和军事家。因此，王守仁（心学集大成者）和孔子（儒学创始人）、孟子（儒学集大成者）、朱熹（理学集大成者）并称为"孔、孟、朱、王"。余乾贞（余四山）为官清廉，多有嘉声。

哥哥余乾亨，字嘉仲，童年时即聪慧过人，七岁能吟诗，母亲早逝，他结庐于墓侧守孝。弟弟乾贞年幼，后其父亦逝，乾亨常勉励乾贞弟勤学上进。

余乾亨 1546 年中进士，始任龙阳知县，勤政廉洁，任期内修筑堤坝二百余丈，根绝水患。改任蓟州丰润县后，修缮城垣、防御敌寇、秣马厉兵、造福一方。丰润县多皇庄，皇亲国戚侵占民众大量田地，乾亨亲临田头勘实，将皇庄侵占土地悉数返还于民，受到当地百姓爱戴，但也受到了利益受损的朝官排挤，因此罢官回乡。返乡后，余乾亨在璜溪构建书斋、吟诗撰文、躬教弟子，遂安县令吴撝谦邀他与其弟余乾贞同修《遂安县志》。

余乾亨、余乾贞兄弟进士，入朝为官，清正廉洁，政绩显著；返乡后续谱修祠，造塔建桥，造福桑梓。

现在，走进赤川口村，在赤川源水口交汇处，有一座双孔石拱桥，称"登云桥"。此桥便是余乾贞（余四山）所建。民国《遂安县志·津梁志》载：登云桥，在县西六十里斗印桥下，御史余乾贞建。

《遂安萝蔓塘余氏宗谱》有邑人方应时撰写的《登云桥记》。桥记云：赤川口象山余氏居之下关，双流环会，统归于一。原先木桥旋易旋坏，万历年间，余乾贞宦归，捐资倡义，又结石梁，经始于万历丙戌（1586年）二月吉日，竣工于年季冬之庚申。因感恩亲人庭训而考取功名，朝廷重用才有所建树，遂取"登云"之意，称之为"登云桥"。

赤川口村入村口还有一座桥，称"斗印桥"（亦称"斗印亭"）。该桥为明嘉靖年间余乾亨所建。余乾亨弃官回乡后，为方便村人出行，捐资倡修"斗印桥"，在建造此桥时，发现溪中有一块斗形的奇石与官印极为相似，于是此桥建成后，就取名为"斗印桥"，斗印桥正好建在村口，为使行人便利过桥又能避风躲雨，在桥面上还建成了厢廊，当地人亦称之为"印廊桥"。

赤川口村是一处值得细细品味的古村落，由龙耳山南行三里许，就走上了该村的1200米长的下马古道，下马古道上竖着一块"下马石"，有"文官落轿，武官下马"之意。走在下马古道上——一半裸道，两袖清风；一半荫道，风清气正。途经一座"登云桥"，有一步登天，青云直上的寓意。到了村口还有一座斗印桥，也就是说当你走过"下马古道"，今后，当官的官印有斗大。古道上走出去的进士，是御史；走进来的是军门，是清官。走进走出都是名宦。古道不长，寓意深远。

据传，这条出村的下马古道，亦是余氏"兄弟进士"倡修的，它告诉后人，你无论是位高权重，还是衣锦还乡，都得怀着感恩之心，落轿下马，缓步进村。

## 三、官井与龙门塔

官井，凿于明嘉靖年间。井深约 5 米，直径约 1 米，井内壁圆周用卵石垒砌而成。井水一年四季清澈见底。时任浙江军门访余四山期间，正遇大旱之年，村民生活用水困难。这位军门为改善村民生活用水，出资在余氏家厅门前挖了两眼泉井，解决了赤川口村全村人生活用水之难。这位军门巡访赤川口村，为何自掏腰包挖了两处水井？这里还有一段这位军门的感恩故事。相传，龙门塔原名叫"成言台"，亦称"高门塔"，建于明代万历年间，此塔是一人为报恩而建的。传说，余四山担任云南道监察御史期间，在审查案子时，碰到一件棘手的案子。有一天他巡察重大案犯监狱时，听到水牢里一人不停地喊："冤枉、冤枉……"长期办案的余四山，凭借长年办案的直觉，意识到此人可能有冤情，于是决定提审此人。当余四山问他为什么日夜总是不停地喊"冤枉"时，案犯说："我出生在一个官宦之家，母亲早年病逝，后母年龄与我相差无几。由于父亲朝中理事繁忙，没有时间回家陪后母，后母空守无奈，总爱用语言调戏于我，可我是一个读书人，决不能做伤风败俗之事，只能言语真诚相劝。后母不但不听劝告，反而变本加厉，加害于我，还写信给父亲反咬一口说我在家不好好念书，色胆包天总爱花言巧语调戏她。之后，后母还向官府报案要求严判，我就成了要案死犯，三天之后就要问斩，我真冤枉。望大人为我申明正义，昭雪平反。"

余四山也是读书人，从口供上分析确属一起冤案，但苦于他父亲也是京官，不便担保释放。余四山再次端详此人，从他的相貌上看，有一副高人之相、贵人之貌，今后定有出头之日。

就在死犯问斩的前一个晚上，余四山带着办案人员再次进入监狱提审死犯，提审结束的当天晚上，该死犯竟巧妙地逃跑了。死犯家属不信有这等巧事，一夜之间一个活生生的人不翼而飞，要求监狱官员彻查此事。余四山在这样的压力下，带上随从连夜辞官回家，从此足不出户，闭门不见外人。

死犯在余四山的帮助之下逃出监狱，一路奔跑，直到天亮，跑得筋疲力尽，也不知道跑了多少路，人也非常疲乏，于是就在一条大河边坐下休息。这时前面来了一条华丽的小船，他管不了许多，站起来使劲地招手，恳求给予搭乘一段。说来也怪，这船正开到他身旁靠岸停下，小伙一个箭步跳上小船，窝在船舱门口不敢入内，这时船舱内的主人要求小伙子进仓小叙，小伙子慢慢走进船舱，不敢抬头直视。主人问："小伙子为什么弄得如此狼狈？"小伙子直叙被害的过程。主人非常同情小伙子的遭遇，又见小伙子是一个极有品相的人，在一来二往的交谈中，主人愿意认他为义子，小伙子喜出望外，立即跪地拜亲喊爹叫妈，从此有了归宿。

原来船上的主人是当朝京里的一品大学士（宰相），由于夫妻膝下没有一儿半女，非常想要一个后代，这位小伙子论年龄、相貌都合心意，于是就有了前面的一段。

年轻人入住京城后，利用宝贵时间，苦读三年，功夫不负有心人，大考之年一举考中进士，在干爹的帮助下，官任江苏道军门，接着娶妻成家。

他这时理应高兴，但是这位年轻人始终高兴不起来，老是唉声叹气地吃不好饭，睡不好觉。爱妻关心地问道："难道您还有什么不满意的地方或者是还有什么要办的事情？"年轻人紧锁双眉，慢腾腾地跟爱妻说："我还真有一件要办的事情没办，我能有今天完全是有位贵人相助，此恩不报，终生有憾。"妻子追问什么恩情这么深重，年轻人把此前的经历叙述一遍，妻子听后觉得是应该相报,俗话说:"滴水之恩当涌泉相报。"他是救命之恩,理应终身相报。年轻人接着说:"恩人与我相隔数百里,他在浙江,我在江苏,怎样相报呢?"夫妻俩为报此恩一时想不出好的主意。

明代的江苏比浙江要富裕得多,江苏的军门日薪是浙江的三倍。一天,夫妻俩在吃饭的时候,娇妻突然想到丈夫报恩之事,便问道:"夫君您真想报浙江恩人的情吗?"夫君急忙回答:"是的,有什么好主意吗?"娇妻说:"我还真的有个好办法,要报恩我们就到爹爹那里要求一下,您跟浙江的军门互换一下,不就行了吗?"干爹真把江苏、浙江的军门互换一事上报皇上并获恩准。

新任浙江军门的年轻人,首先想找到恩人余四山的住地,他在一个月内就来到遂安县赤川口村,找到了余四山。这位军门是进士,除了熟读四书五经外,琴棋书画样样精通。军门来到赤川口村不干别的事情,总在村中每户新房墙壁上画画,画的是某地的一处衙门,画得非常逼真。

余四山自辞官回家后,足不出户,不见外人。有一天他的随从回来跟余四山说:"外面有一个陌生人在墙壁上画画,画了七天了,画来画去我觉得画得像云南的一个衙门,您老是不是出去看一看?"余四山头脑中马上浮现出一个死犯的形象,心想莫非是他,真的老天安排,出人头地了,不管怎样还是出去看一看,眼见为实。

余四山拄着拐杖来到画画的地方,那位军门看到老者来到身旁,顿时停住了笔,两人对视少许,他们相认了。余四山马上叫随从请客人入室一叙,聊个没完没了。军门把逃脱至今的全过程和余四山叙述了一遍。

知恩不报非君子,点滴之恩当涌泉相报。这都是古人教诲后代做人的基本要求。云南一逃,竟逃出了一位军门,理当好好庆贺庆贺，余四山与军门谈得非常投机。军门找了个"八字先生"，选了一处风水宝地，即现在的龙门北山脚，是一块很好的建塔地。通过一年的紧张施工，一座30多米高的塔就这样建成了。

高塔建成后，余四山和军门两人回忆，当年帮军门逃生最为出力之人姓高，为了纪念此人，该塔就取名叫高门塔。但据象山《余氏宗谱》记载，建塔之地就叫高门，故此塔也称高门塔。军门确实是位知恩图报之人，专门派人在塔内立上牌位，每天供奉跪拜祭奠高人。另外，军门还在高门塔西南方向，为余四山营建了阴宅。

这位军门多次巡访来到赤川口，有一年，适逢大旱，他就用自己的银两开挖了两眼水井，解决了全村人燃眉之急，赤川口村百姓为感谢这位军门，把这两眼泉井取名为"官井"。

曲巷深深深几许，古村事事事春秋。

如今的赤川口村，古韵遗风犹存，古村落处处散发着徽派的震撼和古美。保存完好的"余氏家厅"精美绝伦，家厅的柱、枋、檩、椽等古建筑构件，格局完整，保存较好。建筑内雕梁画栋，风格独具，这些跨度近400年历史的古建筑，历经了数百年风霜洗礼，犹如一幅古朴的水墨画卷。古祠、古桥、古井、古道、古村落，彰显出一派浑然天成的"小桥、流水、人家"的诗情画意。

# 悠悠石板路

　　登顶浙皖交界的歙岭，隐约可见残缺不全的青石板路，那悠悠石板路古韵犹存。时隐时现的青石板路，承载着太多或欢快或凄惨之往事，裸露的青石板经过长年风雨侵蚀及人走驴踏、战事创伤，早已磨出了光洁深陷的斑斑痕迹。在斑驳的青石板上，写满了古老而忧伤的故事，其见证着岁月的沧桑，令后人大发"物是人非两茫茫"之感叹！

　　歙岭古道，是白际山脉间古徽州连接原遂安的主要官道。古道北起歙县长陔乡南源村，南跨白际山脉中部，至淳安县姜家镇沈畈村叶祀自然村，岭顶海拔 1266 米，歙岭古道为当时遂安之西大门，一条千年古道连绵三十多里，可谓之交通要塞，故称"石板官道"。岁月沧桑的青石板，熟悉而又陌生地把那些来来往往的足痕悄然印上，每一块青石板上都有着数百年历史的沉淀，走在青石板路上，能够感受到一种古意的韵味。那一块块苍凉又不失温润的青石板，不知浸润了人们多少汗水，凝聚了人们多少情感。脚步踏在青石板上，仿佛有一种走在历史时光中的感觉。

　　古韵悠悠的青石板路，历经千百年历史风云，当年的"石板官道"也曾有过辉煌的一页。这条"石板官道"开凿、铺设年月无从考究，据现有史料记载及残存石板路推测，至少已有数百年，这条古道，走出了国学大师胡适，走出了徽商翘楚胡雪岩。这条"石板古道"，也是古代兵家自严州进入徽州的战略要道，山中至今仍残留着诸多古战争遗址，历代黄巢起义军、洪秀全起义军、抗日先遣队都以此作为军事重地，石板路两旁至今还存有朱元璋义军修筑的古关隘。

路通则商兴。与歙岭咫尺之遥的郭村是通往徽州的必经之地，由于徽商往来于此，加之歙岭东麓白峰坪为"遂绿茶"主产区，"遂绿"为中国茶叶珍品，清末大量出口远销国外，山民茶叶贸易皆经郭村中转，过往行人、八方客商熙熙攘攘、云集此镇，催生了郭村工商业。据民国十九年《遂安县志》载："遂安县邑四大名镇为东亭、安阳、汾口、郭村。郭村乃重镇。"昔日之郭村，二百余户，一千一百余人，周边五里地集聚的千人以上的大村有五个，人气盛旺，且此地有闻名遐迩之瀛山书院，曾出状元詹骙，名噪东南。郭村镇街衢约里许，石板铺路，街道两侧店铺林立，大街小巷，人声鼎沸，实为一处繁华所在。至民国末，尚存各类店铺二十余家，兴盛时则店铺鳞次栉比，店招酒旗，随风飘荡，石板路上车水马龙、川流不息。每逢节庆更是热闹非凡。问及镇街的石板路，据年长者所忆，郭村青石板路两侧除设有茶叶铺、桐油、青油、茶油、菜油作坊店铺外，亦有国药铺、竹木手工作坊、金银铜铁作坊、食品作坊，此类作坊皆前店后坊，或前店后居，有别于他镇。郭村镇尚有猪行，从事猪崽交易。肉台、饭馆、面店、客栈，设于街道两旁。南北商货、当地名产、布衣杂货、瓜果干菜应有尽有，叫买叫卖声不绝于耳。歙岭"石板官道"造就了郭村镇，给郭村带来了一派生机。民国后期，郭村镇建制取消，为乡公所驻地。20世纪50年代，公私合营，店铺作坊或迁或转，加之交通改善，人们到徽州不用再过歙岭，此处的遂安古镇、状元故里，亦昔日不再。

随着时光的流逝，歙岭古道及郭村街衢怆然斑驳的青石板路，就像一位饱经沧桑的老人，默默承载着岁月的足迹，送走了春花秋月、夏风冬雪，留下了多少悠悠往事！

# 难忘童年小人书

    20世纪五六十年代出生的这一代人，对小人书的记忆应该是刻骨铭心的。那一代人，没有手机，没有网络，没有电视。除了语文、算术教科书，小人书就是那一代人唯一的精神家园，也是童年生活的最大乐趣。上课45分钟，谁没有偷偷看过小人书？放学路上，谁书包里没有藏着一两本翻得稀巴烂的小人书？哪一位老师批改练习本的办公桌抽屉里没有锁着从学生那里缴来的各种小人书？

    我出生在20世纪50年代末，是一本本巴掌大的小人书点亮了我童年时代的梦想。那时候小人书叫连环画，它的构图简洁，语言浅显易懂，价格低廉。在那个物质和精神都相对匮乏的年代，小人书是我唯一的课外读物。小人书，就像在我面前顺次打开的一道道风景优美的窗口，让我知道了许多革命英雄故事和历史故事，了解了许多中外名著，获得了许多人生哲理。

    小时候，我们家境十分拮据，是很难从大人手中要到钱购买小人书看的，要想拥有小人书只能靠自力更生。那时候，每年的夏季，是我们山里孩子最快乐的时候。放暑假了，我们就三五成群上山挖半夏、前胡、茯苓等中药材，拿到供销社收购站卖掉，然后用中药材换来的钱，买回自己喜欢的小人书看。那时候的小人书价格很便宜，几角钱就能买一本小人书，什么《小兵张嘎》《烈火中永生》《羊城暗哨》《黑三角》《永不消逝的电波》《陈毅市长》……卖一次挖来的中药材总能买回三五本喜爱的小人书。

买回了小人书，晚上回到家，顾不得疲劳，端坐在煤油灯下孜孜不倦地看新买的小人书。看小人书，那是一种比过年吃猪肉、穿新衣还要快乐的事情。我的童年时代，几乎人人都有小人书，我们买小人书的时候有一个约定，就是几位比较要好的同伴不买同样的小人书，买回来后相互交换着看。那时候，我们都很讲信用，看完了立马归还，没有私自窝藏的。即便是不小心丢了，也要想方设法赔一本同样的或者对方愿意接受的小人书。我从小喜欢看书，所以在同伴中我的小人书最多，常常引来同伴的羡慕。为了保存好小人书，我曾央求父亲用旧木板为我制成一个小箱子，把积攒的小人书一一放入小箱子里，再用一把小铁锁锁上，未经我同意别人是轻易拿不出来的。

我买小人书的习惯一直延续到了上初中，并且所买的小人书都保存得很好。上初中后，淘气的弟弟羡慕我那一箱子小人书，多次央求我，要去了装有小人书箱子的钥匙。弟弟把小人书作为一种炫耀的资本，经常招徕小伙伴们来家里看我的小人书。我视之如宝的小人书，弟弟都不懂得珍惜，让小伙伴们拿的拿、丢的丢，渐渐地，一小箱子小人书便散失殆尽。每当想起那些散失的小人书，我都心疼不已。

难忘童年小人书，小人书是我的启蒙良师，伴我走过了美好的童年。光阴似箭，弹指一挥间，当年的小人书如今已经失去了辉煌，渐渐地淡出了人们的阅读视野，成了时代的一种见证。小人书，虽说走出了历史的舞台，却永远走不出我记忆的橱窗……

# 那年那月那春联

在农村，过了腊八就是年，许多与年相关的物事就逐一被思考和筹划。

其中，写春联就是过年的重头戏。虽然只是用毛笔蘸着墨汁在红纸上写些吉祥话，但搁在 20 世纪七八十年代，在农村，尤其是偏远的山村，这绝非易事！

小时候，我居住的村庄偏僻、落后，没什么文化人。每次写春联，分散在山坞偏角的乡邻，就会把准备好的红纸拿到我家，让我帮他们写春联。

小学五年级，我就会自觉地拿起毛笔，找来字帖，抽空练习。如今想起来，那时候我对书法该是多么无知啊！我只知道要把字写得四四方方才好，再无其他认识。没想到，柴火棍似的毛笔字我写得还算顺溜，这竟然一度成为山村里的新鲜事，引得众人夸奖。

所以，每到快过年的时候，左邻右舍就会抱着红纸，来到我家："帮忙给写几副春联吧！"这何止是几副春联，简直是一大堆！乡邻们通常都是把平日里使用的破碎红纸收拾起来，也不管能用不能用，就一股脑儿地给抱了过来。我得给每家每户用铅笔写上名字，编码记号，不能搞错。因为乐意，我并没有觉得这是件烦琐的事。

我有些为难地告诉乡邻："叔，有些纸太小，没法用！"他们说："没事，你看着写，有字就行，看着红就行！"望着乡亲们一张张笑呵呵的脸，我实在是无法拒绝。

那个时候的冬天，才是真正的冬天，没膝的积雪总是覆盖着大地！可乡邻们为写春联，总是不惜翻山越岭来到我家。若正好遇上下雪天，身穿破棉袄、顶风冒雪、怀抱红纸的老人身影就会出现在我家庭院……

多少年了，直到我离开山村，这种身影一直都出现在我的脑海。如今，我还依然想念那段时光，想念那些怀抱红纸，颤颤巍巍来到我家让我写春联的乡亲们！

送走乡亲，我开始整理他们抱来的红纸，长的、宽的放一边，短的、小的放一边，巴掌大的碎片放一边。开始写春联了，我就到村会计收藏的报纸上寻找春联的词句。因为那时候，山村里的报纸就是连接内外的、唯一能看到的媒介。临近过年的报纸上都有现成的春联。所以，写春联的时候我就得伸长脖子在那些密密麻麻的铅字里去寻找，寻找那些带着滚烫气息的词句——"爆竹声声辞旧岁，梅花点点迎新春""牛羊满圈农家乐，瑞雪丰年户宅祥"……那时候，家里的每个房间、院里的晒坦上，只要能放下春联的地方，全用来晾春联了，屋里屋外一片红。

…………

那个年代就是这样，许多事情都很有意思，烟熏火燎的，充满了山野气息。到年三十午饭过后了，有张家贴对联发现还少灶神爷的对联，李家发现猪圈上对联忘写了，就这样你家补写一副，他家补个春条。

乡邻们抱来的红纸，我通常都是这样安排：最长的用在大门上，短的除了作横批之外，就写些福、春，及五谷丰登、六畜兴旺等，让乡亲们拿回家贴在小门、猪圈、牛栏，及农具上，"上天言好事，下界降吉祥"是专门送给灶神爷的。山里人图的就是一个喜庆，看着红艳的纸片上有那么多吉祥话，过年才有味道！

在那个年代，春联在山村里是何等喜庆！它红彤彤的，承载着山民的向往和呼唤，被紧贴在那些让人踏实的物件上，像永不熄灭的火炬，放射出冲天的光芒……

春联一旦开写，足足要写三四天，常常累得我腰酸脖子疼。正因为有了这样的经历，我不但练习了毛笔字，而且还锻炼了编写春联的能力——上了初中以后，给大家写春联的时候，我偶尔会自己编词，学着用"隶、楷、行"几种字体书写春联，特别受乡亲们喜欢。有一年临近过年，我感冒发高烧躺在床上起不来，我听到乡亲们接二连三地来，又接二连三地离开我家的庭院，那种遗憾与自责、愧疚与伤感，真是难以言表，时至今日都深深地镌刻在我的记忆里。

随着时代的变迁，现如今，市场上有了各种各样印刷的春联，用毛笔写就的春联慢慢地在山村消逝。那年、那月、那春联，成了让人隐隐作痛的幸福记忆……

# 不经历一次春运，你怎能读懂故乡

春运，是中国开启的一场大迁徙。

不知道是谁发明的这么一个带有浪漫、温情色彩的词汇，春运迎来的是一场人间春暖花开。

但实际上，春运并不是一次轻松、浪漫之旅，无论你选择的是哪一种交通工具，飞机、轮船、火车、汽车，甚至是摩托车，流动的人群，一个个从四面八方涌来，目的地只有一个，回家。

我没有在外务工的经历，但经历过这样的春运。

说起来，那是十多年前的事了，那时交通网络还没有今天这么发达，坐火车购票出行，是要费一番周折的，何况又是春节期间呢！

那年，春节前夕，去青海探望一位远亲，返回的时候已经是农历腊月二十六了。在大西北青海省会城市西宁，真的很难买到回家的火车票，我一个人在车站转悠，希望能遇到黄牛，买高价车票也要回家。

居然很幸运，有人主动向我打招呼，问我去哪里，我说杭州，他好像认真想了一下，说手上只有一趟去江苏常州的车票，可以不？我当即答应，常州也离家近了很多啊，到常州再想办法。

然后，他让我交钱，带着我去车站附近的一家宾馆，找了一个大房间让我等候，说晚上开车之前，会过来带我上车。这个房间里有十多个人，所坐的车次都是一个。其中有一个小伙子，像学生模样，我们俩开始聊天，我从他口音里听得出他是淳安人，而且是汾口方向的，我一问，他居然是中洲人，也是打算到江苏再找车回家。

　　上车的时间到了，黄牛过来领我们去车站，其实他根本没有车票，而是让我们从一个房间窗户跳过去，直接进入站台，然后他就不见了。这个人连黄牛也算不上，只是个骗子。我们这几个人，随着熙熙攘攘的人群，找到停靠的那辆车，跟着人群向车上挤，居然没人查票。

　　上车之后，我们这一群人就各奔东西了，只有我和中洲的那个小伙子在一起。我们挤在车厢里几乎寸步难行。小伙子对我说："老章，你在这里看着行李，别动。我去餐车看能不能买到餐车的票。"我答应着，他慢慢挤着去餐车的方向。

　　好像等了很长时间，小伙子终于挤了回来，说买了餐车的票，我们可以去餐车了，有座位。

　　我们俩扛着行李，硬是挤着过去，一路跌跌撞撞。

　　那一晚，坐在餐车里，真是无比幸福，小伙子很兴奋，和我聊他打工和做生意的事，憧憬未来，更憧憬回家过年。

　　别看小伙子年纪轻，可是个"闯码头"的老江湖了，走南闯北都好几年了。他说，初中毕业就出来打拼了，他家里姐弟四个，上面三个姐姐，父母为了生男孩，东躲西藏，到生了他，终于有了男孩子了，但已经穷得家徒四壁。姐姐们出嫁的出嫁，打工的打工，他年龄不大，但出门务工，已经辗转了好几个城市了。这两年他专门做药材生意，比打工强，漂泊异乡，最大的心思就是想家，想父母，想姐姐们，甚至想老家的那条狗，不离开家的人，永远也不懂得家乡的一草一木都是那样亲。

他说，最大的愿望，是将来能挣到钱，当个老板，衣锦还乡，回老家和父母一起生活，让姐姐们也都过上富裕的日子。我能看出他眼睛里的希冀，打工、做生意的艰辛，以及一路的狼狈，并没有打败他的理想。

车很慢，第二天夜里，到了江苏常州。小伙子又去打听去杭州的车，结果在预料之中，买到票是没有希望的。然后他又在附近找到一辆开夜班的大巴车，我们可以坐大巴车去杭州，又是一番奔跑，上了大巴，连夜启程。

按说这一路该是安静的了，可以安静地在座位上睡上一觉，可是迷迷糊糊之间，我挨着的车窗突然咣一声被重物砸了一下，不知道是什么东西，把车窗砸了一个大裂缝，就在我身旁，如果击穿的话，我肯定受伤。

夜班的车子并没有停止，被砸破的玻璃窗冷风呼呼地吹进来，小伙子拿自己的行李箱放在车窗处替我挡风，那一路啊，冻得瑟瑟发抖。

这算是我经历的一次春运。和我同行的小伙子，样子已经模糊在我的记忆里了，但至今想起来，仍让我感激他的单纯、热情和信任，让我感觉到一个年轻人，在回家的路上，充满着期待和渴望。所以说，不经历一次春运，你怎能读得懂故乡情呢?!

# 乡 村 电 影

　　在我的记忆里，从小到大最奢华的享受就是看电影，从童年到少年，电影始终与我如影随形。什么时候第一次看电影，第一次看的什么电影，都记忆模糊了，但电影留给我的快乐却犹如一棵树已根植于我斑驳的记忆中，风吹叶动，随时都会晃动起那梦呓般的幽幽之美。

　　那时，农村文化生活单调、贫乏。一个乡（当时叫公社）只有一支电影放映队，两名放映员在全乡各村（当时称大队）轮回放电影。一旦轮到放电影，村里的高音喇叭就会广而告之："社员同志们，今晚公社放映队来我大队放电影，影片是……"听说村里要放电影，全村男女老少的心情从早到晚都沐浴在兴奋中，如过年一般。小孩的劲头比大人尤甚，乐得满村奔走，一见人就来一嗓子，听说了吗？村里今晚放电影！殊不知人家也知道了，却装出一副乍闻消息的样子，脸上绽放出笑意。

　　放电影的消息在村里炸开了锅。家家孩童一马当先，太阳升到一竿高，就纷纷背着凳子往晒坦或村头稍大一个空地处涌，为争得场子中央的好位置，你不让我，我不让你，争得面红耳赤，甚至像两只斗鸡。白天的时光在焦灼的等待中过得很慢，眼睛看着太阳一寸一寸地挪动，唯一只盼着电影放映员快点来，此时，只觉得天黑是多么好的事。

好不容易太阳掉窝了，放映员在场地上竖起两根杆子，上边再横一根，使之成为一个"门"字形，然后，将银幕用绳子拉紧、拴牢，安好喇叭，再到桌子上摆弄电影放映机……

炊烟尚未散尽，鸡鸭正蹒跚入笼，暮色渐渐降临，乡村路上一扫平日里的宁静。姑娘小伙们都刻意装扮了一番，虽然衣着朴素，却也明里暗里较着劲，展示着自己青春靓丽的风采。尽管劳作了一天，脸上却看不出一丝倦意，大家兴奋地叽叽呱呱，相互揶揄打趣，放纵无拘的笑闹把路边人家的狗都慑住了，吓得它们只敢躲得远远地吼叫。乡下的路，一般都有一条小溪相伴着，溪水潺潺，笑语盈盈，嬉闹声声，宁静的乡野也被路人吵得心不在焉忘记了天黑……

天快擦黑的时候，四面八方涌来的人流，汇集到了电影场上，可谓是人山人海。飞蛾也奋不顾身地在亮得刺眼的放映灯周围出尽风头，调试光柱的银幕上闪过姿势各异的人影、手影，将看电影的气氛捣鼓得越来越浓烈。

邻村的人也来了，赶集一般，场子里人头攒动，认亲戚、找位置，"嗡嗡"的一片，场面蔚为壮观。找不到凳子的，就爬到矮墙上，调皮的小孩还爬到树枝上或到银幕后看"反电影"。

放映员趁调光和倒片子的时间，用唱片机播放歌曲，响彻全村。终于，电影开始了，随着放映机"咔咔"的声响，两个脸盆般大小的轮盘缓缓转动。一般先放《农业科技片》，人群马上安静下来，惊奇地看着秧苗为何一眨眼工夫长高一大截，又突然在收割稻子了？也太神了吧！观众里有人说，这是"快镜头"，众人皆赞许。

纪录片一完，正片就开始了，大多是精彩的战斗片，好人坏人一眼立判。引人入胜的电影，百看不厌，还记得《地道战》曾在村里先后放过好几回了，那些"老片子"，一些经典台词在电影放映时人们还会与电影中同步脱口而出，即使如此，人们对电影的热爱还是激情不减。那时的电影总离不开那些"老片子"，如《地雷战》《南征北战》《平原游击队》《英雄儿女》等，有的片子虽然都看过几遍，但农村的电影少，观众仍然是一如既往地从头看到尾，不看到"剧终"或是"再见"，不肯轻易离去。那个时代，大伙特别容易动感情的电影，要算《白毛女》了，喜儿的遭遇让有的观众哭得稀里哗啦。我印象最深的是看《画皮》，乡村本来就是滋生鬼故事的地方，鬼故事是人们茶余饭后摆谈得最多的话题。整场电影，我因有点怕就没正眼看过，基本上是闭着眼睛或透过指缝捡到一点情节。

电影放完时，夜色已深。有人还依恋地看着银幕上的"演员表"；有人边回家边打听下一次将在哪个村放映，准备再去做看客，即使重复看同部电影也乐意。回家的路上，大家都还没从电影的情节中走出来，将所有的感想又细细地咀嚼一遍，七嘴八舌，你争我辩，把刚才电影惹出的爱和恨、情与仇全部倾吐给包容而又温柔的夜色。

那是一个岂可轻忘的纯真年代！

# 儿时的乡味

在生活的词典里，"苞芦糊"这个名词是决然不会找不到的。

家乡的苞芦糊有着独特的香味，怕是世上很难有的，寻遍世上所有的花香，没有一种和苞芦糊香一样的，我对它有一种特殊的感情。苞芦糊的香如此醉人，该不是掺入了阳光摇落的天上花粉吧？

在我儿时，村庄几百户人家，陆陆续续结束了"大锅饭"的历史，并相继迈进了吃苞芦糊的新时期。寒冬，风吼如牛，大地寒凝，乡亲们端着热腾腾、香喷喷的苞芦糊时，总不免要发出这样一句感叹：哎！真不容易，总算喝上一碗热苞芦糊了！

苞芦糊，它各有不同。比较宽裕的人家日子好过些，苞芦糊是用褪了皮的粗玉米粉煮的，盛到碗里，可以冒尖，喝的时候，一口一个坑，沿碗一圈，可以喝出一条城沟。要想再来一口必须把碗使劲地晃，甚至碰一碰，苞芦糊就像蓬松而湿润的土壤一样坍塌下来，供人吮吸。这是一般的乡邻享受不起的，村里大部分人家的日子都过得紧巴，所以，碾苞芦的时候都舍不得去皮，煮出的苞芦糊不厚不薄，吃起来的味道当然不太好。但每天屋顶上能早晚冒烟，村民们也算知足了。

我们家人口多，劳力少，缺口粮，煮的苞芦糊能当镜子照人影，喝起来，老远就能听到呼啦啦的声响。每当吃饭时，妹妹总向妈妈哭喊："不吃带响的苞芦糊，要吃用筷子挑着吃的苞芦糊……"

等到我们家吃上用筷子挑着吃，盛到碗里可以冒尖的苞芦糊时，已到20世纪70年代初了。

爸爸去乡里当了乡邮，乡村邮递员，也是个每天用双脚丈量地球的辛苦活，不管刮风下雨落雪不得闲。但总归有20多块钱一个月的工资，除上交生产队16块钱，还有几块钱可以贴补家用，那日子就宽泛多了。那时，我已是小学高年级学生了，下午放学回家，妈妈说："锅里的苞芦糊还热着，快趁热吃吧。"妈妈放下手里的活，为我揭开锅盖，盛了满满一碗热苞芦糊，一碗热乎乎、稠厚厚的苞芦糊，飘着袅袅香味，沁人心脾。在灶台旁，已等候多时的小妹，急不可待地抢过一只大花纹碗，刚要伸手抓勺子，却被妈妈一把夺下："让你哥哥先吃，他上一天学了，你忙什么？"妈妈像对待一个立功回来的功臣一样，以特殊的待遇对我。其实，我只不过是个面临中考的孩子，只因我学习成绩好，妈妈就用这特别的厚爱待我。

妹妹吃完热苞芦糊，把碗推给妈妈的时候，锅里苞芦糊已剩不多，但妈妈还要先盛出一碗，说是明天早上由我热着吃。那时的农村经常停电，晚上我伏在煤油灯下做作业，妈妈像老母鸡守护着小鸡一样，静静地坐在我旁边陪着我，两手还不停地摘生产队里的柏子。我看着妈妈粗糙干裂的手，一遍又一遍劝："妈妈，别弄了，你摘了一夜，能挣几分工？""麻雀搭窝，积少成多。多挣一分工，就能多分到粮食。"妈妈一次又一次说着，两只手忙碌着一刻也不停。

作业做完了，我睡觉了，妈妈仍然在不停地忙碌着。第二天早上，窗户纸上还一片漆黑，妈妈把我从梦中叫醒，催我穿上衣裳去上学。热气腾腾的一碗苞芦糊已放在小桌上，隔了夜的苞芦糊，经过妈妈精心热制，竟成了美味佳肴了。鹅黄色的鲜嫩葱丝，加上翡翠般细嫩的白菜心，黄绿相间别有风味，碗空了，依然让人回味，咂嘴再三，从心里涌出一股洋洋暖意，只觉得天地融融，寒风也变得温柔了，世间充满了诗意。

当我离开苞芦，从岁月的深井中打捞苞芦糊的香味时，才深深感觉，一碗苞芦糊给予我们的竟有那么多。有秋天枝头上的那一份欣喜，有阳光醇酵的一份生活的实在。再一次捧起粗瓷碗喝苞芦糊，才猛然明白，一碗苞芦糊的香就是一碗乡土味……

# 童 年 趣 事

　　童年是纯真、难忘的岁月，是美好的记忆。在我童年的记忆长河中有许多有趣的事，让我难以忘怀。

　　炎热的暑假，我总喜欢到门前小溪里去戏水，那溪里的石斑鱼、芙花鱼一串一串的，小孩子们捉鱼的法子真多，有到石缝里捞鱼的；有用锤子敲打溪中石头，震昏石头底下的鱼使其翻白肚皮浮起来的；有用"鱼味柴籽""辣草"捣成末来敌鱼的；也有用鱼帘网鱼的。而癞痢叔捉鱼本事顶好，他用鱼叉戳鱼瞄得非常准，一叉下去十有八九鱼会被叉住，空叉的次数是很少的。癞痢叔尤其绝的是下深潭里捉鱼，他赤手空拳，只要往深水里一钻，浮上来时，手里定有一条活蹦乱跳的石斑或鲶鱼，这本事让大人们都望尘莫及。

　　癞痢叔小时候很苦。他六岁随母亲从徽州改嫁到我们村，继父是个老光棍、酒鬼、烟鬼，脾气凶。癞痢叔待我特别好。村里有哪个小孩敢欺负我，他一定会帮我教训他们，我奶奶最放心让他带我一起去放牛捉鱼。有一次，他叫我看管着牛，他下溪里去捉鱼，他捉得兴奋，我也只顾了鱼，和他一起下溪捉了起来，结果，牛跑到生产队田里吃了庄稼，队里扣了他工分。回到家，他遭继父劈头盖脸一顿打。我过意不去，是我害他挨打，就到家里偷偷拿了两个玉米饼和一块番薯给他吃，他也没言语，第二天还送来了一大串鱼。

社员们都到田里干活去了，癫痫叔牵着牛路过我家门口，来叫我去捉知了。癫痫叔住我家隔壁，长我五岁，因为辈分的缘故，我叫他"癫痫叔"，他头上确有癫痫疤，我叫他"癫痫叔"，他不见外，还很乐意的样子。他继父叫他给生产队里放牛挣工分，不让上学，所以，暑假里我们一帮小孩天天跟在他屁股后散混，一疯出去就是一整天。

我们自制捕知了的工具，用竹条或铁丝制成一个圆形的环，再把竹环或铁丝环固定在竹竿的末端，到村子里的旮旯处撩一些蛛丝，网在竹环或铁丝环上，一个简易的捕知了罩子制作完成后，就可以四处捕知了去了。用它来捕知了的时候，需要耐心地慢慢靠近，让知了无法感觉到，但最后动手罩住知了的时候必须迅速。就是那一天，癫痫叔放牛时，叫我去捉知了，我受惊跌落水坑，吓坏了，以后，我再也没抓过知了。那天，天闷热，乌云密布，大雨来临前的燥热让知了更加拼命地狂叫，我只身一人蹑手蹑脚地在树荫下循着声音仰着头找知了时，突然发现前面的一棵柏树上悬挂着用稻草裹着的一只死猫，在狂风中飘荡，吓得我高声大叫，腿一软，掉进了一个水坑里，我不记得是怎样回家的。后来听说我在高烧不退中尽说胡话，被人掐人中时才痛醒。自此，好多年我都不敢靠近村后那片树林。

这些童年往事过去了许多年了，但只要一想起这些趣事，我还是会发出会心的微笑，可见童年是多么纯真啊，令人难以忘怀。

今天的孩子们有网络、手机、电视等各种电子产品，暑假期间待在空调房间里从来不必也不愿外出，夏天中的种种童趣和快乐哪能感受得到？我总觉得今天的孩子们缺少点什么！

# 乡 村 广 播

墙上一朵牵牛花，一根藤儿连着它。
没有叶儿没香味，能唱歌来会说话。

这是我们小时候经常传猜的一则谜语，谜底：乡村广播。

20世纪七八十年代那会儿，乡村里没有收音机，更谈不上电视，偶尔轮到村里放一场电影，也远不能解文化需求之渴。所以说，一只小小的广播喇叭，便是那个年代我们乡村农民精神生活的依托。

那时候，家家户户室内的房梁或墙壁上都有一个"小广播"。一根电线从外边连进来，进了"小广播"，再从"小广播"上连一根线到地下，人们称之为"地线"。那玩意儿一般都有一个正方形的匣子，正面设计的是当时流行的圆形包围着五角星的图案。圆形内，除五角星外，其余部分是镂空的，用来向外传声，内衬一块红布。不过这玩意儿也挺娇气，你得经常给那地线"饮"点水，不然它就沙哑了，声音也小了。那时的乡村，绝大多数农家没有闹钟，更买不起手表，广播俨然成了乡村农民最好的"计时器"。每天清晨五点五十分，"东方红，太阳升，中国出了个毛泽东……"当广播喇叭内传来清脆《东方红》音乐的序曲，农村里忙碌的一天就开始了。

乡下人对小小的广播喇叭充满了神奇的感觉，奶奶曾问："那么大的一个人是怎么跑到广播匣子里去的呢？"逗得身边的人一个劲儿地笑。那个时候，每个公社里都有个广播站，放广播的称作"广播员"。每天分早、中、晚开三次广播，早上天刚蒙蒙亮，伴随着嘹亮的《东方红》乐曲，便传来了广播员那熟悉的声音："××人民公社广播站，现在开始第一次广播！"小学五年级的时候，我曾到公社广播站"探秘"。小小的广播室简陋得很，屋子里四壁乌黑，一台播放机，一只话筒，一些塑料唱片。那时候，早上都是播中央人民广播电台"新闻和报纸摘要"，晚间有"各地人民广播电台联播"，省台、县台的新闻也有，公社的新闻，一般都播好人好事。后来，公社也办起了自办节目，但是不定时，办办停停，倒是公社经常开广播会，用处大，公社有文件，有通知，或传达县里会议时用得多。天气预报是广播节目中较为重要的内容，农民几乎每天都要收听，以便安排农事农活。那个时候，是个政治挂帅的年代，有一次村里一个叫小苟的青年，看到一根广播线断了挂在悬崖上，他用锄头敲断，拿回家做尿桶箍，被治保主任发现，带到公社审问，说他是破坏通信设施，说是按刑法来说是犯了大罪，还是大队支书说情，算是初犯，不懂法，放了算了。自此，人们就对小苟"另眼相看"了。

后来，在田间地头也装上了大喇叭，最大的功能还是传播娱乐。在田间地头，河边树下，村头巷尾，无论你是劳作还是休息，随处都可以听见播放的相声、歌曲。对于我，影响最深的是20世纪80年代中央人民广播电台播出的路遥小说《人生》，每天准时播出，我听得入迷。

记忆中，后来村里渐渐有了收录机，有了电视，乡村广播还嘹亮了好一阵子，再后来就逐渐地没了声音。自家的那只广播匣子和挂在村头电线杆上的大喇叭，不经意间也没了踪影。但乡村广播却给从那个时代走过来的人留下一种浓浓的回味。

# 番薯蕴乡愁

　　家乡是块熟悉的土地，那里有我童年时候太多的记忆，那里有太多父辈在田间劳作的身影，那里有太多父辈在刨番薯、挑番薯、切番薯、磨番薯时流着汗水的面孔，更有太多父老乡亲吃着番薯粥、番薯粉皮时那既喜悦又无奈的各种表情，还有那一日三餐都吃不厌吃不完的番薯饭，说不清的那种家乡情愁。

　　我的童年时代，是吃着番薯长大的。秋冬时节，从学校回到家里后，母亲从灶膛里取出一块热乎乎的烤红薯递给我，先不说香甜可口，仅仅那热中带烫的感觉，就足以将寒冷撵得没有踪影。慢慢地剥开那层被烤得变了颜色的皮，焦黄松软的红薯瓤就呈现在你的眼前，阵阵香味便会伴随着丝丝缕缕的热气直入鼻翼，顿觉浑身暖和。不用考虑脸上的抹黑，也不必在意别人说你狼吞虎咽，享受着那种香气弥漫、焦味缭绕的醉美瞬间，谁看见能不流下眼馋的唾液呢！

　　在我童年时代，农民的一日三餐主食是番薯及其衍生食物，早上煮番薯粥，中午吃番薯粉丝，晚上吃番薯洋糊羹，可以说，番薯从梢到根全身是宝，它付出自己的整个身心养育了祖祖辈辈不知多少代人！

　　我记得，每至冬天，母亲做好晚饭后，总会在烤得通红的灶膛里,用火木灰埋几块红薯在里面,深夜里,我从三里路外的小学晚自习回家后,便一头钻到灶台门前急不可待地用火棍从灶底那还带着火星的柴火灰里扒出红薯,顾不得烫嘴烫手,吹着热气恨不得一口将红薯吞下去。然后,趁着浑身的热乎劲一头钻进被窝,一觉睡到雄鸡报晓。

那时,农村土地粮食产量很低,亩产不过二三百斤。为了解决温饱问题,到了春末夏初就大面积种植产量偏高且易栽培的番薯。秋天,到了霜降节气后,番薯已经成熟。番薯挖来后,社员们将生产队分给的红、白番薯用自制的切片工具,在晒坦或溪滩里切片,晒在溪滩或晒坦里的薯片,远远望去,如同红、白两色地毯,甚是壮观。

常吃红薯汤、番薯粉羹,虽不好吃,但在那个生活困苦的年代里,它们却救活了无数人的性命。家乡的父老乡亲在那个年代里,骨子里有着吃苦耐劳的传统美德,在那特殊岁月里激发出了一种与生俱来的灵性和智慧。后来随着生活条件的改变和农业新技术的推广,番薯的种植不单单是为填饱肚子了,大部分薯块被机器粉碎,通过水洗、过滤、沉淀等工序,过滤晒干的番薯淀粉加工制作成粉丝、粉皮,销往国内外市场,成为农村的名优土特产品。而过滤后的废料,如番薯粉渣又为养猪提供了充足的饲料。

番薯,本是乡间寻常之物,但是,在那样一个特定的年代、特定的环境里,却演绎出了一个个带有浓浓亲情的动人故事,滋养着、感动着那一代代人的生命之魂。它又因富含蛋白质、淀粉、维生素、纤维素、氨基酸等人体必需的营养成分,被誉为"长寿"食品,难怪那个年代的人们虽然没有如今这么充足的肉、蛋、奶,以及各种叫不上名字的食品,也没有那么多该吃不该吃的营养品,身体却健壮结实,很少有这偏瘫、那血管堵塞之类的疾病。随着人们走进美丽幸福的小康社会，涌动心间的乡愁似金秋之夜扣人心弦的曼妙笛声，唤起了人们尘封在心头的难忘回忆。而今，看起来很不起眼的番薯又得到了人们的青睐，由番薯衍生出来的系列食品身价陡增，充斥大街小巷店铺、各大商场超市，以及筵席之上，令人刮目相看。

　　秋收时节走进乡村，番薯这一食品，令我勾起一些沉甸甸的往事，令我忆起母亲的土灶台，想起土灶台的朴拙和它薪火相传的温暖。

# 乡愁里的郁川河

我的家乡在郁川河畔，郁川河，发源于白际山脉歙岭东麓，经沈坂、汇横源，过郭村至姜家，注入千岛湖，主流长 30 公里，流域面积 155 平方公里。郁川河，婀娜多姿，蜿蜒流淌；郁川河，川流不息，孕育了一代又一代生命。

郁川河犹如一条晶莹璀璨的玉带蜿蜒曲折，环绕在家乡大地。沿河的廊桥、亭榭、拦河坝，像是镶嵌在这条玉带上的带铐，有了这些带铐的点缀，这条河更加富有生气。

郁川河，似一位清纯少女，温文尔雅，显现出一种内秀含蓄之美，一种大智若愚隐忍之雅。

春天，郁川河两岸长满绿油油的青草，蜻蜓飞到河面上一点，水面就荡起一圈圈的涟漪，河里的鱼儿有时也探出头来偷看这美丽的风景。河水竟是这般绿，绿得轻盈，绿得含情。河两岸，还有大片大片金黄色的油菜花盛开来，犹如一床床硕大的金丝毯，在微风中此起彼伏。河边山上，桃花把整段河熏得香气缭绕，充满着诗情画意。

我的童年和少年时期，许多美好时光和记忆都与郁川河息息相关，她承载了我儿时的欢乐和遐想。夏日里，人们漫步在郁川河畔，两岸美景伴随着习习微风，令人心旷神怡。放暑假了，我一边放牛一边玩耍，和小伙伴们在河边的沙滩和草地上翻滚嬉闹，我们光脚踩在沙滩上，感受着沙子的那种柔软，还常常在沙滩上赛跑、摔跤，在河边钓鱼、打水漂。河水清澈见底，鱼儿在水中嬉戏。我们在河里打水仗、摸鱼虾、赛游泳；经常仰浮在水面上，任微波荡漾着身子，眼睛仰望天空，看鸟儿飞翔，彩云飘浮；在河床上晒日光浴，玩得不亦乐乎。大家玩累了，就躺在树下的草坪上，风轻悄悄的，草软绵绵的，舒服极了，口渴了就喝河里的水，似农夫山泉有点甜。直至太阳西沉、晚霞升起、炊烟袅袅的时候，我们才依依不舍地赶着牛回家。

不知何时起，郁川河的水生态环境遭到了严重破坏，往日美丽可爱的容颜不复存在。河水变得不再清澈，映入眼帘的景象让人心情沉重，各种各样的白色垃圾在河面上漂流，死猪烂猫和各种垃圾夹杂在一起漂浮在深潭之间，成了一道刺眼的"伤痕"。

"绿水青山就是金山银山。"自启动"五水共治"和实行河长制以来，家乡全面开展"美丽乡村"建设，各级河长不辞辛劳，定期巡河，党员河长、民间河长共护一河水，巡河、护河活动成了郁川河上一道道美丽风景线。

如今，我每次回到家乡，都不得不感叹郁川河发生的变化，不再有垃圾漂浮在水面，水质变得清澈了，河道变美了，村落变美了，游客纷至沓来，游客到河边走一走、看一看，都称赞郁川河风景优美、河流清澈、水清鱼欢，令人备感欣慰。

有人说，历史是一条长河，记录了自然、人类、社会的变迁，其实，河流也流淌着历史。相信家乡的郁川河将来会更加欢快地流淌，更加风姿绰约、楚楚动人。

# 秋 收 走 笔

　　秋天，武强溪畔，到处是庄稼笑的模样，金黄的玉米、弯腰的谷穗、火红的高粱，农人们忙在丰收的喜悦里……

　　秋收，我该用什么笔触写你呢？

　　走进汾口镇仙居、寺下村，村前一马平川的黄澄澄的稻田，在徐徐的秋风下，翻腾着滚滚金波。我们信步踏着田间的机耕路，一边闻着稻谷幽香，一边聆听千岛湖仙川农产品专业合作社负责人张清如数家珍地介绍："近年来，仙川农产品专业合作社坚持'自愿入社，规范运作，内连农户基地，外接农业龙头企业，利益共享，风险共担'的经营理念，承包土地1200余亩，承担起汾口仙居畈粮食功能区的建设重任，先后共投入农田基础建设资金230余万元，建成机耕路3000余米，农田灌溉水渠2000余米，灌溉水坝一座，大幅提升了农村水利基础设施建设水平，加快了转变农业发展方式，推进了农业科技进步创新，提高了土地产出率，丰富了农民的钱袋子。"从2014年开始，仙川农产品专业合作社下大决心实行"机器换人"，累计投入资金达240余万元，引进了联合收割机、烘干机等各类粮食生产机械28台，从种子催芽、育秧、插秧、收割到烘干出米，全程实行机械化操作。千岛湖仙川农产品专业合作社还积极与省农科院、省水稻研究所和浙江大学等科研院所联姻，依靠科技引领，实现增产增收。目前，千岛湖仙川农产品专业合作社生产的"淳山淳水"牌优质生态大米，备受消费者的青睐。

"春播一粒籽，秋收万石粮。"在秋日的阳光里，仙川农产品专业合作社创始人张清那黝黑的脸庞上洋溢着丰收的喜悦。是的，仙川农产品专业合作社已连续三年保持水稻亩产量位居全县第一，土地产出率、资源利用率大幅提升。合作社还在枫树岭镇孙家畈村租赁了300亩稻田，全部种上彩稻，吸引了游客的眼球，使这片田成了我县农业旅游观光样板田。张清，这位现代农业的领头羊，近年来，也获得诸多荣誉，先后获得了县级"五星级"乡土人才、"十佳农村实用人才"和"带富好标兵"，还荣获了淳安县五一劳动奖章，当选为县第八届政协委员和十六届县人大代表。此外，仙川农产品专业合作社还斩获了省级"农机示范合作社"和"十佳农民专业合作社"等殊荣。

广袤的田野，流金的季节，壮阔的愿景，崭新的航程……在青山绿水间，"汾"情万种，"浙"里"镇"美。田园汾口，正奏响新时代乡村振兴的华彩乐章！

# 黑白电视机

20世纪80年代，谁家要是有一台电视机，那可了不得。面对电视机，人们充满好奇与激动。就这么一个小东西，能知天下事，有讲不完的故事，就像童话世界里的宝盒子一样，取之不尽。

村里有第一台黑白电视机的还是我叔叔家。这台电视机的出现，打破了村庄的沉寂，改变了乡村人们的生活，开阔了村民的视野，让人们的精神生活一下子充实起来。人们奔走相告，孩子们欢呼雀跃，都想去看看电视机到底长什么样子。门前晒坦里、屋子里挤满了人，你一言我一语，叽叽喳喳的，比过年还热闹。大伙帮着竖接收天线，于是找木棍的找木棍，挖坑的挖坑，绑的绑，竖的竖，指挥的指挥，把天线接到电视机上，抽出两根室内天线，像蜗牛头上的两只触角一样可爱，可以自由伸缩、旋转、调整方向。中间一个荧屏，右边上下各一个旋钮，一个是开关控制声音大小，一个是调台的。记得这第一台电视机是"西湖牌"的，14英寸。插上电源，打开电视，调到浙江台，因为浙江台收看最清楚。刚开始，只见雪花一片，发出咪咪的声音，不见图像，这时，有人跑里跑外忙着旋转天线。"天线南北方向，再向右转转，好了，有图像了，就是不太清楚，再稍微转转。"图像清晰了，人们聚集在屋里，顿时也静了下来，前边的坐着，后边的站着，屋里站不下，就站在外边，夏天干脆就把电视机搬到门前晒坦里。看电视的人就像看电影一样，一到晚上，有的早早地来了，聚集了满满一堆人。电视剧看得很有瘾，看的什么内容倒忘了，一晚接着一晚，一到时间，准时到场，除了中间的广告时间，其余时间都安安静静的，认认真真地看电视。夏天天热，放一晚上电视，就感觉电视机发热，这时主人就说广告时间关一下，让电视机歇歇，一般都是十五分钟左右，快到时间了就急急地吆喝，时间到了，时间到了，快打开吧，要不就晚了。急得人们一阵又一阵催促，打开一看，有时还是广告，有时一打开已经开始放了，就听见大家的遗憾声，但很快进入了看电视的状态。后来主人买了一张三色塑料纸，贴到荧屏上，当彩电看，可不长时间就不用了，感觉还是看黑白的清晰真实。

次年，村委会买了一台大的黑白电视机，说是这个电视机收看台多，节目也多。村里电工把电视机放到大会堂里，去看的人不少，节目大多是武打片，打斗场面激烈惊险刺激，那场面，像是看电影一样。记得看电视剧《武松》，《武松醉打蒋门神》那一集，记忆犹新。武松上下翻飞，身轻如燕；左右移步，稳如洪钟；那边拳来气势汹汹，这边一个闪身，顺手牵羊；掌去如山倒，虎虎生风；看似醉意蒙眬，其实脚下生根如松，以柔克刚，出奇制胜。故事情节曲折，扣人心弦。

当时正是流行港台歌曲时，电视剧粤语版《霍元甲》的主题歌《万里长城永不倒》，声音亲切，富有时代感，饱含浓浓的爱国之情，萦绕于耳。

如今，黑白电视机成了一个时代的美好记忆。后来，出现了彩色电视机，彩电慢慢地在千家万户普及了。晚上一家人围着一起看电视，拉家常，特别是春节期间，等待春晚的那一刻，闻着空气中弥漫的年味，心里美滋滋的。随着生活水平的提高，黑白电视机逐渐淡出了人们的生活，却成了收藏家的爱物。虽然彩电品种多多，但乡村人还是怀念那个黑白的电视机的年代，那一杆天线成了那个时代乡村生活的独特符号，成了乡村人记忆的乡愁。

# 悠悠恩师情

时光流逝，我却不能忘情于我的一位老师。

他叫胡根发，是我初中时的语文老师。

有一年除夕之夜，我们几位同学好友聚在一起守岁。我们正值豆蔻年华，自然大谈人生、理想。那时，我心里一动，胡老师留的作文题为《春节纪事》，我何不把这写一写，于是我写了篇作文，还居然大胆将《春节纪事》改为《除夕之夜》，在文章的结尾处，我虚写说，要当一名新闻记者，把同学们在不同岗位上的事迹报道出去。

谁知，开学的第一节作文课，胡老师在全年级念了我的这篇作文。说什么"佳节表壮志，题材新颖，结构巧妙……"这一千多字小文，他念了又念，讲了又讲，讲得我真有点不好意思。说实在话，我当时并没有像胡老师讲的那么想、那么写。但，从此我迷上了作文。

转眼三年过去，面临着初中升高中，我的学习成绩是蛮有把握的，但家庭条件不允许我继续升学。我三岁的小妹，正患肾炎，父母亲带着小妹奔走各大医院求医。

记得那天是星期六，我早早离开了学校，刚迈进家门，听到东屋里有胡老师的声音。

我心里一阵紧张，悄悄偷听起来。屋里传来父母说话的声音，还伴随着胡老师的说话声。

　　我不知胡老师和爸妈谈了些什么，胡老师临走时，听母亲说："胡老师，您放心，反正不能委屈了孩子，他有本事就上吧！"

　　我从来没给胡老师讲我家的事，也从来没让胡老师来做家长的工作，然而，他悄悄地来了！

　　临去高中上学时，胡老师亲自给高中的一位权威的语文老师写了封信，让他关照培养我。

　　我浑身充满了力量。

　　三年的刻苦学习，我以全年级文科优秀的成绩高中毕业了。

　　然而，那时上大学要贫下中农推荐，应届毕业生要回农村接受贫下中农再教育。于是我回到了农村。后来，我被公社录用为民办教师，到我曾经读过书的初中教书，我从胡老师的学生，变成他的同事。

　　几年不见，胡老师苍老多了，但他那双大眼睛还是那么亲切和善，胡老师紧紧拉着我的手，反复叮咛着："记住，功课不能忘，要恢复高考了，要争取考出去！"

　　为了复习考试，胡老师给两个平行班进行摸底测试，将重点班交给我带，他带基础差的那个班，能让我腾出时间多复习。他经常将两个班集中到学校大会堂"上大课"，指导两个班的作文练习。我知道胡老师的良苦用心，临近高考，这样能让我多点时间复习。

　　胡老师是片区语文教研组组长，经常到县里搞教研活动，时常带些高考模拟试卷之类的复习资料回来。坐在千岛湖回姜家的轮船上，要有四个多小时才到达，船上的其他老师看着胡老师很认真地抄写高考复习资料和模拟试卷，不解地问："你又没有子女参加高考，抄这些资料有什么用？"胡老师一生没有生育过，膝下没有子女，但胡老师笑着说："我为学生抄，所有的学生都是我的子女啊！"

我查过胡老师档案，他一生平淡无奇，几乎没有得到过什么优秀园丁之类的荣誉称号。但他默默地在教育战线上耕耘了近四十个春秋，培养了一批又一批优秀的学生。

人们常用蜡烛、园丁、人类灵魂的工程师来讴歌老师，然而，仅用这些词语，能涵盖像胡老师这样的平凡老师的真正的神圣形象吗？

# 两位抗日先遣队士兵落户杨家村

1934 年 9 月 24 日，在军团长寻淮洲、政委乐少华、参谋长粟裕等带领下，抗日先遣队到达歙（歙县）遂（遂安县）交界的狮石、送驾岭附近，国民党第四十九师和补充第一旅共 5 个团分路追击至送驾岭，为掩护主力部队翻越 60 里的大连岭，向歙县石门方向转移，先遣队后卫部队决定利用送驾岭有利地形，痛击敌人。

当日下午 2 点 10 分，战斗打响。我红军强烈阻击国民党第四十九师所属 291 团、289 团的正面进攻，打退第四十九师进攻。

下午 3 时许，第四十九师和补充一旅企图在送驾岭与钓金山之间合击红军先遣队。傍晚 6 时左右，红军先遣队主力沿着大连岭向石门方向转移，负责殿后的侦察连安排一个班携两挺机枪，坚守在送驾岭凉亭附近的小山坡上，监视对面钓金山的敌军，并将一面红旗插在凉亭上，引诱敌人火力。夜幕降临，敌 289 团登上钓金山后，隐约发现对面送驾岭半山腰插着红旗，立即开火。补充一旅亦从送驾岭背后突入送驾岭山顶。红军侦察班与两敌形成斜三角形。先遣队侦察班机智地点燃事先挂在树上的几只破铁皮"洋油箱"里的鞭炮，并用两挺机枪向两股敌军分别扫射，顿时，"枪声"大作，致使钓金山之敌以为红军来了增援部队，便加强了火力攻势，送驾岭之敌亦向钓金山方向全力猛攻，待两股敌军内部打得热火朝天之时，先遣队侦察班留下凉亭上的红旗，悄悄地追上大部队进入大连岭的崇山峻岭中。

送驾岭战斗中红军受伤的 33 名战士，由战友和当地百姓从大连岭抬到山下的许家山、连岭脚，及姚家等村，因遭敌军围堵，途中牺牲了 2 名战士，其余 31 名受伤战士，由当地的地下党组织安排就地隐藏养伤。这些伤员康复后，有的找到了部队，有的就落户在连岭一带的山村了。

根据浪川乡杨家村 77 岁退休教师杨百彩提供的线索，我们来到浪川乡杨家村寻访。由杨百彩老师带路，我们走访了两名抗日先遣队红军士兵的家属。我们首先来到了红军战士杨昌风家，杨昌风二儿子（杨苏友，现年 69 岁）向我们介绍："我父亲是江西省横峰县磨盘山脚村人，落户在杨家村后，改名杨昌风（原名方曹峰）。他是在送驾岭战斗中负伤后，与主力部队失去联系，1936 年 12 月份到杨家村来的。我爷爷（杨水樟）看见我爸忠厚老实又勤快，就收留我爸做长工，因我爷爷膝下无儿女就将我爸收为义子，并为他娶芹川村王生云为妻。我爸生四子一女，85 岁过世，今年冥寿已 101 岁了。"

"文革"期间，杨昌风专程去了一趟江西老家——江西横峰县磨盘山脚村，一进门，看见堂前挂着"方曹峰革命烈士"匾，当时热泪盈眶，全家人都哭成一团，当地政府和村里人都认为他牺牲了。

磨盘山脚村，位于江西怀玉山深山区，弋阳、德兴、上饶三县交界处，二战时期，曾设有"中共闽浙赣省委、省苏维埃政府、省军区司令部"，杨昌风就是在家乡"闽浙赣革命根据地"参加方志敏领导的红十军的。随方志敏率领的抗日先遣队转战浙西皖南，送驾岭阻击战后，他身负重伤，在姚家村疗伤，伤愈以后，与他同行的七名伤员与抗日先遣队主力部队失去联系，各自在遂安的中洲、双源、汾口、浪川一带寻找党组织，希望能找到部队，早日归队。杨昌风不识字，而且人生地不熟，就来到了杨家村，一待就是几十年。"听我爸爸说，走散的战友后来都陆续联系上了，还到各家互相走动过，中洲木瓜村伊家坦自然村有个红军老战友就到我家来过。"

杨百彩老师还带我们走访了里杨家自然村红军士兵杨普元家，杨普元是江西籍抗日先遣队警卫士兵，现在冥寿也有 100 多岁了。据杨普元的儿子杨家磊（现年 78 岁）回忆："我爸叫杨普元，是到杨家后改名的，原名不详。他平时很少提及战争年代的经历，偶尔谈起战斗的惨烈，总是黯然神伤。他说，看见战死的人太多了，一路行军，挨在身边的战友，前一分钟还跟他聊天，后一分钟就倒下了，连名字都记不住，样貌肯定也是记不清了。"

杨普元是 20 世纪 40 年代到杨家村的，平时寡言少语，他与杨昌风同是江西籍的，但互不相识。失散老红军是中国工农红军史上的一个值得我们敬佩的特殊群体。他们参加工农红军，绝大多数是军中的"红小鬼"，他们多数人因负伤被安置治疗，有的在突围时被打散，有的突发重病寄住在百姓家养病……都因与部队断了联系而失散。目不识丁的他们历经千辛万苦，无怨无悔，像普通农民一样，日出而作，日落而息，种田、婚娶、生儿育女……春去秋来，在半个世纪里，他们默默生活，平静劳作，将战争的血与火的历史深埋心底。失散老红军都已是风烛残年的老人，将一一离去。这个中国红军史上的特殊群体将不复存在，但他们的业绩不朽、英名永存，永远激励后人为中华民族富强而砥砺奋进。

# 火　熄

"绿蚁新醅酒,红泥小火炉。晚来天欲雪,能饮一杯无?"每次读白居易这首《问刘十九》诗,总有一种温暖如春的感觉。在仔细品味诗人那份温馨的情感时,我也会常常想起故乡的火熄。

总记得20世纪六七十年代,还是实行生产集体化的年代,冬日里,是一年中比较清闲的季节,除了挖河修坝以外,地里的农活不再紧张得让人喘不过气来。人们将双手抄进袖笼里,佝偻着身子踯躅街头;抑或在街口处拐个弯,踅进街坊邻里的土坯房里,串串门唠唠家常,主人会很快把手中的火熄递过来,说:"快烤烤手暖和一下身子。"那些上了年纪的老人,偶尔把二尺多长的旱烟锅从脖后的衣领抽出来,伸进火熄中吱吱吸上几口,一缕一缕的青烟从花白的胡须里冒出来,那情景,现在想来已恍如隔世。

火熄,大多用黑土烧制而成,做工极其简单而粗糙,一般的土窑都能烧制。外面再套上一个竹制的外壳,有筐,能手提。只要把灶膛里烧着的木炭装一些进去,用铁铲拍结实,它的热量一天都不会散尽。火熄在那个物资匮乏的年月,是人们取暖的神器,对孩子们来说更是一件难得的奢侈品,只有上了年纪的老人才能和它形影不离。

小时候，我曾一度把拥有一只泥火炉作为自己最大的心愿。每当看见小学同学中有人提火熜，上课暖脚，下课烤手，真是羡慕极了。我就希望家里的大人能为我买一只，我知道即便是价值一两元的东西，父母也是不肯轻易出手买的。好在邻居的和平同学待我好，他常常把火熜让给我烤手、烤脚，有时还把葵花子、南瓜子、玉米粒放在火熜里烤熟了，扔几粒给我解馋。和平的老爹是个竹匠，又会讲故事，我常到隔壁和平同学家里烤火，他爹边烤火边给我们讲好多好多故事，给我们寂寞的童年时代增添了许多快乐的时光。

　　如今电暖器、空调已成为普通家庭的寻常之物，火熜早已退出了人们日常生活的舞台。但在寒冬里，我又一次想起了故乡的火熜，并在内心深处怀念着那种纯真无私的乡情。

# 我家那台缝纫机

母亲的床头摆放着一台当桌子用的缝纫机。这台老旧的蝴蝶牌缝纫机因买不到配件，早就不用了。

我几次要把缝纫机卖给收废品的人，母亲拦着说："你别管，它能占你多少地方？"妹妹每次回家，叫母亲将不能用的旧东西都扔掉。母亲一听就来火，说："我要是老了没有用，你们是不是也把我扔掉？"

母亲越老越念旧，只要她看到舒服满足就依她。

我们家的缝纫机算是在时代浪潮中浮出的冰山一角。20世纪80年代初，那时，已分田到户，农民的干劲十足。农忙时，总是起五更睡半夜地在责任田里忙乎，一年两年地累计，家里有了余钱，那年秋季，父亲和母亲去供销社抬回这台缝纫机，花了二百多元，这在1982年可不是一个小数目了。

有了缝纫机，母亲把缝纫机摆在堂前，又搬来大椅子，坐上去后，母亲双脚踩着踏板，前踩后压，缝纫机就哗啦转动起来，缝纫针像影子一样上上下下。母亲好不得意，立马把要补的衣服都拿出来。机器缝纫的针线匀称，比手工缝制的好。

自此，母亲的空闲时间多数在侍弄缝纫机，缝好自己的缝隔壁邻居的，补完旧的裁剪新的，母亲虽学会裁剪，但做的样式并不算很好。母亲只给我们裁剪裤子，上衣还是送到裁缝铺去，我家那台缝纫机，就是台补衣机。

时代在变，农村人也爱美了。随着科技的进步，大规模机械化生产的服装厂如雨后春笋越来越多，衣物花色款式一年一个样。物廉价美的服装深受年轻人的喜爱，他们一年买几季衣服已不是稀奇事，那种"新三年旧三年，缝缝补补又三年"的传统早被时代的潮流冲刷得无影无踪。乡村仅存的裁缝铺除了做些老年人的衣物，鲜有生意。母亲的缝纫机渐渐成了"鸡肋"，只好闲置起来。

这台蝴蝶牌缝纫机是自改革开放后，我家置办的第一个贵的家当，母亲踩着缝纫机踏板小心缝补衣服的日子渐行渐远。在日新月异的时代里，这台缝纫机是岁月的留存，记录着新时代的老百姓对幸福的不断追求。

# 算　盘

　　暑期下乡，在乡村医生诊所外偶然一瞥，中医诊所的桌子上，摆着一个精致的小算盘，站在诊所桌子旁的几位年轻患者或买药的小伙和姑娘，看到桌子上的小算盘，有些好奇地问："这是什么东西?"老中医答："算盘。"对方又问："干什么用的?"老中医答："结账用的。"见年轻人好奇，老中医便用最简单的数字一加三等于四的方式，操作了一下，年轻人惊奇地"哇"了一声，就这么简单!

　　算盘是一种简便的计算工具。说起算盘的历史，可追溯到公元前600年，算盘大概有2600多年的使用历史。北宋名画《清明上河图》中赵太丞家药铺柜上就画了一个算盘!

　　在我上小学时的20世纪60年代，小学生们除了背一个书包外，还要带上个或大或小的算盘!算盘上系根绳背在身后，随着脚步的走动，算盘珠子相互碰击着，发出"噼里啪啦"的声响。在我记忆中，教算术的卢老师讲珠算课非常认真，他一边踱着步一边念着口诀："加一，上上一，一下五去四，一去九进一……"

　　每天的晨读，就像一场竞技赛，老师在黑板上写出三位数或四位数的加减法，每一题要在一分钟内用珠算算出准确的得数，错了的同学要站起来，也就失去答题资格，就这样十几个来回后，我的周围同学都站起来了，最后三位同学胜出，他们就是这一天的珠算能手。卢老师珠算的加减乘除有许多妙招，什么"三盘清""六盘清"，学起来既有趣味，又学得快、记得牢。每次胜出的三位同学，都要把名字写在黑板的右上角，每天都会更新。珠算能手一天比一天多了起来，同学们对学珠算越来越感兴趣。我记得，当时卢老师用打一物让我们猜谜："四四方方一面青，加上一百斤不重，减去一千斤不轻。"后来，我们班同学就用这个谜语，在校园里互相传猜。

如今，在这个高科技的电子时代，珠算作为简单、快捷的运算工具，在新生代面前成为陌生的"文物"，已淡出了人们的视野。但作为一种国粹，中华传统文化之瑰宝，我们不禁对其油然生发出自豪和敬畏。人们把算盘和中国四大发明相提并论，称作中国第五大发明。2013 年 12 月 4 日，联合国教科文组织正式审核批准，将中国算盘列入世界非物质文化遗产。

# 乡村供销社

　　乡村供销社是个历史文化符号，我上小学的时候，就觉得在里面上班的人特别光彩耀目，穿有穿相，戴有戴相，男人长得顺溜，细皮嫩肉、油头粉面，而女的有结婚的半老徐娘，也有牡丹富贵娇的未婚姑娘，脸面吹弹可破，白净面皮，娇羞含情，杨柳细腰，香风扑鼻，引来庄户人家的艳羡和风流男人的青睐和垂涎。

　　那时候，每到下午快下班时，男女职工便上老街卖弄风骚，半老徐娘蹲下架着个胖娃娃，白得瓷实，胖得匀实，充分展示着丰润饱满，人们都愿意多看几眼。女青年则坐在青石墩上打毛衣，有的打羽毛球，谈笑自如，银铃串串，感染得树枝晃动。蝴蝶与蜻蜓缠绵徘徊，几只小狗也露出笑的模样，摇着尾巴穿梭在胖姐靓妹之间，很有得意劲。男的则在公社初中操场上打篮球，煞白的肌肉拧成疙瘩，细长的腿充溢健美律动的韵味。

　　记得老供销社是一幢砖木结构的二层楼房，一溜瓦房共有十几间，占很长一段街面，门口朝南，后面是一千多平方米的大院子，有仓库，老余是仓库保管。院子有酒坛，有劈过的金刚刺，立着扫帚、竹竿等。供销社阵容强大，商品也多，分了几个门市。布店蓝布、黑布、白布和灰布最多，花哨的、鲜艳的各类花色的布不多。买布凭布票，没布票多要一寸也不给，剩个布头什么的，都被有关系的人拿走了。也有个门市部专卖油盐酱醋，也有白糖红糖和冰糖，若办个红事买布或烟酒什么的，得找会计说好话。所以，会计比支书和大队长威望高些，因为会计有实物，他开恩就有实惠，庄户人家杀个鸡或杀头猪时候，都想请供销社会计或营业员吃个饭，而那个时候会计总装憨厚，真叫那个憨态可掬。

供销社里还有各种果子，有红枣、桂圆、荔枝干，就是不见苹果、香蕉。面食果子也有，像麻饼、条酥、饼干、月饼等。这些多为奢侈品，又凭粮票，只有吃公家饭的才有这个口福，社员只有病痛的时候，有亲戚看望时才吃得到。记得有个杂货门市部，有文具、图书、日历年画、乒乓球、锅碗瓢盆、跌打损伤膏等。在仓库旁边，有一个农资门市部，卖铁铲、柴刀、扫帚、农药、化肥、犁铧、篓筐、塑料布等。供销社成了百货应万户的"万能中心"。也有收购废品的门市，叫收购站，什么废铜烂铁了，什么头发辫子了，什么狗皮草绳、碎玻璃、破旧书本了，草药、蛇皮、蝉蜕了，收了都付现钱，小时候暑假里经常挖些半夏、前胡、茯苓等药材，卖了得钱买小人书。在那个时代，有了供销社就有了一切。供销社也有功，为"三农"服务也尽了力，引进了毛兔、灰鸭让生产队养，还引进了香芋、速成茶苗让农民种，可没有经验，没有技术，赔本了，这叫动机好，效果达不到。"双夏"时节，农民抢收抢种，也搞了一些送货下乡的好事，供销社延续了一代又一代，主任换了八九个，最后还是解体了。

到20世纪90年代，供销社转型了，个体工商户开店更顺手。那个供销社管仓库的老余和大洋，转制后，接手了供销社买卖，发了大财，每每看见他俩腆着肚子走在街上时，总有人说，胆大有老虎肉吃，风水轮流转，他们是发了供销社转制的财了。

# 乡村小镇刻碑人

　　上苍给了人类生命，使人类得以延续和发展，而在历史的长河中不断磨砺，为了满足各式各样需求，诞生了各种手艺人，他们被统称为"匠人"。不知是天意还是人为，逐渐从匠人中分出文工与武匠。武匠多为粗活中求细（如杀猪、木工），武匠多为阳活；文工为细活中求精（如刻碑、修棺材），文工却靠近阴事。我那位堂弟章义就是那一个靠近阴事的文工，刻碑匠。

　　殡葬改革已多年了，农村至今仍沿袭着为先人修坟的旧俗。大概现有的经济条件好了，越来越多的人都舍得花点钱，将祖坟修葺一番。通常以砖头砂石为原料将墓浇成混凝土，这样不至于荒草丛生，树枝交错，既少了几许凄凉，又多了几份孝敬与风光。重要的，还是在坟前竖碑立铭，将先人的姓名、尊辈刻在石上以示后人。当然，有人立碑就有人刻碑。我堂弟章义原是县食品厂职工，1998年下岗后，择业不知何求，他凭着身为市书协会员写得一手好字的底气，在姜家镇上开起了一家刻字店。他自写自刻，字体多用魏体，朴拙中显强劲，结构里展方严，一时间十里八乡多有嘉声，乡人遂以"刻碑匠"称之。传闻，刻碑人生来即有一双阴阳眼，一眼看阳世，一眼看阴间，能与生者言，能与亡者谈。因此，我堂弟章义刻的碑，生者欢喜，亡者喜欢。

刻碑，是件粗活。几十斤乃至上百斤重的一块石碑，你得有力气搬动它。一块石碑从刻字到上漆乃至成品，一般要移动多次。有的规格特别大的，单凭力气根本不够，只有凭借巧劲。从石堆上先移落地上，竖起，分别用落地两个角做支点，一次一次地往前挪动。整块石碑的分量基本在挪动着的两个支点上，双臂只要能将碑身稳住，不让倒下就行。今年，清明时节，我见到堂弟章义，问他生意如何。他说，清明前从他手上搬来移去的石碑就有9吨之多。

刻碑，也是件细活。细到姓甚名谁，辈分称谓，不能有误。尤其要遵循旧俗，同祖与不同祖的碑刻要区别对待，男女的排列次序也不同。同祖指三代坟茔排列在一起，最长的中间，儿子在东，孙子靠西。古法墓葬，讲究爷爷靠儿子，奶奶靠孙子。不同祖，就无须按此规矩了，一般都是女左男右。若不问明情况，弄错，这块碑就白刻了，懂的人不会要。

刻碑，还是件工艺活，讲究字体刻工。章义说，他认识的同行中，现在大多依赖电脑，打好了字，贴上再依样画葫芦地刻。他说："我坚持自写自刻，凭借平日里练书法的功底，将每一次的碑刻当作一幅书法艺术作品来做，自写碑文，钩点撇捺，各有方寸，篆隶行楷，皆自风流，刀凿并用，得心应手。"

章义刻碑二十余年了，因为有市场，生意稳步向好。虽说石材的价格步步攀升，但在涉及做工质量、服务态度上，他从不含糊，由此，赢得了客户的普遍赞誉。刻碑，是件细心活、艺术活，更是件力气活，并要成天与粉尘打交道。所幸一分辛劳一分收获，堂弟章义的刻碑艺术水平不断长进，他将"吃石头这碗饭"当作事业来做，乐此不疲。

# 溪埠头的记忆

孩提时，老家村头有处溪埠头，几块石板一级一级延入水中，便是水埠头的踏步。这个溪埠头卧在村头大樟树底下，埠头四面树木葱茏，大樟树遮天蔽日，树叶子哗哗啦啦拍巴掌响，绿柳披肩长发似的轻轻揉进水里。东面坡地里，树的间隙蹿出了桃、李、杨梅等果树，与杂草、灌木丛构成了一幅溪埠头版画。

记得儿时的暑假里，经常去溪埠头嬉水，溪水是明亮晶莹的，有几只灰鸭，几只大白鹅，见有村妇到埠头浣衣洗菜，都识趣地躲在一边，一会拍拍翅膀，一会啄啄水下，溪边的鱼虾及小虫之类，偶尔"嘎嘎嘎"叫上几嗓子，显示它们生命的蓬勃活力，引得人们的关注。也有蜻蜓、蝴蝶在溪边小草间盘旋，山涧的清溪潺潺流过，小孩们在一个叫石潭的溪水里玩耍、打水仗，快乐的叫喊声此起彼伏。

村妇们光脚捋胳膊，露出光洁白净的腿肚子，抡动棒槌捶衣服。那时候穷，也有买不起肥皂的，有的用茶箍（也叫菜籽饼），将浸泡过的一大盆衣服，双手放搓衣板或石板上一揉搓，把水挤出，叠成方块，用棒槌乒乓一砸，粗布使劲捶打，细纱软布轻轻地砸。用棒槌砸出白沫，再双手在 V 形搓板上揉搓。村里妇女喜欢用捶衣棒，俗名叫"棒槌"，有圆形的，有长方形的，长五六十厘米，用杂木或断扁担头改制。村妇们各执一根大棒槌，有次序、有节奏地捶打被面及衣物，挥动棒槌，响声和着棉布发出来的"梆铛……梆铛……"的声响，就成了乐音，和声、美声、通俗唱法，浑然成了乡间交响乐。村妇们的嬉笑声、孩童们的打闹声，"梆铛……梆铛……"声声棒槌声，沉闷而响亮，声音响彻整条小溪，这回响经水波涟漪的播放，形成了"小桥、流水、人家"的绝美水墨画卷。声声捶衣声掺和着牛羊"咩咩""哞哞"声和"嘎嘎"鹅鸭曲颈向天歌的优美音韵，令人陶醉，风吹草木，嗅觉、触觉里尽是家乡水土风情的馨香。

衣服、被面捶打完了，要两人先各拽住布的一头，仰身向后拽扯，一松一紧绞干，直至拉平布料的皱褶，等到粗布的皱褶都舒展了，再把衣服、被子晾晒在溪滩乱石里或竹竿上。少妇美女们一边洗衣服，一边嬉笑打闹，脸部表情丰富，她们时不时溅射水珠子嬉乐一番，阳光射来，映出少妇们白皙、娇羞、清丽、淳朴的面庞！

捶衣声能听出布的好坏，妇女的性格，日子的顺畅与艰难，幸福与痛苦，有的写在脸上，有的刻在心里。

小溪石埠头棒槌声中，有故事；捶衣声中，有音乐。酸甜苦辣咸谁知道？藏在心里，咽在腹中。日子好过了，笑了；苦了，掉泪了。偶回家乡，万籁俱寂时，那熟悉的"梆铛……梆铛……"棒槌敲击石埠发出来的有节奏的声响，常常萦绕在静谧的小溪边。

自有了洗衣机，有了洗衣粉、洗衣液之类，棒槌远去了，小溪的鱼虾稀少了，河道满是淤泥、漂浮物，溪水污染日趋严重。

实施"五水共治"工程后，经过整治，如今的老家溪流再次变得清澈了，溪埠头可见游鱼觅食，一有响动，鱼儿闪动，不见踪影，只见小溪漾起一阵阵涟漪……

# 又 见 炊 烟

前几天，因《淳安村落》丛书编纂配图需求，与几位摄友去中洲镇几个山村航拍山里的自然村实景。一天下来，辗转了木瓜、余家、樟村、扎源几个行政村的高山自然村，这些自然村大多在海拔 800 米以上，有木瓜的伊家坦、余家的大坞山、樟村的毛山岗、扎源的高山，这些自然村村民有的已下山移民，有的还留在山上，尤其是一些年事已高的老人依恋山村，不愿移民下山。一天的奔波，虽是辛苦，但每到一个小山村，我都贪婪地注视山村里觅食的鸡、吠叫的狗、暮归的牛和袅袅炊烟，这一切给我太多慰藉。

到达余家村的大坞山已是暮色时分。大坞山卧在大山的怀抱里，安静得像一个端庄的少女。有炊烟从农家屋顶飘出，袅袅地盘旋在村子上空，最后变成一缕缕，与云霞融在一起。这弯弯曲曲的炊烟瞬间弥漫了我整个心灵，此时，有一种既熟悉又陌生的感觉油然而生。望见炊烟，忽觉肚子有点饿了，猛然想起，哦，是炊烟的条件反射！很长时间没见炊烟了，即便下乡，乡村里也已用电或液化气做饭。几次下乡，看见乡村小洋楼门前停着小汽车，一片规整漂亮的新民居，煞是靓丽，但总觉得少了点什么，就是说不清楚，今天大悟了，就是炊烟，炊烟呢?!

说来也怪，打小我就对炊烟有种独特的记忆，至今，脑海里依然有清晰的印象。为什么会有这样的记忆，自己也说不太清楚。那记忆的画面里，有奶奶慈祥的目光，有母亲忙碌的身影和土柴灶焖饭飘来的清香。我记得炊烟有好几种颜色，黑黑的烟，刚从烟囱急忙忙地向四周散去，有的还直往地上栽，让过路人，不得不捂住口鼻，急速通过，那一定是天气突变，有风有雨的前兆。黄黄的烟，出了烟囱，就翻滚着飘走了，有时似乎还夹着火。白中带点灰色的青烟，出了烟囱还是直直地向上，升到一定高度，再袅袅散开。儿时，我最喜欢这种炊烟了，幻想着，神仙一定是驾着这种烟雾来的，这种炊烟是上云天的梯，柔软灵动，格外迷人，给人一种梦幻般的感觉。

我喜欢炊烟的味道。记着小时候，炊烟总是在过年的时候特别茂盛。炊烟在各家屋顶上冒出来，相互纠缠在一起，瓦片上、树梢上飘动着纤细的炊烟，各家的房子里飘出了诱人的鸡、鸭、鱼、肉香味，那日子里，炊烟是香的。我从小就爱发呆，面对袅袅炊烟，总是神游化境。那渐渐远去的炊烟飘向神秘天空，凭我的想象幻变成神奇有趣的事物，或者是观音如来，或者是《聊斋》里的妖怪道士，或者是梁山好汉李逵……

盼着炊烟升起，还有一个原因，那就是肚子咕咕叫了。20世纪70年代初，农民生活还比较清苦，吃饱肚子还是个问题。放学了，放下书包，就系上柴刀或背着背篓，到山上、地沟砍柴或摘猪草。那个年代，几乎每家每户都指望着那头年猪。说是大肥猪哩，那也是大人们的吉祥话，也就一百多斤。儿时常常站在高处眺望，看见村里烟囱冒烟了，就能回家吃饭了。一家一户升起的炊烟，就像母亲的手臂，要把我们这些孩子挽回去，怎能不盼着炊烟呢？

"暧暧远人村，依依墟里烟。"炊烟给人一种安心、归家的感觉。现在的乡村，很少见到炊烟了，大多使用上了燃气，既清洁，又便捷。可在我的内心深处，总有点淡淡的失落。好在年迈的老母亲，还用着土柴灶。燃气灶也有，但不常用。母亲喜欢土灶做饭的滋味。每当我回家，坐在土灶门前，边烧火，边聊天，火苗旺旺的、暖暖的，我能想象那炊烟，定是那种淡淡的，灰中带点白色的，那一缕缕香喷喷的炊烟，正悠悠升腾在自家屋顶上……

# 貂山章氏的"乡饮宾"

从前，看到古籍文献资料中有关"乡饮宾"的记载，当时并不觉得有什么特别的新奇，但后来拜读了《遂阳貂山章氏宗谱》二十卷之后，感受就完全不一样了。作为章氏后裔，算是在故纸堆里，感觉到我们祖上无限的荣光。

关于"乡饮宾"一词的来历，清时，每岁由各州县遴访年高有声望的士绅，详报督抚，举行乡饮酒礼。所举宾介姓名籍贯，造册报部，称为乡饮宾。乡饮宾起始于周制，乡饮酒礼举乡里处士之贤者为"宾"，次为"介"，又次为"众宾"。其后历代相沿，名称不尽相同。明清时又有"宾"（亦称"大宾"）、"僎宾""介宾""三宾""众宾"等名号，统称乡饮宾。乡饮酒礼始于周代，最初不过是乡人的一种聚会方式，儒家为其注入了尊贤敬老的思想，使一乡之人在宴饮欢聚之时受到教化。秦汉以后，乡饮酒礼长期为历代士大夫所遵用，前后沿袭约三千年之久，在中国历史上产生过深远的影响。

每年农历正月十五和十月初一，县衙便杀猪宰羊，在明伦堂内置办丰盛的酒宴。届时，乡饮大宾按牒送时辰赴会，县令率僚属人员提前到明伦堂门外相迎，对前来的大宾们行三揖三让礼，在明伦堂内再行拜礼后方入座。大宾们坐西北席，僎宾（从德高望重的乡宦人员中选出的大宾）坐东北席，有特殊贡献的介宾坐西南席，主人为东南席。司仪首饮后，执事者把酒杯一一揖送宾主，执事者在中堂设律令案，宾主面北共读律令。然后，由县令等向被邀请来的大宾们轮番敬酒……直至酒足饭饱方散席。这种习俗，在当时的社会中起到了敦亲睦族、止恶扬善的作用，人们都把能选上乡饮大宾作为一种巨大荣耀。

在瀛山书院周边的章村、方宅、胡宅等村，一直受到孔夫子的儒学和朱夫子的理学的熏陶，民风淳朴，安居乐业。方、章、汪、胡、余、洪各大家族秉承"耕读传家"理念，朴者耕，秀者读，先后出现过如章元礼、方应时、余曾点、方韩、章增等地方官员和朝廷大员，而未能入仕的普通民众，他们的高尚道德、忠孝仁爱之举却一点也不会逊色，因此也就出现过许多乡饮宾之类的，在当时堪称是"道德模范"的人物。从翻阅《遂阳貂山章氏宗谱》中得知，从最初的太平公于"宣德八年（1433年），朱县尹，以乡饮召"，到"志猷……于咸丰庚申（1860年）邑侯潘颜之曰：杖履垂型"讫止，四百多年间，章氏共有乡饮宾或乡饮耆宾三十四位之多。

最负盛名的是章氏第二十四世先祖——太平公，"字永通，号行素，行智十四，澂公长子。宣德八年，朱县尹，以乡饮召；正统元年（1436年），邑长谢以乡饮召。凡邀召者，五府邑讼不决者，悉批委以释，公片言为之解，人多畏服其公直"。乡饮宾在协助县衙断案时，有诸如现今的人民陪审团的功能。乡饮宾在民事案件或刑事案件中有一言九鼎之效应，他们的见识及公正严明与话语的权威性都是无可置疑的。太平公性情恬淡素静，而好读古书，知识面广，又善于理财，并注重以义聚财，好宴宾客，广交友朋，又能济贫恤孤，深得人们的爱戴。貂山章氏聚族而居的章村、潘家、朱石、黄土岭、夫畈上村，及郁川源的大部分章氏后裔都是太平公的直系，太平公好饮酒，醉后就击壤而歌，其歌名叫《太平之歌》，歌词写道："予与贤士亲朋乐兮，乐治平以终余年，则吾之愿足矣。"从宣德年间到正统年间，朱、谢两位县令听说太平公的贤德，前前后后有五次把他列为乡饮宾。一直到三百年后的清乾隆年间，有县令探访瀛山书院时，郁川源还盛传着他的美名。

太平公父子两代人皆荣膺乡饮宾，如《貂山章氏宗谱》中所载："讳之贤，字文举，乡饮顶带，行永一百十五，一胜公四子……生一子：起亮。""讳起亮，字贞明，乡饮冠带，行振一百四十四，之贤公子。"可以看出他们是父子关系，只是一个乡饮顶带，一个是乡饮冠带，这在一乡或一县之内并不多见。

明朝时期大都以荣膺乡饮宾的居多，也有一些人被授予更高一级的，诸如乡饮冠带之类，但基本上不会授予牌匾。到了清朝康乾盛世，由于清政府对孔孟学说的倡导，尤其重视忠孝节义的宣教，因而对那些在乡饮宾之中特别优秀的人物，会额外再授予牌匾。嘉庆乙丑年，即1805，起烘公被授予"年高德劭"的牌匾。

另一位叫鼎銈的祖上曾被授予"商山颜色"的牌匾，寿高七十九岁。懂点历史的人，也许知道这个历史典故。西汉初年的"商山四皓"，这四位隐居在商山的德高望重的长者，刘邦打天下的时候就想请他们下山辅佐，但都请不动。但后来因为废立太子一事他们却被吕后请下山来，刘邦一看这四位老人都来辅佐孝惠太子，看来太子已经羽翼丰满了，就再也不提废太子一事了。如此可见，"商山颜色"的牌匾有多重的分量。

还有一位叫鼎彝的祖上，国学生，曾参与《貂山章氏宗谱》1807年与1826年两度修谱工作，对章氏宗谱的修撰起到了不可磨灭的贡献。而且他在一生当中被授予两块牌匾，分别是"慎公练达"与"行书惇史"。

同时被授予两块牌的还有一位叫岳中的祖上，他是大孝子华国公之孙，大孝子名彦公之子，华国与名彦的孝行可见《遂安县志》中记载："章华国字实斿，郡诸生，十六都章村人，与子名彦，皆有善行名闻闾里。华国总角时，即知眷恋庭闱。及长尤能竭诚尽敬，至性固有过人者。平居，慕义轻财，拯贫济乏，特其余事。家三世单传，至彦生三子，曰岳中、岳光、岳生，皆器宇端凝，克昌尔后。"从文中可以看出，由于孝行闻名，三代单传之后，至名彦公育有三子，而后家族人丁一下子兴旺起来，依当时的观点看，都是因为有孝行，所以上天恩赐其家族壮大。岳中公享年八十一岁，被授予的牌匾分别是张县令题写的"达尊共仰"和陈教谕题写的"大老遗风"。

还有一位被县令授予"望重乡评"牌匾的陶富公，一听他的名字，就好像觉得陶朱公再世一样，在那个"人生七十古来稀"的年代，这位陶富公享年九十四岁，如此长寿，在《貂山章氏宗谱》里找不出几位来。

# 剃头匠炳炎伯

　　我是从出生第几个月开始剃头的，已经无法考证了。但是，谁第一个给我剃头，我的父亲则可以给我一个肯定的答复。因为那个时候，我们周边几个村只有一个剃头匠。他就是炳炎伯。

　　炳炎伯待人非常和善，他身材矮小，不到一米五的个子，体重不足一百。他父母担心他务农吃不消从小就叫他学门手艺，炳炎伯个小、力气小，学木匠、砖匠是肯定吃不消的，于是他想学裁缝，他父母说："男不学裁缝，女不学剃头。"无奈他只好学剃头。刚学会了剃头，抗美援朝的战斗打响了，那时还是热血青年的炳炎伯，雄赳赳、气昂昂地跨过鸭绿江，在朝鲜给一位团长当勤务兵。复员回乡后，还是重操旧业，拿起了剃头刀。他的手艺，也实在不敢恭维。在我的记忆里，他似乎只会理一种发式。我的一位老师曾将这种只在头顶部位留寸把长头发的发型，讥为"马桶盖"。那些年里，我的周边几个村子里的男性，不论老幼，都是一色的"马桶盖"。外人进了村子，常以为是误进了兵营。真不可想象，听说炳炎伯的这门手艺是给师娘挑了三年水，挨了师傅三年骂才学到手的。

　　从小学到初中，同学们的发型都是炳炎伯的杰作，没有谁觉得有什么不妥。上高中后，我的学校离家三十多公里，炳炎伯的剃刀的辖区远没有那样大。这样，我和另外一位同学特殊的发型，就大有鹤立鸡群之效果，两只"马桶盖"成了同学们创作笑话源源不绝的材料。更要命的是，炳炎伯对我们这两个在三十公里外读书的"秀才"特别关心，若我们有二十来天未理发，他总会千方百计找上家门来。有一次，在剃头时，我看见他身上有一只毛毛虫，我把它抓住用力往地下甩，结果手指甩到剃头刀上，当时就血流如注，炳炎伯立马到大门后弄来蟋蟀蒲敷上，止住了血。自此，他更加关心我剃头。他说："不剃头像什么？像个痞子。别人不会骂你，别人会骂我这个剃头的。"无可奈何之下，我们只好在每次理发之后，戴上绿军帽。好在那时流行这种帽子，因此即使在大暑天里戴绿军帽，也没有人去揭这个"谜底"。

在那集体化的年代，剃头匠倒是一门不错的行当，全村十八个生产队，只有炳炎伯一把剃头刀，每个生产队轮番着剃，大队里给记务工，与正劳力工分挂钩。有时，给几个外村人剃个头，还可以赚点外快，所以，炳炎伯还是全村第一个有钱买了本县无线电厂生产的收音机的。他整天开着收音机剃头，旁边围了不少人，那时，收音机里大多唱的是革命样板戏。后来，村里办起了文宣队，那收音机起了大作用，教唱革命样板戏《智取威虎山》。炳炎伯也是文宣队的主力队员，四十好几了，单身一人，因个头矮小，正好配演戏中的反派人物"座山雕"，由于收音机的耳濡目染，炳炎伯将座山雕演唱得出神入化，一时成了周边几个村的"明星"。

人一出名，缘分就来。隔壁的夫坂村有个寡妇叫水兰，愿意与炳炎伯结婚成家，水兰大妈带着一女二子上门来了，炳炎伯就当起了现成的爹。靠着剃头刀，一家大小日子勉强过。一位做石匠抡大锤的金宝大汉说："我的八磅锤还不如炳炎的剃头刀，年终结算炳炎的工分比我还高。"

20世纪70年代末，中国压抑已久的商业竞争意识开始复发了。十几年一贯制的"马桶盖"，就在刚刚萌发的竞争中土崩瓦解了。首先来抢炳炎伯饭碗的，是他的一个徒弟。虽然炳炎伯教给徒弟的唯一发式也是"马桶盖"，但徒弟年轻，有的是胆量。他拿着一本《电影画报》对我们说："你看中了哪个明星发型，我就给你剃出来。"模仿出来的发型虽说不伦不类，但比"马桶盖"似乎好多了。再说他的模仿能力还是蛮强的，剃了几个失败的试验头后，就像模像样了，这样，不光是年轻人坚决不要炳炎伯剃头，连不少中年人也叛逃出了炳炎伯的阵营。于是徒弟彻底砸掉炳炎伯师傅的饭碗。然而不久之后，从温州打工回来的海萍两姐妹，废掉了走家串户的做法，像城里人一样，在村里租间房开起了理发店。这两位女理发师，不但年轻、漂亮，理发技术又好，而且理完发之后，还给人洗头。她们很快又砸掉了炳炎伯徒弟的饭碗。至于后来嘛，理发店改名为美发厅，"店级"升格为"厅级"，服务的范围也逐渐从头部扩展到身体其他部位了。当然，价钱也是扶摇直上。等到如我父亲一类享受不了"厅级"服务的老者，再去找炳炎伯理发时，他的剃刀已经生锈了。

炳炎伯的晚年生活还算幸福。水兰大妈对炳炎伯照料得好，儿女们都成家立业了，炳炎伯二老靠抗美援朝复员军人生活补助金，就够生活开支了。炳炎伯八十五岁高龄，是有福气的人，八十五岁的那年秋天，无疾而终，儿女子孙成群为其哭丧，全村人都说炳炎伯福分好。

# 捉　虱　记

　　虱子是贫穷的象征。年过半百的人，几乎都挨过饿皮虱子的咬。

　　虱子，很可恶，我们都管它叫饿皮虱子。它们虽然已经销声匿迹、断子绝孙多年了，但我对它们仍然恨之入骨。因为它们噬咬过我，噬咬过很多很多我辈穷人。被它们吸过血的人很多很多，上至耄耋之年的老人，下至嗷嗷待哺的婴儿。

　　饿皮虱子，是附属在人体上的一种寄生虫，它靠吮吸人体的血液而生存。虱子的模样很古怪，很奇特，它小时候是一个针尖似的红点，它慢慢长大后，尖尖的嘴，大大的肚，椭圆形状，是黑非黑，说灰不灰的。母虱子像粟粒儿那样大小，咬你一口似针扎一样，痒痒的，很是难受。虱子的肚儿有时扁，有时鼓。扁的时候是皮，还透明；鼓的时候就是个血包，里边泛着黑灰色。当你用指甲盖将它相对一挤，溢出来的是殷红殷红的血。这血就是来自人体的血液。虱子是有腿的，那腿很细，细得几乎让你看不到它，但虱子爬行起来还是很快的。

　　虱子的繁殖能力很强：起初是小虮子——虱子产的卵，水晶般，白白的。如果你将这白东西放在指甲盖之间用力一挤，它就会发出"叭、叭"的响声，这响声很清脆。不几天，小红点似的虱子便从虮子里爬了出来。小虱子渐渐长大，不停地吮吸着人体的血液，它们吃饱、喝足了便躲藏在你的衣缝里。那痒痒的皮肤，挠得红一片、紫一片的，好难受。唉，这饿皮虱子太可恶了，也太猖狂了！

饿皮虱子为何如此猖狂？

我们是跨世纪的人。但凡年过半百的人，在 20 世纪里几乎都挨过饿皮虱子的咬。在那个年代里，家家户户穷得叮当响。人们吃的是糠菜粮，住的是泥坯房，漏雨还透风；晚上，月光当灯照。那时候，衣服少得可怜，穿到身上就是一年，冬天洗不上热水澡，饿皮虱子自然而然地就会找上你。我们上小学四五年级的时候，已到了十一二岁的年纪。上课了，当你集中精力听老师讲课的时候，那饿皮虱子似乎专门与你作对，在你的背部、腋窝和裤裆里爬来爬去，令你痒痒的，难受。但是，我们只好默默地忍受着，不能影响老师讲课，也不能影响大家听课，更不能丢人现眼。下课了，我们几乎都向厕所里跑去，真是不约而同啊！来到厕所里，你帮我挖挖，我帮你挠挠。之后，我们干脆把裤子褪到膝盖处，在"隐僻处"开展了一场擒虱大战。那三三两两的虱贼，很快就束手就擒。那大大小小的吸血鬼，都被我们用指甲盖相对挤得"咯嘣、咯嘣"地响。我们一个个笑逐颜开，纷纷报告着辉煌战果："我枪毙了 5 个。""我逮住了 6 个！""我也毙敌 5 名。""我也……"哈哈，我们的指甲盖都被那些坏东西的鲜血给染红了。"铛铛、铛铛"，时间过得真快呀，上课铃响了。我们又是一阵短跑，跑到教室里已是气喘吁吁，老师用惊讶的目光看着我们。

人们都说，秃子头上的虱子——明摆着，其实啊，女孩头上的虮子，也是明摆着，白花花的，若隐若现在头发间，因为她们的头发长，一旦有了虱子，就没办法根除。那厚长的头发，成了饿皮虱子的根据地、大本营，不断地繁衍着后代。那时候，供销社里的梳头篦子成了抢手货。头上一旦有了虱子，举起篦子在头上用力一刮，那虱子就会纷纷落到提前铺好的白纸上，到处乱爬。虱子有大有小，有胖有瘦。掉在纸上的虱子，用指甲盖一按、一挤就呜呼哀哉了，纸上留下血迹斑斑。

晚上，母亲经常帮我燎虱子。何为燎虱子？与其说燎虱子，还不如说是烤衣服更确切。母亲先是在火炉上烧旺火，之后，托着我的衣服在火上面烤，还不住地来回抖动着。那饿皮虱子一旦遇到超过自身温度的热量就会纷纷落下来。落到火里的饿皮虱子，会不时地发出"啵、啵"的响声。每到这时，我总是以胜利者的身份，用强有力的口吻斥责道："饿皮虱子，你死吧，还咬我吗？"如此发泄一通，自我感觉良好，既能解气，又能解恨，其实就是一种自我安慰。

常言道："逮不净的虱子，捉不尽的贼。"唉，好景不长，我身上的虱子又慢慢地多了起来，身上又开始痒痒了。大人们说："这是虱子的子——虮子生的，是逮不净的。"唉，是啊，虱子生虮子，虮子生虱子，没完没了。老人们说，要是经常换洗一下衣服就好多了。唉，那时候，哪有衣服可换洗的？一身衣服穿得破了补、补了破，内衣一个冬天不下身，有的根本就没内衣穿。自此，越来越多的吸血鬼（虱子）集结在穷人的衣缝里，贪婪地吮吸着人的血。

虱子的生命力很强。严冬腊月里，如果把一件内衣脱下来，丢到旮旯处，冻它个七八天之后，那饿皮虱子还在蠢蠢欲动，到处乱爬。就是用一百度的开水将内衣烫个透，那虮子仍然活着，穿到身上的衣服，过不了几天，又成了那饿皮虱子集结的大本营。

进入新世纪，跨入新时代，那可恶的饿皮虱子竟然销声匿迹、断子绝孙了。其实，这也不是难理解的事，因为现在的生活水平今非昔比，大家衣食无忧。衣服多得穿不了，没处放，刚买的新衣服，有的没穿上几天，试试新就扔了。看看吧，看看垃圾存放处，除了衣物，还是衣物。如果用我们的思维观点和消费态度去看待这个问题，这就是一种浪费，一种极大的浪费啊！浪费就是犯罪啊！还有啊，那餐桌上丰盛的宴席，吃不了一半就扔了。还有那轿车啊，楼房啊，里面香气四溢，冬暖夏凉，那可恶的饿皮虱子可享受不了这么优厚的人间待遇。还有哪，家家都有太阳能，隔三岔五洗一次澡，换一次内衣，根本就没有那饿皮虱子的立足之地，更无它们的隐身之处。

可恶的饿皮虱子，对今天的年轻人而言，那可是一种陌生的东西，他们根本不知道它们是啥模样。长虱子，那是贫穷的象征。

# 05 省道（淳安段）诞生记

淳安历史悠久、人杰地灵，素以"锦山秀水、文献名邦"著称。1959 年为建设新安江水电站，淳安人民做出了巨大的牺牲和贡献，淳、遂两座县城淹没水底，淹没良田 30 万亩，移民 29 万人，8 万人就地后靠安置，255 家企业外迁，城市基础设施、文化教育设施，特别是纵横交错的公路交通设施基本损失殆尽，境内只剩下 12 公里的断头路，淳安由甲等富裕县变成贫困县，交通面临着一穷二白的状况，承受着沧海桑田的巨变，山高路远、山水阻隔，"要想富、先修路"成了广大群众的共同呼声和强烈愿望。

05 省道淳安段一级公路改建工程是杭州市交通西进的大型项目，也是实现杭州至辖区县（市）1.5 小时交通圈的一大交通基础设施建设项目。该工程是由省人民政府浙政发〔1998〕225 号文批复立项的"四自"工程，是淳安第一条高等级公路，同时又是淳安第一条完全采用市场运作成功融资兴建的"四自"工程项目。设计施工中，为了满足一级公路的技术标准，在 K14 至 K18 处，对路基做分离式处理，半幅路基走老线，另半幅建新线，整体式路基宽 22.5 米，中有隔离带，分离式路基宽 11.25 米，桥涵与路基同宽。隧道净宽 9.25 米，限界净高 5 米，桥涵设计荷载标准为汽-20，挂-100。路面设计轴载标准 BZZ-100，最小平曲线半径为 200 米，最大纵坡 4.3%。整个工程共有全幅桥梁 14 座，长 386 米，半幅桥梁 3 座长 41 米，桥梁总长 427 米。全线共新建单洞隧道 4 座，连体隧道 2 座，新建隧道总长 2188 米，该工程概算投资 3.09 亿元。

## 一、一条希望之路

千峰盘桓，山高路远，曾经的淳安，在新安江水库形成后，使 3 条通往县境外的公路成了断头路，对外交通成了制约地方发展和人民生活的最大因素。然而，无论是资金、人力，还是地理条件，一只只拦路虎都不断考验着淳安人民修路的决心。为此，淳安人以"愚公移山"的精神，从 1958 年始，自力更生，艰苦创业，全县动员民工和技术工人 5000 余人，花劳力 150 余万工，按一米路基安排一个劳动力挖土方筑路，硬是靠肩挑背负，锄头洋镐，在标高 110 米以上因山就势，打通了 57 公里的淳分公路（05 省道前身），在高山之上、云雾之中，为淳安对外交通打出了一条"云中之路"。一位当年跑运输的老司机余北京讲述了这条"云中路"艰难前行的"苦中苦"。"以前的路跑起来，那真是好像唐僧前往西天取经一样，迎来日出、送走晚霞，翻山越岭啊。"68 岁的余北京，在回忆起当年退伍返乡后跑运输的日子时，不禁感慨道，"那时跑运输，都得一大早起来，先加满油，然后出发到分水吃中饭，等到了杭州，基本是傍晚了，一趟下来得 8 个小时，像现在这样当天来回是不可能的！"然而对于当年跑运输的司机而言，最大的困难并不是路途遥远，而是路途上发生的种种意外：道路狭窄造成的会车困难，洪水泛滥导致桥梁中断，砂石路面对车辆的性能损坏……而其中，最让余北京印象深刻的，莫过于在山腰之上遇到车辆故障："那个时候也没有手机什么的，路上车辆又少，人也不敢离开车辆去找人帮忙，只能干等，往往一等就是一个通宵。"

可以说，相比现在的交通，在经历过"老路"的人看来，当年的淳安对外交通，满满的都是"苦中苦"。也正是在这种痛苦之中，淳安迎来了05省道淳安段的建设。

众志成城，坦途山中来。1986年，抱着"勒紧裤腰带也要办交通"的决心，淳分公路淳安段这条淳安经济大动脉开始了彻底改线。为解决资金困难，争取早日打开对外交通新局面，淳安人更是发扬了全民办交通的热情，社会各界和民间团体捐款、集资达190万元，贷款716万元，历时8年，削平6座高山，打穿4座隧道，将原来的48.93公里山路"拉直"到36.2公里，弯道由原来的1440道，减少为88道，淳安至杭州的行车时间由6小时缩短为4小时。2001年，借杭州市"旅游西进、交通西进"的东风，05省道淳安段一级公路又再次启动改建工程，工程起点为05省道桐庐与淳安交界处，终点为千岛湖镇新安东路，建设总里程为32.16千米。按《公路工程技术标准》（JTJ001-97）中的山岭重丘一级公路标准测设，设计行车速度为60千米/小时，双向四车道，线型有分有合，有高有低，路线走向基本为原05省道淳安段老路线。通过市场运作，成功融资筹资建设并完工，全线总长32.16公里，新建单洞隧道4座、连体隧道2座，新建全幅桥梁14座，单幅桥梁3座，彻底将淳安对外交通的格局从"翻山越岭"变为了跨水而至、穿山而来。

## 二、一条奉献之路

1959年前，原淳、遂有5条公路干线，302座大小桥梁，因建新安江水电站，全部被淹，境内只剩下12公里的"断头路"。"有脚无路走、出行靠划船、隔湖能对话、握手要半天"成为淳安人民"行路难、路难行"的真实写照，尤其建起新安江大坝后，环万山以为邑，将淳安"外出"的口子阻断了，文昌成了

"外疏口"的"东大门"。县城至文昌的那条盘山公路，成了通向外界的主干道，那是一条既窄又陡的土路，坑坑洼洼、颠颠簸簸、弯多路险。去杭州出差的人，好多人都被摇晃得晕头转向，吐得死去活来，经过 6 个小时的行程到杭州，累得骨头散了架。出过远门的淳安人，谁没体会过其中的"酸甜苦辣咸涩腥冲"八味人生?!

回眸三十年前的那场车祸，留给人以切肤之痛：1991 年 5 月 4 日，天空飘着绵绵细雨，上海宝钢开来一辆大客车来千岛湖旅游，客车上有 37 位宝钢科技人员，加上医务人员和司机共 43 人。客车驶进文昌镇翁家路段时，因避让车辆，后轮撞上路边高出路面 20 厘米的石头，大客车翻入 23 米深的谷底，造成了 8 人死亡、11 人重伤的特大交通事故。

文昌的养路工和村民闻知后，迅速赶到现场实施救援，之后，县领导得知消息后迅速组织医务人员赶到现场救援。这次救援长达 89 个小时。在整个抢救过程，淳安的民工、个体户、农民、工人，及医院、船队、交警，没有一个提到"钱"字。宝钢来现场处理抢救的负责人眼里噙着泪花感叹道："车祸无情，人有情。"

这次的特大交通事故，震惊了华东地区，惊动了中南海，国务院出台了各项倾斜政策并拨付专项扶持资金，投资 3100 万元改建淳分公路，淳安人挥动着最简陋的工具，一铁镐、一铁锹，千军万马修公路，以淳安人的憨厚与执着，让脚下的路一寸一寸地向前伸展。一条路，凝聚了多少修路人的渴望，倾注了多少淳安人的炽烈情怀，承载着多少人的期盼，饱蘸着多少人的辛勤血汗。1993 年淳安人千辛万苦才修成了一条淳安通往桐庐分水至富阳新登的简易公路。可由于道路等级低，路况差，加之没有防护设施，交通事故频发。1993 年 3 月 15 日，县汽车客运旅游出租有限公司的一辆中巴车，驶出新淳线88K+400翁家地段，方向失控，制动不及，驶出路面，翻入落差22米、水深10米的千岛湖水库中，造成12人死亡、1人失踪、重伤1人、轻伤3人的惨重车祸。那场景真叫人触目惊心、心有余悸。

修路，成了淳安人魂牵梦萦、挥之不去的愿景。

改革开放，为淳安带来了交通巨变。淳安山水依旧，唯感至深的是路的嬗变，淳安交通变化让人抑制不住狂喜。2014年6月30日，全长262公里的杭黄高铁举行了奠基仪式，高铁在淳安的土地上"开花吐蕊"；2017年7月全线动工的千黄高速相继"含苞待放"，高铁、高速公路在千岛湖"并蒂花开"。随着"两高时代"的到来，淳安迈进了一个崭新时代。

杭黄高铁通车之际，当地农民高兴地说："共产党为我们山区百姓修了条天路。"一位在外打工的青年感慨地说："高铁让我们'回家'不再遥远。"正是这些淳朴而实在的当地百姓，对高铁建设提供理解和支持，在高铁建设征迁中，表现出了"舍小家、顾大家"的情怀，杭黄高铁千岛湖站征迁涉及5个村，107户、600余人，征地2000余亩，征迁工作按照时间节点有序、顺利推进，农户签约、腾空、拆迁有条不紊，这个"天下第一难"的工作，竟能做到"零投诉、零上访"，这在淳安征迁史上创下了品牌。文昌村村民何春来，第一个站出来签约，他妻子是1993年"3·15"中巴翻车12位罹难者之一，他对着妻子的遗像说："妻子，为修高铁，也为了你的遗愿，我第一个签约，你九泉有知，相信你也会支持我。"文屏村有一名党员，名叫王忠全，也带头签了合约，他说："我为修路，已经是第三次征迁了，淳分公路拓宽改造是征迁户，05省道建设也是征迁户，这次高铁建设又是征迁户，我一生为让路，迁了三次房子了，因为我是党员，就应该带头。"正是这些识大体、顾大局的朴实农民的舍得，才使淳安公路、铁路施工建设如期顺利展开，淳安人民为"修路"做出了巨大牺牲和奉献。

## 三、一条精品之路

05省道淳安段建设工程起点为05省道桐庐与淳安交界处，终点为千岛湖镇新安东路，建设总里程为32.16千米。按《公路工程技术标准》（JTJ001－97）中的山岭重丘一级公路标准测设，设计行车速度为60千米/小时，双向四车道，线型有分有合，有高有低，路线走向基本为原05省道淳安段老路线。这是淳安第一条完全采用市场运作成功融资兴建的"四自"工程项目。

05省道淳安段线形整体沿湖边峡谷布设，穿越湖边和林地，地形错落起伏，地质地形条件较为复杂，有滑坡、岩堆、坍塌体、潜在不稳定斜坡等不良地质和软土等特殊性岩土，地质灾害频发。沿线复杂的地质地形条件决定了05省道淳安段桥隧兼具。桥隧和复杂的地质地形条件，全面加大了质量安全控制的难度。在项目建设中，参建各方以强烈的质量意识，有力的质量举措，严格的质量把关，把05省道淳安段打造成了一条精品之路。

"05省道淳安段从建设伊始就经历着各种困难和风险的考验。"县交通局总工程师何仁如是说。

施工难、气候气象条件差、电力使用困难……然而，困难虽多，把05省道淳安段建成生态路、精品路、形象路的目标却不能改变。

咬定青山不放松。面对极其险峻的地势、极其复杂的地质、极其恶劣的环境、极其艰巨的任务，两年来，一群来自四面八方的筑路人，汇聚于千岛湖畔，战斗在高山峡谷间，聚焦节点、攻克难点、打造亮点，用拼搏和坚守诠释了"一天也不耽误，一天也不懈怠"的筑路铁军精神。

05省道淳安段自2000年11月26日开工建设以来，在淳安县委、县政府的坚强领导下，在交通主管部门的悉心指导下，在沿线地方政府的大力支持下，项目建设指挥部与各参建单位紧紧围绕通车目标，倒排工期，加强管理，层层落实安全生产责任制，在全线持续掀起大干、快干的热潮。

05省道淳安段整个工程共有全幅桥梁14座长386米，半幅桥梁3座长41米，桥梁总长427米。全线共新建单洞隧道4座，连体隧道2座，新建隧道总长2188米。主要控制性重难点工程，是05省道淳安段的破题之要。为啃下这一个个硬骨头，指挥部科学调度，参建单位周密组织，细化分解生产任务，做到层层传导、环环紧扣。同时，在设计、管理、监理、施工各个环节细化质量管控，建立全流程、全覆盖的质量管理机构体系、原材料管控体系、质量跟踪检查体系、施工质量标准体系、安全生产管理体系，全面推行首件工程认可制度。

2002年12月18日，05省道淳安段全面竣工，12月25日正式通车，从而结束了淳安无高等级公路的历史。2008年11月26日，省交通厅委托省公路管理局组织竣工验收，项目工程质量等级和建设项目等级为优良。

在青山绿水之间，桥与山相连，路与景相间，这是05省道淳安段呈现在世人面前的美景。如果说，05省道淳安段沿线村镇是散落在大地上的珍珠，那么，这条省级公路就是串起这些珍珠的玉带。05省道的建成通车，撩开了美丽千岛湖的神秘面纱。它打通了淳安走向沪杭的便捷通道，托起了淳安展翅腾飞的梦想和淳安人民奔向幸福的希望。

# 遂绿茶厂茶事记忆

　　"遂绿"茶,以产地遂安而定名,尤其是"遂绿"眉茶,为中国茶叶珍品。"遂绿"茶历史悠久,享誉天下,早在清朝末年就大量出口,远销50多个国家和地区。1915年,在巴拿马万国博览会上,"遂绿"就以其上好的品质赢得金奖。

　　20世纪80年代初,郭村公社(现属姜家镇)为了重振"遂绿",为茶农增收致富,1980年规划筹建"遂绿茶厂"。茶厂选址在因南宋"一代儒宗"朱熹讲学而闻名的"瀛山书院"遗址景点处,寓意"瀛山书香润遂绿,源头活水烹佳茗",书香茶香,相得益彰,著名书法家郭仲选为其题写了厂名——"浙江省淳安遂绿茶厂"。厂房占地面积6800平方米,建筑面积4280平方米,拥有有机茶基地2000余亩。茶叶原料选自海拔800—1500米的雾多、湿度大的高山茶园。据民国十九年《遂安县志》载,郭村,因盛产"遂绿",且贸易甚广,成为遂安四镇之一。浙江"遂绿"、江西"婺绿"、安徽"歙绿",并称"中国绿茶金三角"。

　　在党的十一届三中全会春风吹拂下,我国进入了以改革开放和社会主义现代化建设为主要任务的历史新时期。时任淳安县委书记的章耀德曾多次赴郭村公社调研"遂绿茶厂"筹建工作,从产茶大县临安调任我县的章耀德书记深入茶乡,访茶农听民意,他走遍了全县茶乡的山山垄垄，茶农们亲切地称章耀德书记为"茶书记"。郭村"遂绿茶厂"，就在这春风化雨正当时时应运而生了，郭村公社举全乡之力，投资 200 余万元筹建"遂绿茶厂"，1981 年竣工投产，销售产量 335 吨，产值 665 万元，创外汇 9 万美元，利税 157. 23 万元，创利润 15.2 万元。

说起"遂绿茶厂"，不得不说"遂绿茶厂"的创始人——胡大文。胡大文身为遂绿茶厂党支部书记兼厂长，在遂绿茶厂的初创和发展历程中，呕心沥血，为"遂绿"茶业复兴、发展，打造匠心产品，勤勤恳恳、埋头苦干，他的一生与"遂绿"茶结下了不解之缘，体现了茶人精神。

胡大文，初中毕业后，曾任郭村供销社茶叶收购站评茶员，后调任郭村公社任茶叶干部，分管茶叶工作。1962 年，国家为度过困难时期，精简下放干部支农，胡大文响应党的号召，毅然回村，到霞五村担任大队长、党支部书记。1979 年下半年，胡大文负责筹建"遂绿茶厂"，担任茶厂党支部书记兼厂长。胡大文深知振兴"遂绿"茶、传承创新"遂绿"茶的使命担当，他脚踏实地，清廉自守，无私奉献，一心为茶，忘我工作。他兼任"遂绿茶厂"厂长期间，大力开辟新茶园，改造老茶园，推行精制茶，积极推动茶叶生产和茶叶精加工。

"遂绿茶厂"是浙江省茶叶进出口公司定点生产出口眉茶的社办企业，主营收购、加工、出口绿茶，兼营内销烘青、花茶。胡大文常说，质量是企业的生命，以质量求生存，以效益求发展。在茶厂筹建过程中，胡大文一手抓好工程进度，一手抓好投产前准备工作，重点抓好仓库、车间加工、机械的布局，设立了"六科三室"即企业质量管理（简称生技科）、安全生产科、计量科、财务科、供销科、保卫科，茶叶审评室、环保室、综合档案室。在质量管理上，他制定了一系列质量管理制度，着重抓住原料进厂第一关，原料的质量、杆样审评定级，按毛茶的外形"五项"、内质"四项"要求，严格验收把关。

抓好企业员工素质提升是企业生存发展的根本。在筹建茶厂期间，厂长胡大文亲自带领茶厂技术骨干到县属淳安茶厂培训，系统学习了茶叶进厂验收、审评、定级、精制茶叶拼配、车间精制加工、出口茶箱的制造，及仓库管理等技术，历时半年。

"遂绿茶厂"经过几年的生产运营，在全省同行中产量、质量、经济效益均有显著成效，平均每年生产各类茶叶 2500 余吨，年产值 8000 万元，"遂绿茶厂"跻身于全省出口绿茶规模企业。"遂绿茶厂"致力于资源整合和新产品开发，实行产品系列化，质量稳定，效益年年攀升。"遂绿茶厂"走过了初创、竞争、壮大阶段，"遂绿"茶叶在传承与创新中，根据绿茶特点，精加工制成了"特珍、珍眉、秀眉、雨茶、贡熙"等 5 大类 16 个等级。针对国内对"遂绿"茶的需求量大，且有较大市场空间的实际，遂绿茶厂于 1987 年 11 月，又在章村建起了内销车间，建立遂绿二厂，该厂占地面积 1350 平方米，建筑面积 1050 平方米。"遂绿茶厂"生产的绿茶外形硕壮、锋苗显露、香浓味醇，叶底柔嫩厚实，内含物质丰富，深受客商青睐。"遂绿茶厂"由于产品优质，适应市场销售，名列全省茶企业前茅，连续几年被评为国家级AAA 级质量信誉单位、消费者信得过单位、市级农业龙头企业，获得了国际国内各项企业管理认证及有机产品认证。1981 年以来"特珍一级""雨茶"屡次荣获国家对外贸易部优质产品奖；1986年"特级珍眉"荣获第五届世界优质食品金奖；1988 年 12 月，"瀛山牌"特珍一级、珍眉一级荣获省优产品；1991 年"遂绿仙茗"在中国杭州首届国际文化节评比中，荣获"中国文化名茶"称号。

20 世纪 80 年代，全县乡镇企业异军突起，给农村经济带来了活力，繁荣了市场，创造了农村经济效益和社会效益。但我县乡镇工业起步晚、底子薄，在市场经济的大潮中，"遂绿茶厂"存在着茶叶单产低、劳动效率低、组织化程度低、茶叶标准化程度低、茶叶品牌影响力低等问题，抵御市场风险能力较弱，直接影响企业的生存和持续发展。

1996 年 12 月，"遂绿茶厂"实行改制，不沉湎于过去的辉煌，跟紧时代，立足资源特色，马不停蹄地创新，缔造新的辉煌，走在时代前沿。改制后的"遂绿茶厂"加大资金投入，强化科技支撑，打造品牌影响力，为促进产业兴旺，推动品牌强农，带动农民增收和乡村振兴做出了更大贡献。

第 三 辑

人间烟火味醇厚

# 清　明　祭

　　不知是哪朝、哪代，立下规矩：清明祭祖。清明节祭祖，前三后七，是祖上传下来的祭祖扫墓规矩，自清明被国家定为法定假日后，这些年我给自己立下规矩，在正清明这天去祭祖扫墓。因为既定节日才享有祭祀的浓厚氛围。所以，每年清明节前，我就准备好斋饭、纸钱和香烛，祖宗虽远，祭祀不可不诚。

　　到了清明的那一天，我便带上准备好的斋饭、白酒及三个酒杯，再带上锄头和扫把，怀着虔诚、敬畏、感恩的心去给祖先扫墓。按习俗惯例，先把祖坟四周清理干净，给坟上添添土，然后再把拜坛打扫干净，在坟头插上鲜花，摆好斋饭，斟上酒，接下来的程序就是在墓碑前方燃香，举过头顶，三叩首默默祷告，最后将香插进香炉。

　　整套程序进行后，虽然已是大汗淋漓，但此时此刻的我并没感觉到点滴的疲劳和劳累，体味到的是轻松和慰藉。

　　去年清明，我给爷爷扫墓，又碰到了移民到江西的表叔，表叔是原遂安县台鼎小学的老师，1959 年从狮城移民到我们村，后又移民到江西金溪。我说："叔，您年纪大了，为什么每年都要回来扫墓呢？"表叔站在他父母的坟前说："人这一辈子，只有站在这里，才知道你从何来，将向何处！"是的，我是谁？从哪来？

到哪去？这是哲学的三大终极之问。从哪来？静立茔冢默然，便会追寻到这个答案。人来自父母，父母来自祖父母，祖祖辈辈，总会有根，在这里可以寻根溯源。枝繁叶茂，总有落叶归根时，这就是我们融入血脉中的眷念。

可以说，现代的年轻人，给先人祭祀行礼都是走过场，做给活人看看而已。曾记得，儿时跟着爷爷去扫墓，看着爷爷肩扛锄头，手拎祭品，边走边说祖辈如何遭遇乱世，吃尽苦楚，艰辛创业，又如何不幸离世。爷爷每次扫墓都不厌其烦地说那些话，处在孩童天真时代的我，自然没有多少哀愁在心里，只是似懂非懂地点点头。如今，爷爷早已作古，现在每年给爷爷扫墓时，回忆儿时爷爷那令我似懂非懂的叮嘱，仿佛明白了许多，似乎对"我是谁""从哪里来""到哪里去"豁然开朗。难怪有人说，清明节就是中国的感恩节！清明祭祖，彰显的是血脉的传承与责任。

岁岁清明，今又清明。去年与八十高龄的表叔汪老师清明扫墓邂逅，今年，表叔却已溘然离世，但去年表叔上坟下山回村的一幕，不时浮现在我眼前，恍若昨日。江西表叔上坟回村，正遇上村里一位老者去世，是汪老师亲戚，在祠堂举行了告别仪式，时值中午快开席时，须发斑白的汪老师左手提着香纸，右手拄着拐杖，缓慢走进灵堂，大家赶忙招呼他吃饭。但他却说："我还没跟亲家翁打个招呼怎么能吃饭呢？"当时，灵堂里好多宾客十分惊讶！竟然不知道这个招呼是怎么个打法……这时，只见老人家先是点燃蜡烛插入，紧接着点燃三支香，高举头顶，连续上下三次，然后插入香炉，再烧几张冥纸后才慢慢离开。当时有好些宾客不解，劝他先吃了饭，再烧纸也不迟，毕竟逝者也有九十高寿了，无疾而终，是顺行喜丧。汪老师正色说道："亡者为大，来到灵堂先向逝者行礼，一是表达对逝者的敬仰，二是对孝家生者的尊重。"汪老先生的言行教诲，犹如给所有在场的宾客上了一节孝堂奠敬礼仪课。由此，我感悟到：所有红白喜事涉及的礼仪，都是我们中华民族文化的瑰宝，只有得到代代延续、传承，才不会辱没我们中华民族在海内外享有的礼仪之邦的盛名……

我认为，清明节祭祖是中华民族对先人的一种怀念，是华夏儿女的一种情怀，更是我们中华古国的文明史。

"风雨梨花寒食过，几家坟上子孙来？"

今年，你回乡扫墓祭祖了吗？

# 开门头一宗

俗话说："开门七件事，柴米油盐酱醋茶。"柴是摆在首位的。"柴"是开门头一宗，是生活的第一必需品。山里人看到下雪了，就说："雪籽打底，准备柴米。"首要强调的是柴。意思是，这雨雪天气会有很多天，得做足准备啊！伙食、伙伴，都从"火"，可见柴火的重要。

山里人家，家家都有火炉。饮食起居，迎客叙谈，在火炉旁。大家聚集火炉，团团围坐，吃饭向火。即使天气不冷，也要添个火，才能温暖人心，有一个"起量"（即：由头），山里人家火炉里不留个火，总觉得冷飕飕的。所以，山里的山民们，家中的火炉是终年不熄的，炉旁还挂满熏得赤紫的腊肉之类。据老辈人说，炉火是万万断不得的，它乃一户人家的香火。

20 世纪七八十年代，山里人的生活寂静单调，常常是"出门一把锁；进门一把火"，上山干活"铁将军"把门，回家开门第一件事就是动手点燃柴火。

我是山里人，山里人有句俚语："养儿烧干柴，养女穿花鞋。"女儿勤快，给父母做老棉鞋，焐得老人家心里暖融融的。男儿初长成，还没到自食其力，能帮大人做点什么时，首先做的是拾柴。五六岁时捡一把一把的枯树枝，七八岁时让大人做成柴担子往家里挑。十几年的上学时光，早晚放牛砍柴，寒暑假天天砍柴割草。成年后昂扬上山，走向山岗，挥刀斫树砍柴，挑起柴担，吹着口哨，嘿！这便是快快活活砍柴火的山里男儿的昂奋之情。

女儿长大成人，有人上门说亲事，乡间人家嫁女儿，最先考虑的，除了小伙子棒不棒，就是那家是否柴火方便。先得有好柴火，因为它是生活殷实的基础。

勤快人家，柴火堆成山。懒散人家，积存柴火不多，烤火做饭现找柴，让人瞧不起。

务农人家，一年四季都在想办法积存柴火。白天忙苗稼，早晚抽空砍柴，出工前砍点柴，收工后捡点柴，放牛顺便带捆柴。人称："勤快人，跌倒了还抓把泥。"农忙"抢收抢种"，忙得跑翻脚板，家里没柴，心里慌，备足柴火，心底宽。所以，一到农闲，家家户户忙备柴，秋收冬藏过后，至冬闲，其实农人哪有清闲时，说是冬闲，天天砍柴烧炭，终日不得闲。有人大年初一也要上山砍柴，寓意四季发财（柴）。

柴是乡村人心之所系，柴亦是城里人生活的基础。

城里人的衣食住行用煤电油气，煤电油气是柴火的替代，是柴火的放大。柴火是能源，能源是柴火的代名词。

城里人迁居新房，首先考虑是否通煤气，有没有用以做饭的设备。这是生活的基础，是一切的一。要是没有烧的，一切都无从谈起。

从电饭锅到互联网，现代人的吃喝拉撒、办公，及娱乐，一切都连接在电插板上，如突然停电，一切都停止运转。

前些年，有些地方乱砍滥伐，森林遭破坏，水土遭流失，导致山洪暴发，土地荒漠化，沙尘暴、泥石流滚滚肆虐。

煤、石油、天然气都是不可再生的，过度开发水能、电能、风能，都会对环境造成影响。燃煤取暖，截流发电，我们掘掏着地球的后园，如过度使用能源，我们的子孙他们用什么？

所以说，能源供给是多么宝贵，有关能源，有关"柴火"的事是何等重大的事情啊！

# 杀 年 猪

随着年岁的渐长，小时候的有些事情，反而愈加记忆犹新，且依恋难忘。"杀年猪"那熟悉的往事，就那么真切。

冬天里，孩子们盼雪，盼"过年"，似乎"年"就是雪花飘来的。进入腊月，农村年味就一天天浓起来。腊月天，从一大早，天微微亮开始，猪的叫唤声就响遍整个山村。那时候农村穷，平常很难吃到猪肉，只有到了杀年猪时候，才能可劲地吃肉，那对孩子们来讲是一种无与伦比的诱惑。大清早，睡在被窝里听见似远似近，似近似远，尖厉的猪嚎声，一骨碌溜下床，飞快跑去看杀猪，跑到时，那猪已倒地，大人小孩围了一大堆。有时，我们这群孩子从早到晚，就踏着吱吱作响的积雪，尾随杀猪匠转东转西。大人们瑟缩着身子，我们孩子却总是乐呵呵的。

杀年猪是要择日子的，以属牛的日子居多，属鼠属蛇的日子不好杀年猪，谁愿意年猪小如鼠呢，属猪的日子也不能杀，那天是猪神值日，是犯忌讳的。杀年猪，要请村里手艺高的杀猪匠，由他"掌刀"放心，一刀清，两刀杀死的就不吉利了。还要请村里两三个成年的壮劳力"牵猪脚"帮忙，他们力气大，来到猪栏，其中一位悄悄来到猪身后，突然抓住尾巴，并用力提起，猪后脚离地，另外两人就迅速地抓住猪耳朵，三人同时用力，连拉带拽，把猪牢牢地按在杀猪的屠凳上，杀猪匠一手捂住猪的嘴巴，一刀捅进猪脖子，一股鲜血就从猪脖子喷出，主人赶紧用木盆接住，新鲜猪血拌上少许盐，便迅速凝固。猪倒地后，用大柴烧开一锅滚水，一桶桶倒入大黄桶里，用开水烫了猪，毛就容易刮下来。"死猪不怕开水烫"应该就是这样流传下来的吧！杀猪匠刮猪毛用的是一把锋利飞快的小刀，开水烫过的猪，身上毛很容易刮下，一会儿就露出了白嫩的猪皮。刮毛过后，将白身的猪倒挂在靠墙的梯子上，杀猪匠操刀剖肚开腔清理猪内脏，然后将全猪横在屠凳上，再行碎块。留有猪头、颈圈、猪腿、蹄髈、条肉，并将其晾在团箔里，等肉凉后以盐渍，压放在大桶里，过数日复取出风干。杀猪匠顾不上歇力，这家的年猪杀好了，赶紧到下一家去杀，一天下来，快手的杀猪匠能杀上七八头年猪，谁家的年猪重，谁家的年猪膘肥，谁家的年猪油多，一时间就在山村传开了。

杀年猪这天，还要请吃"杀猪饭"，邀请亲戚朋友到家里吃年猪肉，柴火土灶烧制的年猪肉，分成几大盘，炖在火炉上，等客人到齐，将热腾腾、香喷喷的猪肉端上桌，还要煮几碗猪血，酸菜滚猪血，那味道特别鲜美。满桌子的菜肴，大块猪肉是主菜，喝的是自家酿制的土烧。就这样，在腊月里，猪的嚎叫声、乡亲们吆五喝六的划拳声响彻山村，猪肉的味道、农家烧酒的醇香飘荡于山村的角角落落。

# 蒲　扇

蒲扇，是农家的一缕清风，是乡村的一道风景。

"扇子有风，拿在手中，有人来借，等到立冬。"一首儿时的打油诗，唤回了童年的许多美好记忆。

新买的棕榈蒲扇，凑上去闻闻，有一股类似麦秸的清香味道，奶奶用一条长长的青布条沿蒲扇边用针线缝好，看起来十分精致。然后，又往扇子柄上打上一小眼，用红线拴好，这样就可以挂在墙上了，很是赏心悦目。有的人家还用空心剪纸贴在扇面上，再用罩子灯的煤油烟熏，烟熏之后现出文字来，有的标有自己的名字，有的现出"清风扑面""顺风如意"之类的文字，我曾央求读中学的叔叔帮我熏上一段"六月天气热，扇子借不得。虽是好朋友，你热我也热"的流行儿歌。

蒲扇不光轻巧灵便，能防暑降温，还能遮阴蔽日，驱赶蚊蝇。一把新的蒲扇，用了一个夏天，颜色就会变黄，好像是吸了足够多的汗水所致，令人感觉亲切。盛夏时节，村头巷尾，瓜棚柳下，田间地头，随处可见摇着蒲扇的人，一种逍遥自在、自得其乐的神情溢于言表。蒲扇虽小，却摇动着整个夏天。给孩子们摇出了七仙女、铁扇公主、济公和尚等诸多天地人间传奇故事；

摇出了"多劳多得、少劳少得、不劳者不得食"的人生哲理。

20世纪70年代,是集体化时代。那年月,生产队集体出工,热天歇晌就近找地方纳凉,一挤一满屋,主人连忙捧出蒲扇一一分发。酷热难当之际,一把把蒲扇在大幅度高频率地扇动,声响呼呼,清风阵阵,凉意醉人。蒲扇数量不够,人们先是推让,后是转让,轮流使用,传递着大伙的凉爽和真情。

蒲扇实属可人之物。那时候蚊子多,又没有蚊香和灭蚊剂,只好用蒲扇驱赶,大人总是扇走蚊子,关严蚊帐,才喊孩子上床睡觉。少妇怀抱娃娃,一扇一扇轻轻地拍,为娃们催眠,少男少女们还以蒲扇传情递爱。有一首民歌这样唱道:"又过岭来又爬坡,对面来个小情哥。手拿蒲扇肩挑水,接过扇子扇情哥,只有阿妹情意多!"

还曾记得生产队长那把蒲扇!夏秋两季,大凡召开社员会,队长必带蒲扇。那把蒲扇,与队长五大三粗的块头相称,大得分外显眼。开会之前等人到齐,无论多么嘈杂,队长轻摇蒲扇稳坐安然,一副孔明先生运筹帷幄决胜千里的神态。等到队长起身,扬起蒲扇往下压压,即是示意全体肃静会议开始。蒲扇时而拍拍膀子拍拍大腿,时而左摇右晃指向某处某人,全然就是队长表达心声的道具,活生生的,颇具吸引力。全场稍有喧哗,队长的蒲扇就会拍向桌子,拍向板凳,宛如大堂上的惊堂木。久而久之,大蒲扇裂了几条缝。队长说:"这把蒲扇跟随我多年,时日虽久,但敝帚自珍,就是舍不得把它丢弃。"

难忘儿时,依偎在奶奶身边,尽情享受着燥热里的丝丝清凉,数着满天星星,听着蝉鸣蛙声,一个个神奇故事在奶奶蒲扇下摇出……若干年过去了,但印记在脑海的蒲扇摇出清风徐来的画面,永不褪色,化成对童年的思念,晕染成斑斑乡愁。

随着科技的发展,电扇、空调进入了千家万户,蒲扇渐渐淡出了人们的生活。几十年过去了，奶奶留下的那把蒲扇，我一直珍藏着，一直铭记在心。每当看见它，依然感到是那么亲切、温馨！

# 松　明　灯

　　现在的青少年近视眼真是太多了，前段时间甚至引起习总书记的关注，他为此专门做了批示。回想我们小时候，由于生活条件差，根本没有保护眼睛这个意识，但孩子们近视的极少，就当前而言，或许近视亦是一种富贵病吧。

　　现在的孩子玩具多，名目繁多的电子玩具，很是损伤眼睛，还有那电视、电脑、手机越来越先进，对孩子的吸引力也就越来越大，孩子的眼睛怎能不损害呢？想想我们小时候——早上，上学路上边走边玩；中午，跑到田里、小溪里抓鱼，摸泥鳅；傍晚，放学回家书包一扔，等大人满村子喊才肯回家；吃过晚饭，说不定又跑出去玩捉迷藏、抓敌特等种种自创娱乐活动。那时候，不是老师不布置课外作业，也是有的，只是作业少点，没现在这么多。不像现在，除了老师布置，家长还给安排诸多课外兴趣班，弄得小儿郎跟着作业连轴转。

　　我们小时候作业很少，但每天作业肯定也是有的，要完成的。因为做作业，所以对老是停电印象特别深。家里仅有一只"美乎灯"（有玻璃罩的煤油灯），厨房、堂前不够用，哪能顾及我们四姊妹做作业？所以，父亲用墨水瓶又做了一盏简易煤油灯，勉强有两处可用了。但是为了省油，那灯芯头只露出一点点，光线很是昏暗。因此，我还是喜欢自己做的松明灯，松明灯比煤油灯亮堂多了。

小时候感觉松明灯挺好的，一来制作简单，二来是真的感觉比煤油灯要亮很多，甚至比家里的电灯还亮，因为那时候为了省钱，家里用的都是15W的灯泡。

所以，一到夏天，小伙伴们便上山去采松树根做松明灯。找一片朝南的山坡，寻找一些裸露的松树根。老松树或砍或枯以后，留于地上地下，天长地久，聚天地精华于其中，当你荷斧开掘，见天露日之际，一股清香便扑鼻而来。以斧劈开，色呈暗红，犹如上等金华火腿。触火即吱吱作响，山里人多以代烛。

宋代诗人苏轼的诗中就有"夜烧松明火""松明照坐愁不睡"的诗句，夜烧松明灯，还是励志苦读的象征呢！一根筷子长的松明，可以帮助我完成两三天的作业。

松明灯，虽然亮堂，做作业的感觉挺不错，但是亦有一个缺点，就是松明油燃烧起来会有一股黑烟，点的时间长了，第二天眼睛和鼻子都会被熏得红红的、黑黑的，鼻子里也有一层黑黑的油腻。虽然，小时候的照明条件很差，但是孩子们近视的人可没有，小孩子叫人家"四只眼"的，多半是家族遗传的近视。

"苦竹鞭头出好笋，松明灯下出秀才。"其寓意深刻，值得咀嚼。现在回想起儿时在松明灯下读书写字的情形，依然清晰如昨，难以忘怀。

# 炊　烟

　　炊烟，是乡村的标志。村庄有了炊烟的映衬，一动一静，彰显的是乡村的静谧与淡雅，静的是百年老屋，动的是袅袅升腾的炊烟，宛如一幅色彩斑斓的水墨画，巧妙地组成一幅农耕文明的乡风俚俗画卷。炊烟是乡村的眼睛，越过座座山峦，寂静地向外张望。

　　炊烟对于曾居山里人家的我来说，并不陌生，每至晨昏，行走在乡间小路上，老远就会看到一座座白墙黛瓦房顶上升起缕缕炊烟，这一乡村独特的风景，曾给乡亲们带来多少欢欣和希冀。

　　对于炊烟，倘若你不深入那些村落，不深入那一座座农舍，不深入农家嗅嗅鸡鸭畜禽的尿味，不听听牛羊猪犬的叫声，很难体会到那炊烟的滋味。清晨，农人扛着锄头，牵着牛走出村庄，伴着鸡啼、犬吠、虫鸣开始一天的劳作。正午阳光下，炊烟似有似无，农人顶着阳光回村，一缕淡淡的炊烟牵动着他们的饥肠。黄昏，在晚霞的映衬下，牧歌唱晚，牛羊欢叫，鸟儿归巢，农人们荷锄而归。炊烟不同于庄稼，不会长在田地里，而是长在屋顶上。而制造炊烟的是普普通通的土灶和柴火，它通过土灶烟囱飘向天空。炊烟对于生长在 20 世纪五六十年代的我来说，太熟悉了。炊烟伴随着我长大，我是农民的儿子，骨子里有着浓浓的炊烟味，洗不掉、吹不净。

我远离炊烟多年。但透过炊烟，我仍可以闻到四处飘逸的饭香，引发对生活的眷恋和渴望；透过炊烟，我深深懂得，有炊烟就有村庄，有村庄就有人家，有人家就有生命的存在；透过炊烟，我还懂得父辈们怎么瘦了自己的筋骨，洒下汗滴肥了田间的谷穗。所以，有了炊烟就有了安宁与温饱，有了炊烟才有人间的悠闲和繁忙。炊烟随意一舒展就是一幅人世间最和谐的生活图景。

曾有人断言：在农村，没有炊烟的时代，定是饥饿的年代。现在看来，这一观点，只适用于贫穷落后的昨天，而不适用经济腾飞的今天和明天。

今天，农村发生了日新月异的巨变，不说现在吃穿不愁，也不说村居民宅从茅房到瓦房，从泥墙房到钢筋水泥结构洋房，从洋房到别墅不断更新换代，就说这滋润过我童年生活的炊烟已悄然与我们告别。电和燃气取代了木柴，新颖洁美的电饭煲、燃气灶替代了古朴的土灶。走在田野阡陌间，已看不到高高矮矮的烟囱和袅袅飘升的炊烟。

曾经贫瘠的农田因科技兴农，带来了丰收的喜悦；贫穷的农村因"美丽乡村"的建设，变得多姿多彩。我这个曾经被炊烟激动过、温馨过，至今还深深眷恋炊烟的人，不禁为眼前这没了炊烟、没了烟囱，而遍地高楼林立，屋顶琉璃瓦熠熠闪光的景致心旷神怡，为眼见得村街巷道绿树成荫、庭院花卉斗艳、村民喜笑颜开而欢欣鼓舞。

# 田　间　见　闻

　　节日，是社会记忆的载体，是文化的结晶。10 月 19 日，汾口镇以"稻香"为节，以"丰收"为题，主办了第三届"汾情万种"暨首届"稻香节"庆丰收活动。温柔的秋风轻拂脸颊，温和的秋阳暖透心扉，在欢快、热烈的音乐声中，寺下水稻基地上"稻香节"盛大开幕。

　　在青山绿水环绕的寺下 300 余亩稻田里，"汾口草龙"在阵阵锣鼓声中，威武上场，营造出了喜庆热闹的氛围。舞蹈《丰收舞》、大合唱《不忘初心》、朗诵《为了深爱的土地振兴》、干稻穗插花表演、12 道汾味美食评选……在金色的稻田里精彩上演，让人感受到了汾口别具一格的万种汾情和农耕文明的魅力。

　　演出精彩纷呈，美食琳琅满目，农事乐享趣味。活动现场还设置了十几个展位，展示了汾口生态大米、辣酱、辣豆腐、猕猴桃、清水鳖等农特产品，引得市民游客竞相购买；在村宴大赛上，来自汾口镇 51 个行政村的选手们拿出了"看家本领"，以各具风味的菜肴，为市民游客奉上了一场饕餮大餐，充分展示了汾口原生态的健康美食；各种农事趣味赛在田头热闹开赛，割稻比赛、打谷比赛、背谷比赛、人机决斗……选手们你追我赶，在紧张激烈的角逐中体验丰收的乐趣；村民们围坐在田间，摆开了百桌宴，人们看演出、唠家常、吃新米饭……一系列丰富多彩的活动吸引了众多市民游客的眼球，见证了丰收的喜悦，分享了田园牧歌的快乐。

农民是丰收的表演者、参与者，农村是展示丰收的舞台。这种以蓝天作布景、稻田作舞台的庆丰收活动，将丰收节活动打造成了一场传统文化和乡村旅游的盛会，激发了广大农民对于乡土文化的自豪感，有力推动了乡村优秀传统文化弘扬和发展的进程。这样的活动，令人思归乡村，激起乡愁和热爱家乡的情怀。

# 寻访最美河流

　　暮春四月，微风送暖，细雨纷飞。我有幸参加县文联组织的"剿灭劣 V 类水"采风活动，辗转于青山绿水间，领略一脉脉河流之秀美，感受一泓泓清流之深情。

　　春雨初霁，难得与露面的艳阳撞个满怀。霞光里举目溪水泱泱，青山翠翠。远眺重峦叠嶂，群峰竞秀，近闻溪流潺潺，山涧淙淙，远山近水，笼罩在一片瞬间可以将心灵净化的钟灵毓秀里。触目所及，连绵的青山相拥而卧，朦胧蜿蜒。山巅云蒸雾绕，若隐若现，恍如仙境。溪流恰似罗带，将青山缭绕，映衬得山更幽、水更秀、石更润、林更绿。

　　风情万种的鸠坑源，犹如一位冰雪女子，青山是她的眉眼，秀水是她的肌肤，清云是她的衣袂，挟带着茗香款款而来。山水清风里，恍惚间能看到范仲淹"轻雷何好事，惊起雨前芽"吟唱时的飘逸身影。在"春山半是茶"的鸠坑源，扑面而来的是舒爽清新，那欢歌蹦跳的鸠坑源，连空气里都弥漫着泉水的欢悦和灵魂。一碧如洗的山涧水如孩童双眸般清澈明亮。清泉石上流，蹦蹦跳跳，一阵阵近，一阵阵远，真想赤脚蹚过那溪流，在山泉小溪里濯足一番。尤其是那一群群的石头，仿佛也长了灵性似的，似乎它们也是血肉之躯，进入溪涧，立刻觉得被石的生灵所包围，它们在前后左右环伺着你，若迎若候，欲围欲离。

除了鸠坑源的风情万种，令我印象更深的便是芹川的那条芹溪了，芹溪是条安静的溪，水面不宽不窄，六七米的样子，恰好方便跨溪架桥，因此短短不到一公里的村街上，竟然架起了三十六座桥，有石拱桥，有木板桥，也有造型古朴的廊桥，仿佛调皮的孩子们搭积木做游戏，率性而为，趣味十足。一条芹溪，水流不急不缓，从不远的山谷里潺潺而来，清清澈澈，千年不涸的样子。四季晨昏，两岸村姑、农妇浣衣洗菜，溪面白鹅灰鸭嬉戏，水底野鱼成群结队。一座千年古村因水而活泼灵动起来。

让古村充满生机的是芹溪，让芹溪灵性生动的却是溪中数量众多的野生石斑鱼。瞧它们成群结队地往来游弋，怡然自得的样子，再瞧瞧它们心宽体胖的肥硕模样，在游人们面前完全是一副"骄傲自满"的主人气派。这当然是有由头的，询问在村边屋檐下走象棋的村中老汉，回答说村里人从来不捕捞那些野鱼，也不允许游客吃溪中野鱼。数量众多的石斑鱼从此一跃成为芹川村的主人，与人们和谐相处，它们到村口迎接游客，它们陪伴游客沿溪而行。它们不说话，却会与你对视。当你忍俊不禁想拿相机记录，它们却摇头晃尾，往前游去了，溪流中闪动着它们漂亮的花纹。

夜晚，栖身于石林镇富德村"竹海民宿"，野趣横生里透着竹海的风姿绰约，真真地让人慨叹山中无岁月，悠然天地间。听了半宿的雨打芭蕉，清晨，又是一番清新景致，看山是景，见水生情，情景交融，不负千岛湖"天下第一秀水"之美名。

回程的路上，颠簸的车身拉长了我的思绪，绵延进这如诗如画的山山水水里，翻阅着手中的资料，原本默默站在这片被上苍娇宠的山水背后的那一个个治水人物便也鲜活生动了起来。章新华：鸠坑乡乡长，也是鸠坑源这条母亲河的河长，身担一源治理之重责，肩挑鸠坑名茶发展之大任，风里来雨里去，用双腿丈量过鸠坑源每一段的长度，用双手清除过山塘、水坑淤积的污泥，用责任担当点燃起鸠坑人慷慨护水的激情，用真心大爱托起这片青山绿水之生态美。每一滴清亮甘甜的溪水里，都有他洒下的汗水和饱满的热情。王樟和：芹川村党总支书记，一直默默地守护着芹溪，他用母鸡护雏般的爱呵护着那条滋润全村的芹溪。无论严冬酷暑，都兢兢业业地巡视着，勤勤恳恳地清理着……几年来，通过村庄环境整治、河道治理，溪水更加澄澈，哺育出一川野鱼。邵小平：富德村党总支书记，赋溪源村级河长，自担任河长以来，带领村"两委"多次实地勘察，出台整治河道方案，对小沟小渠、池塘等进行了全面整治、修复，提升了水质。几年间，原本无人管理的河道旧貌换新颜，再现了当年"荷塘月色"景象。

放眼淳安大地，青山似黛，碧水环绕，满目葱翠，山灵水秀。自2017年全省"剿灭劣Ⅴ类水"战斗打响后，淳安县自加压力，开展剿灭Ⅲ类以下小微水体行动。全县上下在县委、县政府的坚强领导下，全县"五水共治"取得了可喜成绩。千岛湖出境水质始终保持Ⅰ类，在全国淡水湖泊中名列前茅，淳安县连续三年获得浙江省"五水共治"最高荣誉——大禹鼎。在这浸透汗水的治水成绩单背后，有着县生态综合保护局的赫赫战功，涌现出了余绵德、余国庆、余本祥等一批治水骁将，这些资深治水专家们的实干担当和无私奉献的敬业精神感动了淳安。因为治水，他们跑遍了全县423个行政村的角角落落，县域4427平方公里的土地上无处不留下他们的脚印，他们用脚步丈量出了民情民意。

河长负责、垃圾分类、ATO模式（自动运行模式）、生态改造、截污纳管、App推广、小微水体治理……纷繁的专业名词在我的脑海中依次辗转。通过采风，真正看过、听过、走过、寻访过、亲身体验过，才恍然大悟要呵护这一片如画江山，需要多少人默默无闻、前赴后继的努力。我汗颜，未能为这片锦绣河山添上浓墨重彩的一笔，我感动，为那些数之不尽的无名英雄们数年如一日的护水情怀！

上天遗落给人间一块无瑕美玉，嵌置在古往今来的世间，我们应该像保护自己的眼睛一样，珍惜这灵秀玉韵，使之永恒熠熠生辉……

# 九华山纪游

　　九华山，位于安徽省池州市青阳县境内，是中国四大佛教名山之一，也是地藏菩萨的道场。千百年来，九华山香火不绝，僧众云集，九十九座风格各异的寺庙依山就势散落在苍松翠竹之间，被称为"莲花佛国"。九华山在佛教四大名山中是香火最盛的一个，以"香火甲天下""东南第一山"而闻名天下！乾隆皇帝曾经御赐"东南第一山"金匾。

　　九华山是与黄山齐名的安徽省的名山，素有两山一湖（太平湖）的美誉，九华山以佛教文化和奇丽的自然景观为特色，是国家重点风景名胜区和国家第一批 5A 级景区。

　　李白曾三上九华山，写下了数十首赞美九华山的不朽诗篇。尤其是"天河挂绿水，秀出九芙蓉""妙有分二气，灵山开九华"的诗句，成了九华山的"定名篇"。

　　2019 年仲秋时节，县作协一行二十余人组团前往九华山采风交流，游历了闻名天下的四大佛教圣地之一的九华山。我们一行乘坐着大巴车，来到池州，一路上触目可及的都是白墙黛瓦的徽派特色的建筑，随着九华山的越来越近，路两边连绵不绝的几乎都是佛香超市，空气中似乎也弥漫着佛香的味道，由此可见九华山这四大佛教名山之一的香火之鼎盛了……

　　导游说化城寺是九华山最早的寺院，是地藏王亲自主持修建的寺院。化城寺藏经楼是九华山保存完好的唯一的明代建筑，也是全国众多藏经楼中名气、规模最大的藏书楼之一。

　　九华山的建筑气势恢宏，与皇家园林相比一点也不逊色，特别是这里的寺院都与当地的普通百姓为邻，这里的居民整天沉浸在梵音袅袅、佛声阵阵的环境中，耳濡目染以至皆有佛性，可以说是人人皆佛，在这当下物欲横流、人心浮躁的社会，这里真的是世外桃源了。

　　九华山还是真正的天然氧吧，梵音袅袅，青松翠竹，空气中有一种浓郁的香气，这香气里既有松香、桂花香，更有佛香的味道。初来九华山，感觉一切都是新鲜的，这里的建筑，这里的人，包括这里的空气、阳光，一切都是新鲜的……

　　百岁宫，始建于明代，庙内供奉着明代126岁才圆寂的无瑕和尚的肉身，所以寺庙得名"百岁宫"，乘索道上百岁宫，早已人满为患。站在观景平台，远望对面整个山势就像一个睡佛，端详一下，真的有点像，那额头、眼睛、鼻子、下巴，甚至还有喉结都十分清晰。在百岁宫一眼望下去，突然有一个发现，那就是感觉到了过度开发对景区的侵害，甚至是破坏。从这里看下去下边的旅馆、商业区怎么总感觉有点像地震后的废墟！看起来，旅游景区的开发与保护是一个值得深究的课题。

　　走马观花般地游览了几个景点，最大的印象就是九华山不愧是中国四大佛教圣地之一，其佛教文化的渊源是其他的一般名山望尘莫及的。听池州的文友们说"九华山的佛光照远不照近"，我在九华山祈祷——祈愿地藏菩萨保佑我和我的家人及同事朋友们幸福、安康；愿十方诸佛庇护我们神州大地繁荣昌盛、国泰民安。

九华山的确是处誉满天下的旅游胜地，大自然的鬼斧神工雕琢出了九华山绝美的雄姿，任何人来到这里都会迷失在这醉人的美景里。

# 秋游杏花村

金秋时节，有幸参加县文联组织的"皖南风情文学采风"活动。瓦蓝的天空难寻一丝游云，淡淡的菊香簇拥着柔和的秋风，在这样的秋日里，我们走进了安徽池州杏花村。

知晓杏花村，还是源于小学课本上所学，来自晚唐著名诗人杜牧的千古佳作："清明时节雨纷纷，路上行人欲断魂。借问酒家何处有，牧童遥指杏花村。"这首杜牧的《清明》，相信大家一定是耳熟能详的，但真正知道杏花村在哪里的人可能真的很少。杏花村，在全国各地有十几处，山西有杏花村，南京有杏花村，江苏有杏花村……此次池州杏花村之行，我才真正领略了杏花村真容。以前，只知道山西有杏花村，因为山西不但有杏花村，而且还有杏花村酒。但杏花村原型到底在哪里，成了千古之谜。为了杏花村的"村名"安徽池州与山西汾阳打了九年商标官司，最终北京高院判决："杏花村"，名在池州，酒为汾阳。杜牧《清明》一首诗，为杏花村冠以"天下第一诗村"美名，杏花村，是我一直向往游历之地。

走进杏花村，我感受到杏花村的美是来自江南的迷人风情，杏花村的气场来自千百年来池州的历史底蕴。在讲解员的带领下，我们来到了一方古朴的泥黄色土墙前，墙上书"杏花村"三字，杏花村，就这样用一种自然而朴素的画面，为我们开启了一次诗画般的秋游。

或许是因为春天的纷繁与夏季的火热之后，这个季节的游人并不如织，所以，可以安心地赏景、游园。几所茅屋，一两处亭台，一小方荷池，几间民居白墙黛瓦，简单的景色却也错落有致，让人有一种探幽的念头。不远处，两株有些年头的老树在路旁站立着，伴着秋日和煦的阳光，伴着深色的秋景，仿佛静静地等待了许久。这让我想起了儿时的村庄，一眼深井边那株陈年的古树，也不知道经历了多少尘世风雨的洗礼，仿佛一个照面便能感受它沧桑的神情。是的，一个古村，必然是有历史的，而见证历史的多为古树、古井、古池等诸如此类的佐证。

深秋的景象看上去虽有点惨淡，不复往日之光彩，却同样作为一份美丽的等待而存在着，令人好生期待明天的灿烂与绯红。路边形形色色的树，好多能叫上名的，也有些许叫不上名的，镶嵌在一湖一池的秋水与低丘之间，甚是好看。三四月里沿途盛开的粉色杏花海，在这个秋意渐浓的时节里，也不见了踪影，当然这也只是暂时的。就这样对着河边的景色发呆的时候，望着静默的天空，灰羽色的芦苇，或者还有岸边伫立的人，突然就生发出一种置身世外桃源的感觉。

真是每个季节都有每个季节的精彩，春天万紫千红，百花争艳，而此时的杏花村，除了多处可寻的一潭潭秋水，处处可觅的绿色植被外，没有繁华都市的喧闹与紧张，没有现代乐园的激情与速度，她是清新的、恬静的，是一幅充满生机和色彩的山水田园画。

大唐会昌年间，著名诗人、池州刺史杜牧行春遇雨，写下《清明》这首流传千古、妇孺皆知的千古绝唱，引来了无数硕儒巨擘，杜荀鹤、司马光、王安石、杨万里等在这里吟歌高唱。杏花村，是一朵来自唐朝的杏花，在这里可追寻杜牧足迹，感受乡野宁静，有一种诗的意境，一种乡愁。

穿过唐茶村落，讲解员带我们走进了"牧之楼"，介绍了公元844年杜牧在池州任刺史期间，题诗杏花村、修建翠微亭、勤谨奉公事迹，展示了杜牧在池州和杏花村留下的政绩、诗词、故事等。半天时间里——我们寻访明清村落，感受了粉墙黛瓦，徽风皖韵；漫步唐茶村落，氤氲的湖面上，酝酿着茶的芬芳；在十里长桥上，领略了"杏花枝头著春风，十里烟村一色红"的意境。陪同我们观光的杏花村文化旅游景区负责人章征胜，对我这位宗亲族人分外亲热，一路上侃侃而谈。他向我们介绍，杏花村文化旅游景区将致力打造具有"唐朝风韵、市井风味、农耕风俗、民俗风格、山水风情、生态风貌"的"中国第一村"，并突出展示盛唐诗酒、山水农耕、传统民俗和江南村落"四大文化"特色。

时间过得很快，杏花村景区的采风活动结束了，坐在大巴车上，望着"江南第一诗村"杏花村的美景渐行渐远，在大巴车的颠簸下，我想此时大家的心境可能都一样吧，此行不为花来，只为感受杜牧魂。秋日没看到杏花，不打紧，明年依旧"十里杏花一色红"。杏花村，我们还会第二次握手！

# 如 此 之 孝

清明节那天一大早，吴孝开着他的宝马，载着儿子和老婆从城里出发去他的老家给他爸妈上坟。

他爸妈的坟地在村子后山上，村里去世的人都安葬在那山上，山的另一侧是大片桃树园，坟地算是在桃花源里，风水宝地。

吴孝刚到山下，被村里的几个护林防火巡查员拦住："国家倡导文明祭祖，上山不能烧纸、点蜡烛啊！"护林组长说。

几个防火巡查员刚想要求吴孝打开车后备厢，吴孝赶紧每人塞一盒中华烟："大家辛苦了，多年不见的老邻居，大家都好吧？到城里有事找我，我请你们吃饭。"

吴孝和老邻居们不停地聊着，聊城里的事，也聊村里的事，聊得热火朝天。

"不耽误你们工作了，回头再聊。"吴孝打火踩油门，开车往山路奔去。

"吴孝这小子发达了，刚离家那阵子，他爸妈那几个钱全被他拿走了。"人们在背后议论着他，竟然忘了检查他的后备厢。

吴孝把宝马车停在坟地旁的小路上，和老婆、儿子一起往下搬祭品，有纸扎的小轿车、电视机、电脑、智能手机、两大捆冥纸、两袋纸折的金元宝、两个大礼花。他恨不得把他现在用的东西都用纸扎了给父母送来。

"爸妈，我带着老婆和儿子来看你们了。活着的时候我没让你们省心，也没让你们享一天福，儿子不孝啊！"吴孝带着老婆、儿子，手执燃香向父母跪拜。

要烧的祭品堆得有小山高，吴孝拿出打火机点着。风很大，这堆祭品呼啦啦着起来，火苗很大。吴孝一家三口用树棍压着火苗，尽量放慢速度燃烧，小心翼翼地烧着。

吴孝把大礼花搬到坟头，让妻儿离远些，他点着芯子。砰的一声，一发礼炮钻向天空，在空中散开，仿佛巨大的彩色蘑菇，其他上坟的人都望向天空。一发发礼炮持续升空，礼炮散落的纸屑在大风下四处飞散。

"不好！那边起火了！"一个老邻居喊道。礼花未燃尽的纸屑火星跌落在树林里，在风的助力下，迅速燃烧、蔓延！

吴孝和老邻居们迅速向离他们20米远的着火点跑去，没跑几步，大风席卷着放着红光的枯枝败叶落向多处地方，旁边的杉树林和另一侧的桃树林都烧着了。

另一个礼花在明火下自动点燃，礼花没有放正，点着的一瞬间整个礼花横向冲出去，直奔吴孝的宝马车，轰的一声巨响，如地震般，火光冲天！

"快打119！叫消防队救火！"人群中有人喊道。

孩子哇哇大哭！"有人受伤了！快打120！叫救护车！"人群中有人大声叫喊。

杉树林及周围的山林里噼里啪啦炸响一片。浓烟滚滚，火光冲天！

"大人、孩子都撤到安全地方去！"村主任匆匆赶到，在大声叫喊。

20 分钟后，消防车赶到，200 多亩杉树林已成灰烬，300 多亩生态景观林被大火袭击，山上茅草、树林已燃烧殆尽，燃迹的边缘仍不时可见处处火苗，到处是烧倒的断木，不少林木仍在冒着青烟，空气中弥漫着呛鼻的焦煳味，昨天，还满目皆是的鲜红的杜鹃花和殷红的桃花，没了踪影……

这时，警车也来了，把吴孝带走了。

# 秀 水 饭 店

　　"秀水饭店"，每天虽不是座无虚席，但饭店经营大众料理，不分客人层次和消费档次，倒也红红火火，不显萧条冷落。

　　这天中午，店内的客人中有两个"炸眼"的年轻女子，一胖一瘦，着装打扮时髦艳丽，一身珠光宝气，浓妆艳抹。二人喝得尽兴，聊得开心，亲亲密密，阵阵笑声不断！

　　这时，进来三个农民工，走到她们的邻桌坐了下来，摘掉安全帽放在脚下，好像预约好似的也不叫服务员过来点菜，就坐在那里干等。

　　胖女子扭头瞥了他们一眼，见三人蓬头垢面，衣服满是白花花，一圈一圈汗渍和水泥砖瓦的红粉黑灰，不觉皱眉蹙眼。

　　不一会，服务员给农民工端上一大盆面条，三人用辣酱拌面，也许饿了，也许赶时间，不抬头，也不说话，狼吞虎咽，旁若无人地吃了起来。不一会他们便热汗淋漓，满脸通红！他们不加掩饰的"哧溜哧溜"声毫无顾忌地传过来，胖女子嘀咕一句："癞蛤蟆上脚面——不咬人讨厌人！"随即投去带刀夹刺的目光，可三人只顾埋头吃面，根本就没抬头注意到这鄙视眼光的示威警告。

　　胖女子忍无可忍，冲着三个农民工尖声刺耳地吼道："你们太没教养了，这样放肆地吃东西，吃相这么不雅观，还让我们怎么吃饭?!"

三个农民工吓了一跳，继而愣愣的，面面相觑，自知失礼，放慢了吃速，细嚼慢咽，不敢再发出"咝溜"声响。

瘦女子又接着帮腔奚落说："看你们的样子，满身酸臭的汗味，像要饭的叫花子，叫人恶心，这副德行还敢进饭店?!"

三个农民工被寒碜得无地自容，其中一个咽不下这口气，"呼"地站起来想还口，被另外两人阻止，按在座位上。

服务员闻声跑过来，瘦女子趾高气扬地责备说："你们饭店怎么什么人都让进来呀? 这真是大姑娘梳歪头——太随辫（便）了! 还想不想开门做生意了?"

服务员笑脸相迎，点头哈腰地解释说："他们是这附近工地的农民工，天天中午来吃饭，是老顾客。出门在外，抛家舍业怪可怜的，再说法律也没规定农民工不许下馆子呀，请两位大姐给我个面子，别吵吵发火，消火息怒，多多包涵、谅解。"

胖女子得寸进尺，接着又大声嚷嚷说："给他们换桌子，离我们远点!"

服务员又是一阵点头哈腰，脸上始终挂着不敢得罪的笑容，马上按胖女子的要求，走过去和三个农民工商量。三个农民工滞滞扭扭，不情愿地拎起安全帽，端着面条盆，挪到门口的空桌子上吃去了。

刚才那个起身想说话的农民工，狠狠地瞪了胖女子一眼，这眼神也是如刀似剑，胖女子像针扎了屁股，又猛地站起来，鲜红的指甲闪着耀眼的光，指着这个农民工高声吼道："你眼睛瞪谁呀?! 还想动武还是咋的? 老娘在这个城里没怕过谁，刘爷，认识不? 一个电话，马上过来，像拍蚊子一样弄死你!"

服务员又连忙安慰，"浇水"熄火。

农民工没还嘴，场面平息了，一切恢复了正常。

这时，有两个小伙子吃完饭往外走，其中一个戴墨镜的边走边自言自语地说："这年头，真的是有人猪鼻子插大葱——装象（相）呀。"

两个女子好像被呛着了肺管子，胖女子上来拽住了他的胳膊凶神恶煞地质问他骂谁。

小伙子一使劲甩掉了她的手："别看我戴着墨镜，扒了你们的皮也认得你们的瓤。你们不是城东洗浴中心的小姐嘛。屎壳郎戴花——臭美个啥呀？我又不是没去过。野鸡插上孔雀毛，以为自己成凤凰了？真能嘚瑟！"

"你骂谁是野鸡？"两个女人跳了起来，泼妇的样子挺吓人！

这一幕像演节目助酒兴，店里的客人都瞪圆了眼珠，生怕情节演得快，错过了欣赏，眼皮都不眨下，直勾勾看着精彩的表演。众人心里嘲笑这两个女子，目光是鄙视的。

另一个小伙子上前拉架，撕撕拉拉地把戴墨镜的那人拽走了。

"没工夫和你们磨牙斗嘴。"戴墨镜的小伙子扬着脖子，骂骂咧咧往外走。

两个女子坐下了，被人家揭短出了丑，不敢再抬头，喝起了闷酒。

这时，门口传来"咕咚"一声闷响，只见和戴墨镜一起走的，刚才拉架的那个小伙子被门口的三个农民工摁倒在地，四人扭成一团，骂声混杂，情况难辨。

两个女子见此情形，对视一笑，胖女子开心地说："都是地痞无赖，没教养的东西，打得好！"

瘦女子也幸灾乐祸："对，狗咬狗一嘴毛，打死活该！"

厮打中，那小伙子奋力挣脱了三人的摁压，一只袖子被扯掉，带着满脸的伤痕冲出店门，追寻戴墨镜的同伙，撒腿就跑，就像兔子似的，一溜烟消失在繁杂的大街上。

两个女子伸长了脖子，瞪大了眼睛，可没等看够、看过瘾，这出戏就戛然落幕了。两人正纳闷，戴墨镜那个家伙怎么没影了呢？怎么没挨揍呢？正当她们沉浸在解恨的喜悦中时，那个瞪她们的农民工拎着一个精致的小坤包走了过来。到桌前冲着胖女子说："那两个家伙是一伙的，偷了你的包，我们给夺回来了，里面的东西原封没动。"

两个女子的脸"唰"的一下白了。

店内的一位顾客见状后，说道："这样的事听说过，就是他们一个故意撩骚，找碴打掩护，另一个'托儿'上前拉架，混乱中趁人不注意，偷人钱财。这两个小偷真是手心长胡子——老手了！"

他同桌一个人有点喝多了，"大舌头郎叽"地耻笑两个女子说："就你们两个傻不拉叽的，还混社会闯江湖？还说什么认识李爷、刘爷的，拉倒吧，吹牛不犯死罪，刚才还笑话辱骂农民工兄弟呢。要搁我，早扇你们了！"

"多亏人家把包夺回来了。"又有一位顾客说。

农民工接过话茬说："别看我们穿得脏，可心是干净透明的。不像有的人穿得漂亮，香味呛鼻子，可内心又黑又臭！"

两个女子听完，脸又"唰"地一下子变红了。

一个说："我……"另一个说："我们……"

两人"吭哧瘪肚"了半天也没说出一句话来。

# 忆 父 亲

农历九月初九，是父亲的忌日，父亲已经故去十几个年头了，但每当我想起他，就总觉得他仍然活着，仍然默默地活在家乡那个遥远的小村里，仍然在雨天戴着箬帽、扛着锄头默默地去田头，仍然在骄阳下默默地躬身做着地里的农活，仍然在斜阳里坐在家里的门槛上默默地捧着茶罐，呷着浓茶，做着一个很长的"梦"。父亲的梦很简单，很朴实，那就是愿他的孩子们成人、成才，一个个成为有出息的人。

我是长子，是父母四个孩子中最令父亲喜爱的一个，他从来都是把一切希望寄托在我身上，家中所有困难他都自己扛，而我有丁点进步和成绩，他都感到莫大的欣慰。

2000 年 10 月 5 日，接到父亲病危的电话，我立刻往回赶。到家时，我从父亲暗淡而呆滞的眼睛里看出，这次父亲是不行了。父亲患的是脑血栓，我要立即送他到县医院治疗，父亲却用低微而嘶哑的声音对我说："你回单位去，不能耽误工作，我不要紧的！"他说话声音微小，艰难地用手推我，腰间被父亲的手用力一推的刹那，我泪如泉涌，到了这种地步，他还在为儿子着想。这就是长年累月起早摸黑，面朝黄土背朝天，含辛茹苦，严厉而慈祥，把四个子女培养成人，梦想晚年享受清福而未过上一天好日子的父亲!

我和表叔硬是把父亲抬上车，赶到县医院时病情已愈来愈严重了，医生、护士急忙为父亲做 CT、化验、输液，父亲像是极难受，一只手一会儿掀起被子，一会儿又拉起我的手，他已经无力说话了。我依偎在父亲身旁，不时给父亲掖掖被子，捏捏手，尽一份儿子的情分和孝心。我夜以继日地陪伴父亲，不敢说话、不敢离开，想让老人家怀着一种美好的眷恋离开我们，想让老人家感受到人间最后的亲情慰藉。父亲沉重的呼吸声，使人揪心似的难受，父亲在低声喃喃："回家、回家。"医生告诉我，边输液边挂氧，能保证 20 个小时。为遂父亲心愿，我们带着父亲水陆兼程回到了家。农历九月初九早上七点，父亲的病势突变，离开了我们。所有亲人都为父亲的离去哀伤抽泣，痛彻心扉。我坐在父亲的床边，感觉着他身体一点点地冷下去，他本就瘦小的身体，已瘦得只剩一把骨头，令人心碎。

父亲苦了一辈子。他十一岁就给地主牧牛、打长工，还跟着祖母讨饭。贫困却好学的他，是给住在祠堂里的教书先生夜里做伴，才学得几个字。中华人民共和国成立后，他参加了抗美援朝志愿军，在部队里用功习文，刻苦训练，两次立功受奖，入了党，还代理排长一年。复员回乡后，他在乡里当过半脱产干部、乡邮，后又到村里任大队长、党支部书记。在父亲三十多年村干部生涯中，有两件事，我终生难忘。一件是 1962 年秋，身为大队长的父亲，为了村民能用上电灯，兴办水力发电厂和茶厂。他带领青年突击队上山砍树做"水木轮"。这是一根七人合抱的大松树，山里人都知道，砍这种树王是极危险的。果然，松树砍到一半，始料不及大树顺山倒去，父亲扑向木匠，大树扑向父亲……我那时才六岁。外婆牵着我到村口，村口已站满了人，我挤过人群，看见用竹竿扎成的担架上，父亲浑身是血，昏迷不醒，担架上的被子都被染红了，乡亲们见了没有一个不流泪的。送到县二医院后，父亲竟被救活了——好人终有好报！我们村是全乡第一个用上电灯和机器炒茶的，全村人没有一个不夸奖父亲的。还有一件事，是1977年夏天，大队里买来了第一辆手扶拖拉机，正值"双夏"大忙，拖拉机运化肥时突然中轴断了。农时紧，晚稻等肥料种田，时任村支书的父亲与会计及拖拉机手一起，赶到公社农机站焊中轴，父亲用肩顶着翻转过来的车斗让工人焊接。农机站车间的地上刚铺沙准备做水泥地面，拖拉机车斗在浮沙里滑去，车斗重重地砸在父亲的左脚上，脚骨砸成粉碎性骨折。村会计回忆说，他背父亲到医院的路上，父亲痛得将他的衬衫撕得稀烂，将胸前抓得鲜血淋漓。

父亲一生没有过轰轰烈烈的壮举，也没有惊心动魄的业绩，但他心系群众，甘于清苦，乐于奉献，在群众中有口皆碑、德高望重。安葬父亲的那天，乡党委、政府为老人家送来一个特大精致的花圈，挽带上写着"平凡工作系千秋大业，艰苦奋斗留万古芳名"。这是一般农村基层干部难以享受的政治殊荣。村党支部致悼词时说："几十年来，村里的改田造地、植树造林、修路建桥、建校办厂、兴修水利等各项重大建设中无处不留下他的脚印，每项工程施工中无处不留下他的手印。"乡亲们说："老人家去了，今后的红白事上少了个热心帮忙人，心里有了苦情甜味少了个倾吐的人。"

父亲对我们儿女的爱，从他那严厉的脸上是无法看出的，必须从他的沉默、从他的勤劳中去品味。从他的沉默与勤劳中，我每每品味到父爱竟是那么深厚、那么绵长、那么无穷无尽。

记得高中毕业那年，正逢家中建房，我随父亲到歙岭上背杉树，树扎成"竹马架"，有一百多斤重，背到山脚，父亲叫我歇歇脚再走，我将树用柱头撑住，正准备坐下歇力，柱头滑开，

"竹马架"朝我压来，父亲用力将我推开，他却被压在了树下。山上干活的乡亲闻讯赶来，将父亲背到村合作医疗室，结果是右手肩胛脱位，腰椎骨裂。后来，每逢天公作变或阴雨天，父亲总要腰疼。每每看见父亲这样，我就揪心地难受，鼻子阵阵发酸，忍不住热泪涟涟。

父亲劳碌了一生，是该歇息一下了，可谁能想到他会以这样的方式突然"歇息"了呢？

九月初九，去祭奠父亲，在父亲那芳草萋萋的坟前，我忽然想，父亲本应该还活着的，如果活着也还只有七十二岁，还应该坐在阳光下呷着醇茶，品味人生。

我在父亲的坟前，为他点了一炷香，然后在坟前默默地陪着他，似乎父亲依然在我身边。

父亲走后，我常常在梦里见到他。梦中醒来，枕头和被角被泪水濡湿一片。这种源于血脉相连的父子情结，浓郁得叫我说不清，究竟是父亲在九泉下念我，还是我在人间想他呢？

第 四 辑

# 新安江岸多才俊

# 状元詹骙考略

状元詹骙，百度介绍是绍兴人，又有人说是建德人，也有人认为他在分水（今桐庐县）出生，这些都没有明确的依据。

最近，翻阅了《东源詹氏宗谱》，从中了解到了詹骙宗族世系传承记载，为考证状元詹骙籍贯提供了佐证。

据《东源詹氏宗谱》载，詹骙的曾高祖詹询，字徽之，行十一，仕信州永丰县主簿，赠从事郎，配唐氏，封太硕人，生四子，卒葬遂安县龙津乡十二都徐六山头黄龙笑天形，夫人葬十六都西山。

高祖詹安（1055—1120 年），字公修，年二十岁入京师，为太学知名生，学成归里，建书院与其岗，以课宗戚子弟，山下凿池引泉，注入源头活水入方塘，以便游憩。官至迪功郎，婺州浦江簿，娶余氏，封孺人，累赠太硕人，生五子，五子皆中进士。卒葬遂安县十二都龙津乡永昌里揽管岭下浪苑牛皮形（在龙翔寺前），又曰：洪船出海形。

曾祖詹至（1071—1144 年），詹安次子，字及甫，行十六，登崇宁二年（1103 年）霍端友榜进士，官左中大夫，直秘阁，封建德县男，食邑三百户，生三子。主管临安府洞宵宫，与张浚同朝为官，著有《瀛山集》十卷，卒葬遂安县移风乡新村之阳（狮城五狮山后）五蓖莲花形，张南轩铭墓，朱文公书，落款为孙克已，孙立祖、昭祖、兴祖、绍祖、光祖，曾孙詹骙立碑。至娶何氏、许氏，二夫人俱封令人，生三子（攸之、仰之、倬之），去世后葬于遂安十七都灵岩山。

祖父詹攸之，字景仁，行三七，官至从事郎，宁国府推官，配余氏，生二子（绍祖、立祖），卒葬于遂安县十七都灵岩山路小坞（今姜家镇灵岩瀑布附近）。

父绍祖，字继先，行十八，官至儒林郎，生二子（詹骙、詹骅），去世后葬遂安县芮坂乡松溪（狮城小西门出城二里许）沈家屋后蜘蛛织网形。

可见詹骙确实在遂安出生，生于宋高宗绍兴十六年（1146年）。詹骙从小就读于瀛山，师从朱熹和叔祖詹仪之，为严州府遂安县（今淳安）瀛山之麓塘下村人。

宗谱又称谱牒、家谱、族谱、世谱、家乘、统谱等，是以表谱的形式，以父系为中心，记载世系繁衍迁徙及重要人物事件的家族文献。宋代陆游《渭南文集》卷三十九《宋詹朝奉墓表》引及"家传"，即指遂安詹氏家谱良臣传的部分。

詹骙，宋孝宗淳熙二年（1175年）参加"乙未科"殿试，一举夺魁。他在殿试策中，开首便道："天下未尝有难成之事，人主不可无坚忍之心。"深得宋孝宗赞赏，擢为进士第一（状元）。第二天，孝宗帝兴致未减，叫詹骙以下139人在靶场上做射艺表演。詹骙的杰出射艺使孝宗帝十分满意，他兴致盎然送给詹骙一首诗：

振鹭飞翔集凤庭，诏开闻喜宴群英。
已看射艺资能事，更觉人才在作成。
冀野乍空千里隽，桂林争占一枝荣。
他年共庆功名遂，莫负夔龙致主声。

得到皇上赠诗的荣耀，詹骙也十分激动，连夜写了一道表文《谢赐进士及第表》，表达了自己的心情和志向。《谢赐进士及第表》原文——

"伏以彤庭对策，叨奏纶音，金榜题名，忝登科甲，恩荣所被，揣分自惭。臣骙中谢。伏惟皇帝陛下，道宗尧舜，德迈禹汤，巍乎其功，焕乎其文，诚有以弥纶天地之大宜，教化之所作兴者，无微不著也。臣骙生际明时，久濡清化，谬焉末学，获陪大对，虽竭愚衷，罔知所措，猥蒙采录，忝题魁名，修省存心，极深惶汗，敢不策驽钝，俯殚报效之诚，仰酬渊涵之造。淳熙二年三月二十五日。"

八百多年来，孝宗帝赐状元詹骙诗和《詹骙谢赐进士及第表》，詹氏子孙世代视为传家之宝，珍藏于詹氏家藏先贤遗墨中。历代文士名宦，瞻仰拜读，留下了书《詹状元御赐诗后跋》16篇，题《宋孝宗皇帝御赐詹状元诗后》38首。俱有楷、草、篆、隶书、印章等齐全，均收藏于詹氏墨宝中，现保存完好。

詹骙高中状元后，1178年入馆担任校书郎，1179年担任秘书郎，1180年担任著作佐郎，1182年提升为著作郎，1186年担任宁国府（安徽宣州）知府。其间叔祖父詹仪之落职，发配江西袁州（今江西宜春）。受其牵连，1191年詹骙调福建武夷山主管冲佑观。这一年，陆游也在此，担任冲佑观的提举。陆游撰写《绍兴府修学记》的碑文，詹骙为其书写碑文并以篆文题写横额，因詹骙高中状元后，带领堂兄弟11人举家迁往绍兴，绍兴也算是其第二故乡，情怀所致。

直到宋光宗为去世后的詹仪之平反，詹骙才得以升迁，官至中书舍人，龙图阁学士，但此时的詹骙已是五十多岁了，晚年得以重用，显然有些力不从心了。詹骙官位并不显赫，而他的诗作却颇有成就，如《游云门》："轻裘肥马春三月，到此经游花正红。欲觅上方幽隐处，老僧笑指白云中。"耐人寻味。

詹骙高中状元后，为何举家迁往绍兴，至今是个谜，史志也无记载，所以，今天的绍兴人以为他的祖籍就在绍兴。詹骙籍贯在遂安（今淳安），从收藏于北京故宫博物院的詹氏墨宝中可见一斑。《赖仙旅寓集》中称："詹状元祖地在遂安龙翔寺（今汾口镇寺下村附近），即（詹）安墓也。"淳熙十二年（1185年）由张栻撰，朱熹书的《宋左中奉大长直秘阁封建德县男詹公墓志铭》，也曾记载了詹骙曾祖父詹至是遂安（今淳安）人。

从《东源詹氏宗谱》中查到"状元詹骙世系表"，有力地佐证了詹骙系遂安（今淳安）人。

淳安县历史上出过三位状元。最早的是遂安（今淳安）的詹骙，他是宋孝宗淳熙二年（1175年）乙未科进士第一名；第二位是淳安贺城的方逢辰，他是宋理宗淳祐十年（1250年）庚戌科状元；第三位便是名声显赫的淳安芝山（今里商乡）商辂，他在明英宗正统十年（1445年）由英宗亲擢为第一甲第一名，即为状元及第。

这三位状元中，詹骙最早，仕途也最坎坷。他的官宦事迹，史书几乎没有记载，《詹氏宗谱》也少有记述。但在他的故里狮城却留有诸多纪念詹骙的古迹，如魁星堂、状元台、状元坊。状元台在五狮书院后，巨石耸踞，高三仞，有二池分列；状元坊及碑记在狮城文庙棂星门内左下。1958年新安江水库形成后，已淹入水域，如潜水探视，这些古迹仍历历在目。

## 附：状元詹骙世系表

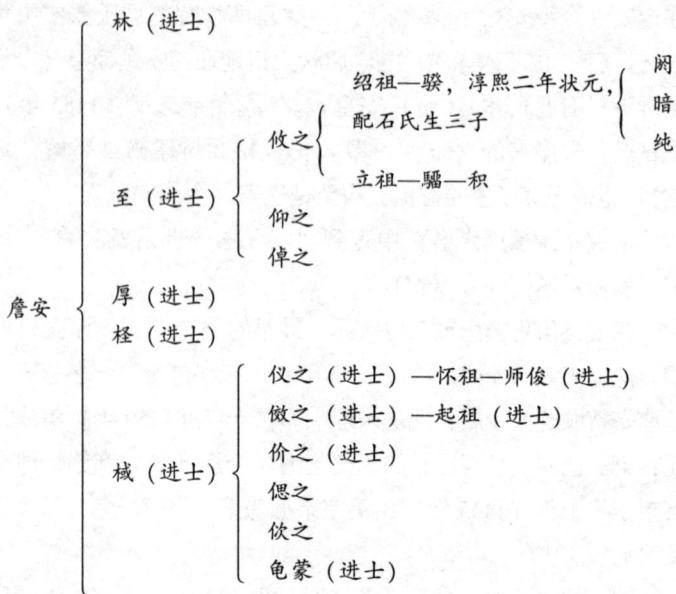

# 徐畛与《杀狗记》

徐畛（1333—1390 年），字仲由，号巢松病叟，淳安徐村人，元末明初著名戏剧作家。洪武初年徐畛被征召，但他不肯出仕，著有《巢松集》传于世。所著南戏《杀狗记》，对后代戏曲创作影响颇大。《荆钗记》《刘知远白兔记》《拜月亭》《杀狗记》，简称"荆、刘、拜、杀"，被誉为元明"四大传奇"剧作，是南戏中最负盛名的作品。

《杀狗记》全名《杨德贤妇杀狗劝夫》，系取材于萧德祥的《贤达妇杀狗劝夫》。《杀狗记》全剧 36 出，剧情讲的是，东京城有孙华、孙荣兄弟俩，父母双亡，赖祖先勤劳，家道殷实，家业由兄长孙华掌管。孙华是个纨绔子弟，与市井无赖柳龙卿、胡子传结交，遂成狐朋狗友，终日在外面花天酒地，吃喝玩乐。弟孙荣知书达礼，见兄长不思上进，便屡加劝谏。因柳、胡二人从中挑拨，孙华不仅不听劝谏，反而将胞弟孙荣逐出家门。孙荣无奈，只得在破窑内安身。

一日大雪，孙华与柳、胡喝醉酒后半夜回家，途中跌倒在雪地上，柳、胡不但不救，反而窃取了孙华身上的羊脂白玉环和宝钞，扬长而去。幸遇孙荣经过，将孙华背回家中，而孙华不但不感激兄弟救命之恩，醒来后见身上的玉环和宝钞不见，反诬孙荣偷去，便把孙荣打了一顿，又赶了出去。孙华妻子杨月真贤淑聪慧，见丈夫听信柳、胡谗言，执迷不悟，为劝夫便想出一计，向邻居买来一只狗，杀死后，砍头去尾给它穿上人的衣冠，假作人尸，放在后门口。

等孙华半夜酒醉回家时，发现了死狗，以为是死人，恐惹人命官司，惊恐不已，求杨氏处置，杨氏要他去找柳、胡来帮忙，将"人尸"移到别处掩埋，而柳、胡都不肯帮忙。杨氏又让孙华去找兄弟孙荣帮助，孙荣念兄弟手足之情，不计前嫌，欣然帮助哥哥将"人尸"搬到别处。柳、胡二人不但不肯帮忙，反而去官府告发孙华杀人移尸。弟弟孙荣为了救兄长的命，自认杀人。这时，杨月真说明杀狗劝夫的真相，经官府勘验，果是一条死狗。案情大白，官府惩办了柳、胡。孙华看清了柳、胡二人的真面目，悔悟自己的错误，终与孙荣和好。

《杀狗记》故事曲折生动，文辞质朴。在人物塑造上，具有鲜明的性格特征，在戏曲形式上，采用南曲演唱。这是一出家庭伦理剧，强调了"家和乃一切之本"。作品提倡"亲睦为本""妻贤夫祸少"等伦理信条，虽维护封建伦常秩序的说教气息较为浓厚，但具有积极的社会意义。

剧作家徐畛除了《杀狗记》之外，尚有《鲠直张志诚》《王文举月夜追倩魂》《杵蓝田裴航遇仙》《柳文直元旦贺升平》等剧作，可惜都没有保留下来，唯有诗文集《巢松集》传世。

# 何梦桂其人其事

淳安文昌村是一个已经有 1800 多年历史的古村落，自东晋年间始祖何文建来此肇基，至今已繁衍文昌何氏 70 余代，发脉至浙江乃至世界多地，可谓"人才辈出，氏族繁昌"。文昌村自古忠臣良相、文人学士层出不穷，踪迹历历可寻。历数文昌之俊杰，宋朝敕封状元何梦桂当为翘楚。

何梦桂（1229—1303 年），字岩叟，别号潜斋，咸淳元年（1265 年）进士，官至太常博士，历监察御史官、大理寺卿。为什么说何梦桂是文昌俊杰之首？因为他不事二主，不食元粟，引疾去，筑室小酉源，隐遁深山著书立说，终成大家。何梦桂既是博学多才、勤政廉洁的良臣，又是不事二君、具有民族气节之义士。

## 博学笃志，明德求真

说起何梦桂的状元成才路，不得不提到一个人——何梦桂的叔叔何日章。作为长辈和伯乐，正是因为有了何日章的惜才，才成就了日后何梦桂状元之辉煌。

何日章，字章甫，南宋绍定四年辛卯（1231 年）升朝，理宗皇帝见何日章容仪雅俊，德品渊涵，有儒者气象，理宗弟弟荣王与芮女儿还没婚配，于是理宗便做起了媒人，将侄女许配给了何日章。这样何日章就成了郡马新贵，他在宫中砥砺修行，洁身自好，勤学苦练，所造日深，把皇室家教和各宗派精华悉记于心，深得皇上喜爱。时过数年，何日章以亲人老故、念乡心切为由，上奏表示希望偕郡主辞归故里，理宗皇上虽然舍不得，但还是恩准了，并敕冬官为府邸，将其建于何日章文昌故居之东，其规模和式样仿制宫阙朝廷，这是很高的皇恩礼遇，诚归锦之荣也！

话说郡马府邸，建在文昌村尾，比何氏宗祠规模更大，整个建筑依山傍水，地势由低就高，主体建筑七进，深九十丈，宽三十丈。再加上四周的亭台楼榭、花园假山、拱桥、池塘，占地三十余亩。建筑外观五步一楼，十步一阁，廊腰缦回，飞檐跳角，各抱地势，千姿百态；内观雕梁画栋，柱、门、窗，无不描金飞彩，天花板上饰有绚丽彩绘，墙上饰以精美壁画，栏板、斗拱、窗扇均配以精致木雕。无数扇长方形的漏窗，分别雕有"寿"字、云龙、麋鹿、仙鹤、舞狮。这座宏伟精致、光彩夺目、富丽堂皇的建筑名震四方，被称为"花屋"。花屋庄历经近千年。

何日章荣归文昌故里后，不负皇恩浩荡，不忘家风传承，尽心尽力培养国之栋才。他见侄儿何梦桂与孙儿何景文虽然年纪不大，但天赋颖敏、悉本天真，决定好好培养他们。于是先请来名师夏讷斋先生进行言传身教，使他俩受益颇深，后又送他们到当地有名的石峡书院研读。何梦桂也没有辜负叔叔的厚爱，咸淳元年，时年 36 岁的他终于以省试第一，举进士，廷试第三名中"探花"。何景文亦为同榜进士。

人们不禁试问，不是说何梦桂是状元吗？怎么又是探花？事情是这样的——

度宗皇帝得知何梦桂与另两位淳安士子——状元方逢辰、榜眼黄蜕同堂就读于石峡书院，故御书彩联"一门登两第，百里足三元"和"子拜丹墀亲未老，叔登金榜侄同年"的联句相赠。两年之后的咸淳三年（1267年），度宗皇帝又把何梦桂的廷考答题文《易春秋之元及时政六事策》拿出来细看，越看越喜欢，再度感叹何梦桂的治国理念与文采，特下诰命，敕何梦桂为状元，其诰命如下：

## 敕状元何梦桂

　　皇帝敕曰：窃惟入侍经筵，必资博学之佐；出使藩臬，宜简硕德之臣。苟非闻望素优，曷得吏民帖服。今科一甲进士何梦桂，龙首高登，蜚声唧唧，鳌头独占，鸿誉巍巍。不特海内推尊，抑亦天朝倚重。特委尔荣行，颁朕简命。宜我威信，俾国体之共尊；振尔经纲，令君命其不衰。如朕亲临，尔其钦哉！

（咸淳三年二月下）

　　就这样，何梦桂在廷试两年后，度宗皇帝敕其为状元。

## 雅负奇节，不事二君

　　何梦桂敕封状元后，初为台州军判官，他处事严明、执法有理，后任太常博士，军机繁重，他更是不敢懈怠。咸淳十年（1274年）何梦桂升任监察御史，后任大理寺卿。此时，宋朝廷奸臣当道，忠良遭弃，国势日衰，何梦桂就以身患疾病为由离开朝廷，回到故乡，筑室富昌（度宗帝赐改为文昌）小酉源，又在何氏宗祠后山建"易庵书院"，隐遁深山。

　　元正位大统后，急需人才。经御史程文海推荐，元世祖下旨令何梦桂赴江西任儒学提举，何梦桂以疾为由，屡召不起，不受元聘，终老于家。可见何梦桂耻事二君的傲骨和忠诚刚毅之浩气。

## 潜心研学，著书立说

如果说何梦桂的傲骨是留给我们的精神遗产，那么他留给我们的文化遗产则更是蔚为大观。

在文昌何氏宗祠的右侧大塔坞后山顶上，有一座著名的书院叫"易庵书院"，又名"潜阳子庐"，正是何梦桂辞官回乡后，按易经风格设计建造。书院虽简易不大，但何梦桂却在此隐居长达14年，这里成为他读书、著作、研易、讲学之场所，他也被当时的学者称为"潜斋先生"。他以文章取盛名、跻显贵，在隐居的十几年里，何梦桂所著《潜斋文集》《易经衍义》《大学图说》《地理奇书》《中庸致用注解》《外盘罗经解》等多部著作，入编《四库全书》，并传于世。

2010年浙江省地方文献出版的《浙江文丛》，其中就有《何梦桂文集》在列，这为素有"文献名邦"之称的淳安增添了辉煌的一页。

# "睦州诗派"诗人方干

　　唐代睦州属江南道，区域包括桐庐、分水、建德、寿昌、淳安、遂安六县，其间睦州崛起了一支诗群，人称"睦州诗派"。方干堪称睦州诗派"诗宗"，对此，后人赞叹："官无一寸禄，名传千万里。"

　　方干（836—888年），字雄飞，号玄英，睦州青溪（淳安）人，晚唐著名诗人。据富山《方氏家乘》载："方干系方洪（方储三子）二十八世孙。"其父方肃，唐文宗朝任杭州仁和知县，迁居桐江白云源。方干从小爱吟咏，深得师长徐凝的器重，徐凝授其以诗律。一次，因偶得佳句，方干欢欣雀跃，不慎跌破嘴唇，人呼之为"缺唇先生"。桐江章八元爱其才，将他招为过门女婿。章八元居家桐江常乐乡白云源章邑里（今桐庐芦茨村），章八元系唐代著名诗人，儿子章孝标，孙子章碣，祖孙三代，皆为进士。"一门三进士，祖孙三名人"，说的就是当时章氏家族的风雅盛况。

　　在章家，方干的诗赋才能得到发掘，诗艺大进。始想去举进士，他便身带自己的诗稿去拜谒钱塘太守姚合。初次晤面，姚合见他容貌丑陋，心中多有不悦；待读过方干诗稿后，深为方干的才华所动，一连款待数日，叙谈甚欢。方干自拜谒姚合后，颇受鼓励，举进士入仕途心愿大增，宝历中，参加科举考试，不第，后又参加唐文宗、宣宗、懿宗朝科举不第。方干亦明白，"貌寝兔缺"是有司不与功名的根本原因，于是放弃科举考试，径自登山临水，日以吟咏为娱。大中年间，方干隐居会稽鉴湖，这时，浙东廉访使王龟得知方干有才华，为人耿直，欲向朝廷举荐，但方干一直也不曾被起用。

方干仕途连连失败，逐渐对功名仕途冷却了心，可他为诗苦吟的精神始终不变。方干擅长律诗，其所作律诗清润小巧，并多警句。自咸通间有诗名始，历乾符、广明、中和，江南一带难得有人可与之相比，终于在晚唐诗坛享有高名。他的诗，颇有盛唐诗歌的恢宏气象，高坚峻拔，一扫晚唐纤靡诗风，独树一帜。

方干写诗很刻苦，自称"吟成五字句，用破一生心"（《贻钱塘县明府》）。《鉴戒录》称："干为诗炼句，字字无失。"其诗清峭幽迥，多抒写羁旅之思与沦落之感。部分摹写自然景物之作，刻画极工。如《旅次洋州寓居郝氏林亭》中"鹤盘远势投孤屿，蝉曳残声过别枝"一联，尤为历来传诵。方干当时颇负盛名，为诗界名流称道。《四库全书总目》称其诗："气格清迥，意度闲远，于晚唐纤靡俚俗中，独能自振，故盛为一时所推。"他的诗有的反映社会动乱，同情人民疾苦；有的抒发怀才不遇，求名未遂的感怀。他的学生、门人因他的道德名望，谥他为"玄英先生"，并搜集他的遗诗370余篇，编纂《方干诗集》传世。《全唐诗》编有方干诗6卷348篇。《全唐诗》总计900卷，有诗48900余首，作者2200余人，其中被收入300首以上的作者仅37人，方干位列其中，可见其诗作之多，诗品之高，诗名之大。当时的唐户部侍郎、诗人、越州人吴融，在《赠方干处士歌》中赞道："把笔尽为诗，何人敌夫子。句满天下口，名骶天下耳。"宋景祐年间，范仲淹到任睦州太守，绘方干像于严先生祠配享。方干的事迹见于《唐诗纪事》《唐才子传》。

唐僖宗文德元年（888年），方干客死会稽，归葬桐江。光化年间，经方干门人韦庄奏请，追赠方干为进士出身，不久，又由宰相张文蔚奏请，追封一官，以慰诗魂。方干门人杨弇与居远和尚，搜集方干遗诗370余篇，编成十卷本《玄英先生诗集》传世，其名载入《中国文学家大辞典》《中国人名大辞典》，《四库全书》录存方干《玄英集》。

# 忠孝一生心
## ——南宋进士章元礼的忠孝故事

　　淳安县姜家镇章村是一个"忠孝传芳"的千年古村。章村自古"耕读传家"之风浓郁，人才辈出。但更为突出的是"忠孝"之风代代传承，"忠孝"成了该村乡风文明的主旋律。要说这"忠孝"之风的渊源，还得从该村南宋末年一位胸怀"忠孝一生心"的先祖元礼公说起。章元礼，他天资极高，雅负奇节，自小发奋苦读，立志报国，南宋咸淳年间经乡试、会试、殿试一举进士及第。宋亡，他拒绝仕元，屏绝世事，一心侍奉祖母。自号"元真山人"，自书其门："旧时科目中儒户，今日山林下逸民。"后人敬仰其忠于宋朝，孝奉祖母，都称赞他是一位"忠孝两全"的节义之士，村里也流传了很多关于他的忠孝故事。

一

　　章元礼生于南宋端平三年（1236 年），兄弟三人，兄章元凤，弟章元仁，元礼排行老二。元礼的母亲生下弟弟元仁后不久就因病去世。后来，父亲又因劳累成疾而卧病不起，一家的重活、累活都落在奶奶和还未成年的哥哥身上。幼小的元礼看在眼里，似乎立刻懂事起来，五六岁时，就知道为奶奶和哥哥分担家中事务，跑前跑后，非常勤快。元礼照顾父亲的日常生活——早上给父亲端水洗脸，每次都用自己的小手试试水的温度，是凉了还是烫了，不凉不烫才给父亲洗脸擦手；煎药端汤，还亲口尝试汤药的温热，然后用那双稚嫩的小手为父亲喂药。夏天给父亲扇风去暑，冬天又生火于父亲床前，极尽心力侍奉病中的父亲，直到父亲去世，当年元礼只有十二岁。

二

元礼自小受祖母熏染极深。元礼的祖母汪氏，是郭村庄口村一大户人家的女儿，这个大户人家的女儿又是当时极其显赫的瀛山詹氏戚族之闺秀，知书达理。所以汪氏在詹氏的瀛山书院从小受教，是位"知书达识大体"的书宦之女，嫁来章村后，是村里有名的贤孝媳妇。后来，由于家庭变故，汪氏带着孙子元礼兄弟三人相依为命。汪氏常常用詹氏家训"孝、悌、忠、信、慈、让、忍、谦、勤、馆、耕、读、庄、俭、宽、严"这十六个字来教育三个孙子，元礼天性慈慧，每每聆听，深谙其道，而又身体力行，深得祖母器重，也受到十里八乡村人的夸许。传统文化的精华早早地就在幼小的章元礼心底生根发芽，"忠孝信义"性格也在章元礼身上生成。

三

元礼自小天资聪慧，出门随身携带书籍，一有闲暇，就适时阅读，求知若渴，远近村里都知道章村有这么一位"挟策苦读"的少年。祖母特别钟爱元礼，她除了教导元礼为人处世、修身立本的美德之外，更注重把自己所学的四书五经等一一教授给元礼。元礼聪明好学，悟性很高，凡诗词古文，读几遍就领会，十二三岁就成了善诗能文的"小才子"。祖母为了让这个天资聪颖的孙子日后有更大的作为，在其十三岁那年，倾家中所有，把元礼送到附近颇具盛名的瀛山书院求学。元礼走读于瀛山书院七八个春秋，他以瀛山先贤詹安、詹仪之、詹骙等为典范，潜心儒、道、理、易之学，"知其心尝以扶世教，植纲常为己任，故于先贤过化之迹不敢恝"。他深得朱子理学的熏陶，咸淳年间，治《春秋》发解，三荐监闱，制文出众，被称为楷模，一举进士，时年（1256年）二十一岁。

# 四

章元礼志洁行廉，久负图强恢复之志，考取进士后，一心想报效国家。当时的左丞相江万里非常器重他，向朝廷举荐大用，但这时奸臣贾似道当权，贾似道与江万里政见不和，于是江万里举荐的人才也得不到重用。章元礼也无意与贾似道为伍，即决绝仕途，辞官归田。这时，元兵大举南侵，都城临安被元军攻克，文天祥以右丞相督诸路军马护佑南宋皇帝及朝廷一边南逃，一边抵抗，并派将官吕武入江淮招募豪杰。章元礼虽然归田在家，却时时心系国家安危，于是，他相约同里进士余德明，一同招募乡勇三百余人赶赴福建援助文天祥。当队伍赶至江西信州时，闻讯文天祥已经被俘，只得无功而返。

宋亡建元，元世祖二十三年，朝廷急募汉人进朝入仕，治理朝政，派要员程文海往江南招贤纳士。当时程文海举荐了章元礼、赵孟頫等一批有才学之士，朝廷多次派孙附凤、留梦炎来章元礼家中，好言相请，元礼知道孙、留二人都是降元之徒，避而不见。后来，朝廷又派钦差来胁迫就范，软硬兼施。元礼说："我乃宋朝进士，之所以没有赴崖山随文丞相（文天祥）一同殉国，完全是因为家有八十多岁的祖母要奉养。现在，祖母已经去世了，吾已无虑，若强我所难，唯死而已！兰芷无芳，吾以何面目去泉下见文丞相呢？"章元礼宁死不从，坚定拒绝。

章元礼始终不忘亡国之耻，不食元室之食，于山中自耕稼禾。每年的清明节，都自行祭拜皇帝和文天祥，曾作祭文丞相诗："异乡举杯祭天恩，偷生但求吊国魂。年年清明泪流尽，夜夜思公泣哀文。"章元礼恪守忠孝，匿迹于深山之中，屏绝世事，经年闭轨，迹不履城市，交不接浮夸。常感涕吹箫，悲泣于山中，写下了许多追思宋室的诗作。

元礼公七十二岁时，自营坟墓，自撰墓志铭，碑文只写干支纪年，不写元朝年号，碑额："元真山人"，终年七十六岁，墓葬于章村浯溪山麓。明朝万历间，南缮部方应时（邑人银峰村进士）与县令吴撝谦将章元礼的平生事迹上奏于朝廷，朝廷授予章元礼"忠节之士"称号，并修缮其故居为"忠孝堂"。

## 五

因章元礼受祖母的抚养与教育甚多，所以，他与祖母的感情至深。他辞官归田后，一边关注国家动向，一边在家孝养祖母。南宋亡后，章元礼彻底绝望了，完全归隐山中。他携祖母及其他家人，匿迹于本村的童沂山中，在山里开荒种地，读书赋诗，把全身心孝顺奉养祖母作为自己唯一的寄托，让祖母清静愉悦地安享了晚年，直到祖母寿至八十三岁终老。章元礼的祖母去世后，墓葬于隐居的童沂山中。元礼又结庐于墓侧，一直守孝至自己终老。

# 誉满池州乡贤何绍正

何绍正，字继宗，号裕斋，淳安文昌人，约于明成化十一年（1475 年）出生于"文人辈出，氏族蕃昌"文昌村的书宦之家。弘治十五年（1502 年）进士，初授翰林院庶吉士；正德元年（1506 年）任兵部武库司主事；正德三年（1508 年）升任吏部给事中。时有中官廖堂镇守河南，此人倚仗司礼太监刘瑾权势，飞扬跋扈，胡作非为，何绍正上表弹劾他，因而得罪刘瑾，刘瑾将绍正贬谪至海州（今江苏连云港）任判官。正德九年（1514 年）升迁池州知府，前后任职八年。在池州任职期间，何绍正以"削剔奸蠹，兴利除害"为己任，勤政于民，政绩斐然，大得民心，嘉靖元年（1522 年）擢江西参政。离池之日，池城男女老少追送至江边，号泣之声震动江浒，并在池州码头立"去思碑"。碑文陈述了何绍正任池州府之辉煌业绩，刻录了 161 位 60 至 90 岁老人的签名。

何绍正不仅是位为民办好事、实事的池州知府，还是位才学出众，诗、文、赋皆佳的文学家，有《遗爱集》五卷传于世。

何绍正遗爱于池州，池州人对他有口皆碑，将他与包拯相提并论。为追思二位先贤政绩，嘉靖初年在府治北的三状元（伍乔、华岳、黄观）街建了座"包何二公祠"，内挂二公肖像祀之。

池州府推官李循义撰联曰"二公遗爱有先后，百姓去思无古今"。何绍正在池州的八年任上，政绩卓著。

## 重建城墙，固若金汤

池州砖质城墙始建于五代时期杨吴氏，北宋、南宋都相继做了修葺，但规制不大，标准不高。南宋德祐元年（1275年），元兵南侵，元将伯颜率兵侵犯池州。郡守王起宗闻元兵渡江，便弃城而逃，判官赵昂发（字汉卿）主持政事，组织守城官兵和民众"缮壁聚粮"坚守城池，又飞马去李阳河向都统张林求援，谁知都统反劝他开城门率众向元兵投降。赵昂发瞠目相视，义愤填膺，回城固守，后寡不敌众，元兵攻破四门，赵昂发与妻雍氏双双自缢于从容堂。元兵进城后，烧杀掳掠，十室九空，房无完舍，后又炸毁城垣，池州城成为不设防之城。虽经后任修修补补，直至何绍正任知府前的二百余年间池州城墙仍低矮、周短、残缺。何绍正上任后经四年努力，向各界募捐白银二万三千余两，于正德十二年（1517年）动工，花了近三年时间，在原城基上筑墙，又向东南隅扩展了三百丈，环城开挖了护城河（西北是山，开挖了城壕），筑成的城墙周长一千四百二十八丈（约4700米），城高二丈五尺（约8米），城墙上建女墙即垛口，女墙高于墙身三分之一，开七座城门。南门为通远门；南门右为钟英门，又称小南门；左为毓秀门，俗称小府门；东城为九华门；西城为秀山门；北门右为迎恩门，直通池口；左为望京门。城门各有城楼，南通远门城楼名萧相楼，楼内设钟鼓，以警晨昏。通远、九华、秀山、迎恩四座城门建有月城，月城转向另开一座城门，过护城河经石桥或吊桥上官道。城池竣工后，正德十四年（1519年）朱元璋五世孙朱宸濠袭封宁王，久蓄异志、谋夺帝位的朱宸濠与致仕都御史李士实、举人刘养正等起兵叛乱，他们分兵陷九江、南康、池州，声言直取南京。宸濠兵抵安庆，池州百姓惊恐不已。何绍正登城昼夜固守，宸濠兵至城下，见城高坚固，望而却步，只好退兵而去，池州以城郭固若金汤得安。

## 垒筑河坝，治理水患

池州城西六十里（今乌沙、晏塘）江段上，江之中流有石槎横突水中，曰拦江、罗刹二矶，奔流激荡，船舶往来常触矶倾覆。晋发运使周湛动员三十万民工，从拦江矶上游的江南岸开凿一条支流，以避开二矶之险患。自此往来船舶经新开河流航行，杜绝了覆溺之患。然而，每逢夏秋时令，江水上涨，新河两岸洪水泛滥成灾，民舍、农田常被洪水吞噬，农民叫苦连天。何绍正实地调查察看后，于正德十一年（1516 年）发动数千民工，在新开河流的通江口筑起了一道长四十丈（约 130 米），阔二十丈（约 65 米），高三丈（约 10 米）拦水大坝，挡江水、护农田。民众欢呼雀跃，称此坝为"何公堤"，以记其功。该新河自筑挡江水坝后，早已淤塞成良田旱地，今已难寻故道痕迹，只是新河坝至今依然屹立江畔。

## 倡修"五楼"，绵延书香

秋浦楼为南宋绍定元年（1228 年）郡守赵范增在城东九华门上所建，楼内立苏轼咏作和黄庭坚手书的《清溪词》石碑，至南宋末年和元代初年因兵火，楼已破败，碑已毁圯。九华楼原名九峰楼，唐末始建于城南，登楼可见齐山横陈，九华山遥耸，元代毁于兵燹。萧相楼为唐刺史萧复于大历十年（775 年）始建于府衙大厅西北隅，池州城人追思萧复遗爱，冠楼名为萧丞相楼。后屡圮屡建，最后毁于明初。何绍正异地复建三楼。建秋浦楼于西门秀山门上，楼内重立仿南宋绍定苏、黄碑刻。建九华楼于东门九华门上。建萧丞相楼于南门通远门上，易名为萧相楼，三楼均仿原楼式样，但规制均比原楼高大。又在城北迎恩门上和齐山翠微堤首分别新建了镇江楼和胜概楼。

## 振兴教育，新建医学

先师庙在郡治东，建文二年（1400 年）重建，正统年间知府叶恩及弘治年间知府陈良器、祁司员先后对其进行修葺，何绍正于正德十四年增其规制，做了大修。东西为庑，前为戟门，门前为泮池，池上有桥，泮池前为棂星门，祠内正位祀至圣先师孔子塑像，学前开挖毓秀塘，养鱼利学。抗日战争前和抗日战争胜利后及中华人民共和国成立后池州师范学校办学于先师庙内。齐山书院始建于南宋中期，因无经费护养，加之管理不善，到明朝中叶只存废墟遗址。何绍正于正德十年（1515 年）在原书院遗址重建了"有坊有门有堂有祠有东西庑，周缭以垣"的齐山书院，聘请了山长和讲师，自己和府衙教授利用公闲到书院讲学。为使书院能有长久的养护经费，共置田三十九亩八分，为书院提供开支费用。医学，这是新生机构，何绍正于正德十三年（1518 年）在府治侧建了医学，有门、有厅、有房，既可请名医讲学，又可请名医坐堂看病，深受城民欢迎。

## 修筑堤防，大兴水利

铜陵县南、西、北三面临江，十年九淹，农田也是十年九不收，人民啼饥号寒。何绍正与铜陵两任知县莫辉、郭基先后组织农民，按地形地貌，分段筑堤，阻挡长江洪水。用五年时间筑堤坝五十余处，总长近四十里，使原本颗粒无收的数万亩湖田，变成了池州粮仓。

## 附：何绍正咏唱池州诗作两首

《登齐山》诗曰：

> 闲云缥缈拍肩飞，到此令人俗虑微。
> 烟树乱猿啼且啸，松巢双鹤去还归。
> 诗脾沁彻寒泉溜，醉眼摩挲夕照晖。
> 野趣宜人牵吏隐，频频抖擞看山衣。

《池阳喜雪》诗曰：

> 柳絮轻轻舞，梨花点点飞。
> 千峰银卓笔，遍地玉为衣。
> 陶谷时煎茗，孙康暮启扉。
> 丰年兆三白，处处乐庭闱。

两首律诗，文字清丽，诗意浓郁，融情景于一炉，读之如饮醇醪，读后令人回味无穷。

# "兄弟进士"造福桑梓

汾口赤川口村，明朝时出了一对"兄弟进士"。兄叫余乾亨；弟叫余乾贞，字秉智，号四山。说起余四山，无人不知，他曾任云南道御史，后又奉敕巡按直隶、河南，清理军务，今汾口龙门村有他的墓葬，而为其而建的龙门塔高耸入云，矗立于龙耳山麓，墓前有石马、石虎、石羊各一队拱卫。余乾贞为崇安知县时，勉力为县城修建城墙；任云南道御史时，上疏朝廷，力谏将王守仁请进祠庙与朱熹等同享祭祀。王守仁，字伯安，号阳明，人称王阳明，明代最著名的思想家、文学家、哲学家和军事家。因此，王守仁（心学集大成者）和孔子（儒学创始人）、孟子（儒学集大成者）、朱熹（理学集大成者）并称为"孔、孟、朱、王"。余乾贞为官清廉，多有嘉声。

哥哥余乾亨，字嘉仲，童年时即聪慧过人，七岁能吟诗，母亲早逝，他结庐于墓侧守孝。弟弟乾贞年幼，后其父亦逝，乾亨以"长兄为父"为己任，勉励弟弟勤学上进，弟弟遂中进士。

余乾亨公元1546年中进士，始任龙阳知县，勤政廉洁，任期内修筑堤坝二百余丈，根绝水患。改任蓟州丰润县后，修缮城垣，防御敌寇，秣马厉兵，造福一方。丰润县多皇庄，皇亲国戚侵占民众大量田地，乾亨亲临田头勘实，将皇庄侵占土地悉数返还于民，受到当地百姓爱戴，但也受到了利益受损的朝官排挤，罢官回乡。返乡后，余乾亨在璜溪构建书斋，吟诗撰文，躬教弟子，遂安县令吴撝谦邀他与其弟余乾贞同修《遂安县志》。

余乾亨、余乾贞兄弟进士，入朝为官，清正廉洁，政绩显著；返乡后续谱修祠，造塔建桥，造福桑梓。

现在，走进赤川口村，在赤川源水口交汇处，有一座双孔石拱桥，称"登云桥"。此桥便是余乾贞所建。民国《遂安县志·津梁志》载：登云桥，在县西六十里斗印桥下，御史余乾贞建。

《遂安萝蔓塘余氏宗谱》有邑人方应时撰写的《登云桥记》。桥记云：赤川口象山余氏居之下关，双流环会，统归于一。原先木桥旋易旋坏，万历年间，余乾贞宦归，捐资倡义，又结石梁，经始于万历丙戌（1586 年）二月吉日，竣工于年季冬之庚申。因感恩亲人庭训而考取功名，朝廷重用才有所建树，遂取"登云"之意，称之为"登云桥"。

赤川口村入村口还有一座桥，称"斗印桥"。该桥为明嘉靖年间余乾亨所建。余乾亨弃官回乡后，为方便村人出行，捐资倡修斗印桥，在建造此桥时，发现溪中有一块斗形的奇石与官印极为相似，于是此桥建成后，就取名为"斗印桥"，斗印桥正好建在村口，为使行人便利过桥又能避风躲雨，在桥面上还建成了厢廊，当地人亦称之为"印廊桥"。

赤川口村是一处值得细细品味的古村落，由龙耳山南行三里许，就走上了该村的 1200 米长的下马古道，下马古道上竖着一块"下马石"，有"文官落轿，武官下马"之意。走在下马古道上——一半裸道，两袖清风；一半荫道，风清气正。途经一座登云桥，有一步登天，青云直上的寓意。到了村口还有一座斗印桥，也就是说当你走过下马古道，今后，当官的官印有斗大。古道上走出去的进士，是御史；走进来的军门，是清官：

走进走出都是名宦。古道不长，寓意深远。

　　据传，这条出村的下马古道，亦是余氏"兄弟进士"倡修的，它告诉后人，你无论是位高权重，还是衣锦还乡，都得怀着感恩的心情，落轿下马，慢步进村。

# 抗倭英雄"八大王"传奇

　　抗倭民族英雄"八大王"，他的名字叫余汝南，大约出生在公元 1535 年，汾口宋京村人。余汝南在家中排行老八，人称"余八"。因他身高九尺，体格魁梧，武艺高强，抗倭有功，明嘉靖帝亲封其为"八大王"。

　　明朝嘉靖年间，日本浪人骚扰我浙闽沿海一带，这些倭寇从浙江及福建沿海大举入侵，连船数百，蔽海而至。流窜浙东南、江南北、滨海数千里，有时还深入内地杀人放火，抢劫财物，倭寇所到之处，村舍成墟，掠男女或奴或杀或淫，无恶不作。他们流窜浙、皖、苏三省，攻略杭、严、徽、宁等二十多个州县。此时，余汝南风华正茂，血气方刚，加之长得五大三粗，在家乡常习练拳脚，最终练就了一身高强武艺。日常他肩挑扁担做贩小鸡崽生意，奔走四方。一日，他来到徽州，在绩溪龙川口一客栈住下，但天还没黑，客栈老板就早早地把店门、院墙大小门都关上锁死了。客栈老板告诉他，近来倭寇强盗常来杀人越货，烧杀掳掠，无恶不作。客栈老板好心相劝："客官，你千万别出去惹事。"余八在客栈楼上望见三里之外大火冲天，一片哭喊声。余八一时血脉偾张，他抓住院墙内的毛竹梢，"噌"地跳向空中，在毛竹慢慢弯腰接近地面时，跳下楼来。他环顾四周，没有什么好武器可使，索性挟紧一根毛竹连根拔起。二话不说，举起三丈毛竹"唰唰唰"几下，就把那些倭寇揍得满地找牙。竹枝飞舞处，日本浪人眼珠飞出，竹根戳到时，东洋贼人鲜血溅喷。余八一时兴起，如玉龙搅拌五龙爪，舞得倭寇天昏地暗，哭爹喊娘。倭寇看见中国汉子手持如此兵器不知何物，丢盔弃刀，落荒而逃。人世间总有些奇怪事，余八毛竹开舞救下来的正是当时权倾江南七省的军务总督胡宗宪绩溪官邸的家眷和财产。

胡氏官邸派人把遂安十都余八竹下救命留财的消息快马加鞭八百里，告知了在杭筹建抗倭部队的一品大员胡宗宪。胡宗宪一骑绝尘赶回绩溪故乡，感佩之余，收余八为总督亲兵，为朝廷效力。余八归鹰总督府，为胡宗宪看家护院，总觉得自己一身武艺无用武之地。有一日，胡宗宪返里省亲，余八作为亲随同往，当时大热天，胡宗宪见其他随从都睡在大厅地上，唯独余八睡在两凳之间架的一根扁担上，胡宗宪心里想，此人功夫非凡，以后可为重用。刚巧那天夜里有一伙强盗，手持火把来抢胡宗宪家，强盗人多，其他亲随都不敢出去，余八手执扁担，大喝一声，从围墙上跃了出去，手舞扁担，噼里啪啦一顿打杀，那些强盗被打得抱头鼠窜，落魄而逃。胡宗宪连忙开门接见，连说："如此功夫了得，回杭举荐你当浙军抗倭先锋。"余八连忙拱手说："多承总督栽培，我定当奋力抗倭！"

嘉靖乙卯（1555 年），倭寇再次来犯，抗倭军队元气大伤，朝中更是无强将敢挥师迎敌。胡宗宪向嘉靖皇帝推荐了余汝南，令他带领抗倭军队前往。余汝南被敕封为"千总"官衔，在戚继光大麾下，统率抗倭军英勇杀敌。余汝南凭借过人之胆识和灵活之计谋，屡次击退倭寇，以自己被日本浪人砍去一臂之代价，杀敌万千，活捉倭寇首领陈东、王直等，荡平倭寇，立下赫赫战功。得到了皇帝的褒奖，称"钦授千总卫，赏给帑，记录大功一次"，并封其为"八大王"。被皇帝召见时，皇帝爱他勇武憨直，应许可满足余汝南一个要求。离家多年的余汝南提出："皇上的金銮殿甚是恢宏，我有生之年能入此殿便是莫大荣幸，但我家乡的百姓却无此福分，所以我想在家乡也造一座'金銮殿'，让百姓与我一起感受皇恩浩荡。"皇帝金口既开，便特许他在家乡宋京村仿造一座金銮殿。为示君臣之分，"小金銮殿"左右前后及高度皆比皇帝的金銮殿短矮三尺。得皇上恩准，余汝南归乡与父亲筹建"大夫家庙"（即小金銮殿），四十八岁卒于故乡，隆重安葬。有文史赞曰："丰采魁梧，英勇谁伍。虹霓威仪，倭夷伏服。疏名于朝，恩赏天禄。生显其身，没昌其后。"

# 怪 医 二 木

　　二木是岭脚村人，中医世家的传代医生。十七岁初中毕业就当起了村医。村医，顾名思义，是村里的医生，"文革"期间，都叫"赤脚医生"。

　　他的医术是跟老中医父亲学的，行医不太用听诊器。后来，县里办了中西医结合培训班，他去学了一个月，最大的收获就是学会了肌内注射和皮下注射，至于听诊器，他只听到轰隆轰隆的响动，辨不出个子丑寅卯。

　　县里培训班结业后，他回到家置办了两样东西，一是买了一辆脚踏车，二是买了个铜皮子的三节电池的手电筒。他依然是探脉，极少用听诊器。别人要他用下，他说："那是得了重病才用的，你莫非也希望我给你用?"别人便再也不敢提这事了。他探脉倒是挺准的，"文革"那会儿，县里派了"送医下乡"医疗巡回队，县里的医疗小分队的医生，早就听说二木的名气了，说是要和二木打赌，他们用听诊器，让他探脉，看看谁的准。有一病人心口痛，疼得厉害时，连着后背都疼，用听诊器的说是胃病，探脉的二木说是肝病，双方争执不下。病人的侄儿是县教育局的，有人建议到县医院做进一步检查，结果一查，是肝病，县医疗队第二天就卷铺盖回县里去了。

二木抓中药，从不开处方，只是探探脉，看看舌苔，然后说："跟我去抓药。"走到药铺，铺开三张草纸，拉开那些抽屉抓出一味药，用戥子称好，均匀地倒在三张草纸上。有些是要捣烂的，放在舂筒里，半里路以外就听得出一种节奏和韵律，就像音乐一样有旋律。不一会，三服药抓好，包起草纸，扯下线头捆好，交到抓药人手上："三服药见效再来找我，如不见效就另请高明。"

有一回，一个抓药的人不信三服药会分均匀，于是到供销社借戥子一称，三包竟然同样重量，打开纸包，选几味药一称，分量也完全相同。正在啧啧称奇时，被来买烟的二木撞上："你这三服药怕要白喝了。"

"为啥?"

二木不语，供销社营业员也觉得奇怪："你不说，我不给你拿烟。"

二木说："我抓的药，我捣的药，我包的药，药上有我的气，你现在敞了气了，药效大减。还有，太阳、月亮、地球的对应位置，地球的引力，每个时辰都不相同，药的剂量也就不同。我叫你下午三点熬药，三点你连家都没到，药效再次大减，怕是没什么效果了。"也不知他是否在装神弄鬼。

抓药的人不知所措，二木说："你家病人本就是胃脘胀痛，我就给你加点胡椒，再给你包下，我骑脚踏车送你到家，保证三点钟熬药，也许可以救回大半。"

二木在每服药里丢了三粒胡椒，将药包好，骑上车驮着抓药人奔患者家而去。

有一天，他正在药铺抓药，慌慌张张进来一个人，说是王家村的方国柱因为两口子吵架，喝农药了，人快不行了。二木不慌不忙把药抓完包好，打发抓药人走了，连忙骑脚踏车赶到王家村。叫人找来一只粪篓子，用绳子系好一个十字，把篓子吊在晒坦边的梨树上，把方国柱放在篓子里，要几个小伙子转粪篓子，转得越快越好，正转反转，把方国柱转吐了，人就有救了。

转了好一会，方国柱就是不吐。二木连忙叫人放下篓子，他提了一只陶罐，跑到厕所舀了一罐大粪，让人摁住方国柱，直往他嘴里灌大粪。这一下，方国柱吐了，差点连苦胆汁都吐出来了。

方国柱在阎王殿转了一圈又回来了。过后，村人问二木医生怎会想到用这个法子。"不用这法，他能吐吗？再说，也要告诉大家，别动不动就想喝农药。男子汉，大丈夫，啥事撇不开的？免得弄到吃屎的地步。"说完，跨上脚踏车走了。

二木后来获得了行医资格证。现在他老了，退休了，乡里又派了个年轻人跟他学医，接他的班。

二木治跌打损伤和疑难杂症的名声，传遍了十里八乡，退休后，市里一家专科医院高薪聘请他，去了几个月，又回来了。有人问他："怕钱咬手？"他说："城里实在不好，猪是饲料喂养的，菜是用化肥、农药，大棚里种出来的，呼吸的是汽车的尾气，还是乡下好，自己养猪，自己种菜，特别是我门前的半亩百草园怎么也放心不下。"

他回来不久，继续在村医疗所里看病带徒弟。有一天，卢家村里有人请他去看一位急诊病人，说是村头那个八十多岁的孤老太太快不行了。二木叫上徒弟，赶到了老太太家中，见老太太是哮喘病突发，喉咙里有浓痰堵住了，二木就毫不犹豫地爬上床，用自己的嘴对着老太太的嘴，用力将老太太的痰给吸出来，痰吸出来了，老太太就活过来了，当时在场的人都惊呆了，此举感动了全乡。

可是，事过三天，这老太太在街上大哭大骂，说是她枕头下面的三千元钱不见了，没人在她床上动过，怀疑是二木拿了她的钱。二木耳闻，二话不说，就和徒弟一起将三千元钱给老太太送去。徒弟不解地问："师傅，这钱不是你拿的，怎么背这黑锅？受这冤枉？"二木说："老太太视钱如命，病刚有些好转，如果此时一急，说不定就会要了她的命。"

一个月后，老太太的一个远房亲戚来给老太太洗被铺床，发现用手巾布包裹着的三千元钱掉在床底旯旮头。

村人问二木医生："你为何要这样做？"他笑着说，做医生要讲医德。

由于二木医生医术高明，医德又好，他的名声方圆百里都知道。有人说，他医骨折病人，可以断竹续之；有人说，病死的人，经他一医，也能起死回生——传得神乎其神。骨折能断竹接骨那是不可能的，但人们见过好几个在大医院里治成残疾，回来找他竟然治好了的病例。至于妙手回春、起死回生的事，倒是有这么一回事。那是二十多年前，他到安徽行医，过大连岭，看到连岭脚陈家村有一户人家出殡，一路上他看见抬着的棺材里滴出的血是鲜红的，没有转黑，觉得躺在棺材里的人没有死。于是，他拦下出殡的人，要开棺诊断，出殡人家自然大怒。开棺后知道是一产妇难产，在生产时大出血引起了休克。这病在二木的爷爷记录的《疑难杂症秘籍》中就有记载，二木爷爷就医好了好几例。于是，二木斗胆跟出殡人家打赌，如果他医活了，全家人都要向他磕头谢罪，如果治不好，他愿用自己的人头做赌注。他先把人从棺材里抬出放到阴凉处，并命产妇家人取一罐墨汁来，给那产妇灌下去，二木到坑边、路边、茶园转了一圈，采来一大背篓草药，叫人放到食锅里煮，取汁给产妇喂下。喝下了一大碗药汁后，只见那产妇果然活过来了，全家及全村人都跪地谢恩。那产妇的家人拿钱给二木医生，二木婉拒。有人问这是什么仙药，二木笑答"墓头回",便拂袖而去。

"人怕出名,猪怕壮。"二木名声越传越远,越传越神。周边县市经常有人驱车来接他去出诊,江西、安徽的病人也不远万里上门求医。乡里专门为他建起一座门诊楼,一边挂"二木诊所",一边挂"林家药铺",两块金字招牌。侧门还留着一间"传家宝展陈馆",展陈馆里放了三件宝:一辆破旧的飞鸽牌脚踏车、一只铜皮子三节手电筒,还有一只用杉木板做的小药箱,上面还留有用红墨水涂画的红十字。二木说,这个展陈馆是他灵魂的寄存处。二木的名字早已家喻户晓,可人们看到"林家药铺"后,才晓得二木姓林。

现在二木退休了,依然看病,依然出诊,只是分文不取。

# 闪光的事业

浙江旭光电子科技股份有限公司的发展史，也是洪旭光的成长史。从创立节能灯企，再到自主研发转型 LED 照明，洪旭光铸就了与他名字一样闪光的事业。

## 一、大山里走出来的"企业家"

从淳安大山深处走出来的洪旭光，18 岁只身来到省城，在杭州一家工厂从仓管员做到技术工程师。2002 年，洪旭光毅然辞工返乡创业，几把螺丝刀、1 辆三轮车、4 个人、2 万元起家，在千岛湖城郊浪达岭租用了村大会堂，创办了"千岛湖绿色照明电器厂"，实现了洪旭光的创业梦。从 2002 年到 2012 年，这一做就是10 年，员工规模也从最初的 4 人增加到 200 多人。10 年的发展，几百人的就业，他深知身上的责任更大了，为了跟上时代的发展，他义无反顾地将公司产品由传统的荧光灯向 LED 转型。2013年，因为转型升级，公司营业收入出现了断崖式下降，但他没有放弃，他认为时代是发展的，科技是进步的，LED 替代传统照明是必然的。照明市场同其他产业一样，竞争非常激烈。他没有随波逐流地选择地摊货和价格战，而是选择走品质、品牌路线。他深知要想在市场竞争中立于不败之地，必须保证企业核心产品始终保持领先地位。只有加大研发投入、进行科技创新、提高产品品质、创新品牌，才能赢得市场。

在洪旭光看来，无论是产品开发设计还是生产制造，他始终要求员工要有精品意识和"匠心"精神，"做一行、爱一行、精一行"，要把产品做精、做细，保证"开尔照明"的品质，他怀着"对公司负责，对消费者负责，对社会负责"的精神。凭借着一股韧劲和毅力，确保了产品质量和售后服务，赢得了用户的一致好评，公司旗下产品产量和销售额呈逐年上升趋势。

## 二、勇于担当闯出的"大市场"

洪旭光从创办企业之初，就始终秉持一个理念，那就是"依法经营、诚信为本"。他凭着独具战略的眼光与市场把控能力，以市场引领产品，赢得未来。2011年浙江旭光获得了"浙江省工商企业信用 A 级'守合同重信用'单位"称号，之后又荣获"浙江省工商企业信用 AAA 级'守合同重信用'单位"称号，浙江旭光连续多年获得"安全生产工作先进单位"称号，并获"国家级高新技术企业"等多项荣誉。2020年5月国家知识产权局同意对浙江旭光的商标予以驰名商标保护，这既是对商标的保护，也是对公司诚信经营的一种认可。

新冠肺炎疫情暴发以来，公司高度关注疫情。得知南京版"小汤山医院"正在紧急筹建，所在地经销商与承建单位积极开展对接工作，开尔品牌凭借在江苏地区多年的市场开拓能力和经验积累，快速取得了对方的认可，可所在地经销商没有那么多的库存，得知消息后，公司立即组织仓库、物流、所在地运营中心人员参与货物调配工作。正值春节假期，仓库人员都已全部回乡过年，各地又实行了人流进出管制措施，为了保障援建物资能在规定时间到达现场，董事长洪旭光放弃与家人团聚，亲自挂帅，克服困难，亲临公司仓库，协调工作。他与普通员工一样，脱下外套，戴上口罩，一箱一箱地把开尔牌灯具搬上车，直到货物全部装好出发，看着公司的车子出了厂门，他才舒了口气，放下心来。

开尔照明在广州设立分厂，在广东佛山设立 LED 照明生产基地。

在精细管理和精益求精制造理念的持续引领下，公司千岛湖、佛山两大生产基地，逾 73000 平方米的现代化生产基地，超过 22000 平方米的仓储空间，拥有十几条现代化 SMT（表面贴装技术）生产线、十条 LED 灯全自动化生产线，十几条生产流水线。目前，可日产 LED 灯 20 多万盏，全年可实现 8000 多万盏各类高品质 LED 整灯，年产值可突破 10 亿元。

公司现已在全国 28 个省（区、市）建立了省级运营中心，下辖 800 多个一级经销商，覆盖全国 7 万多家终端分销网点，公司配有专人接听 400 服务热线电话，为顾客提供优质的售后服务。

## 三、科技创新开辟的"新天地"

洪旭光自创业以来，就将科技创新紧抓不放。他参与研发的专利已达 80 余项，商标注册数已有 40 余项。公司资金再紧张，他也要确保研发经费的充足，保证产品开发和技术优势。公司建立了近 600 平方米的研发实验室，投入光谱测试仪等多种先进研发设备，引进 8 名专业研发人员。这些专业人才的引进和实验设备的投入，为公司不断研发新产品奠定了基础，同时，为公司拥有知识产权及工艺改进提供了科技支撑。公司越做越大，管理规范是企业发展的瓶颈，这让他萌生了上市的念头，通过努力，浙江旭光公司于 2016 年 11 月成功登录新三板，股票代码：839762，成为淳安县第一家新三板挂牌企业。挂牌新三板，为公司未来申报 IPO 做好前期工作，洪旭光每天和普通员工一样上下班，他只要在公司，几乎都是最后一个下班的。但是不管工作多忙，他都会抽时间深入一线车间去指导生产，传授经验，发现问题及时召集相关部门负责人共同研讨对策，采取改进措施。

如今的开尔照明产品已销往全国各地，国外及东南亚设有经销点，产品销往全球 20 多个国家（地区）。

2015 年公司被评为"中国 LED 照明灯饰行业 100 强"，2017年荣获了 GSC（半导体照明产业联合创新中心）颁发的"LED 行业十大销量产品"称号；2018 年开尔照明斩获"行业十大光源品牌"奖。

浙江旭光电子科技股份有限公司董事长洪旭光，先后荣获"淳安县十佳创业青年""淳安县十佳科技人才""首届淳安县道德模范提名""2016 年度十大创业新星""第二届淳安县杰出淳商"称号，在淳安县"四种人"标兵选树活动中被评为"发展带头人"标兵，荣膺"淳安县劳动模范""第二届淳安县道德模范""杭州市人大代表""2019 年度新锐杭商"等荣誉。

生长在淳安大山里的洪旭光，有着山里人的执着与朴实，有着强烈的发展意识和进取精神，通过近 20 年的拼搏，一路披荆斩棘，将一个只有 4 个人的手工作坊发展到 400 多员工，成功打造了一家集研发、生产、销售和服务于一体的现代化灯具专业生产企业，公司旗下拥有 9 家子公司，浙江旭光成功登录新三板，成为淳安县第一家新三板挂牌企业。

# 余利富的故乡情结

余利富出生在里商乡塔山村一个农民家庭，父母都是中共党员，父亲还是一名复员军人，从公社人武干部干起，后成为县林业局的副书记。父母对子女家教十分严格，余利富，1963年出生，正逢三年困难时期，父母都是纯朴而倔强之人，拉扯着一帮儿女跟跟跄跄地闯过了艰难岁月。读书、放牛、砍柴、种田伴随着余利富少儿时光，余利富童年和少年充满艰辛，充实的童年，温暖的故乡，开启了余利富人生的旅途，使他平添了战胜困难的勇气。

塔山是个小山村，余利富的小学、中学都在村里度过。1978年余利富高中毕业刚满15岁，高考只考了130分，离录取分数线差155分。身高1米57，体重90斤，在生产队务农只拿6分工，余利富只有一边务农一边自学考中专，1979年差了3.5分未能上榜。但这样的成绩给他和父母很大的信心。接着，余利富去县城一所学校复习了一年，果然他的聪明才智大爆发，以全县第二名的成绩考上高中中专，进入浙江省机械工业学校读书。

余利富是恢复高考后全村第一个考上学校的，一朝跳出农门，全村甚至全公社的人都为之骄傲。

1983年，余利富走出校门，回到淳安县机油泵厂工作。这是一家县属国有企业，规模效益在全县冒尖。余利富沉下心来，从普通工人干起，班组长、车间主任，一路干了十年。1993年，借着南方谈话的东风，县体改办了一家千岛湖纺织机械厂，余利富被点将担任厂长。

过不多久，形势突然大变。国企改制、乡镇企业转私营，大批客户成了私人老板，纺织机械厂大量货款挂空，成了呆账。余利富苦心支撑，最终仍然无力回天。到1997年，企业被迫关门，他和工人一样下岗了。

路在何方？余利富一时迷茫无助。

余利富的岳父是中学老师，退休后在县工艺美术学校上课。见面时，岳父喜欢聊学校的事。说一半以上的初中毕业生考不上普通高中，只有上职业高中，职业高中是培养企业一线技术工人的，在国外技术工人很吃香。

说者无心，听者有意。余利富技术员出身，知道社会对熟练技工需求量很大。办所职业学校，培养高素质、有一技之长的技术工人，给那些高中落榜生一个新的机遇，既为社会就业解决问题，又为企业输送人才，而且国家政策鼓励社会力量开办职业学校，利国利民，好主意啊。

说干就干，翁婿俩聊得兴起，岳父自告奋勇帮他了解政策，余利富则开始找地方、找老师，张罗注册手续，准备了大半年。1998年夏，淳安县育才学校在千岛湖镇程高山下一家塑料厂改造的闲置厂房里开了张。如同开门七件事柴米油盐酱醋茶一样，学校一开张，大大小小的事也会夹沙夹泥地涌来，生源、师资、领导班子、财务制度、课程安排、安全保卫……没有一件可马虎应付的。面对一所新办的民办学校打开大门所带来的各种困难，余利富沉着应对，自如运作。

育才学校首期招生，生源严重不足，是办学条件不好吗？是师资队伍不强吗？余利富冷静思考，与同事们共同分析原因，主要原因是社会对民办学校存在偏见，中华人民共和国成立以来，办学只有一个模式，都是由政府统包统揽，民办学校是反传统的，自然会碰到阻力。余利富在两个方面进行了大胆尝试：一是加大宣传力度，改变人们对民办教育的认识；二是改革学校管理体系，不能用公办学校的管理模式来套，学校实行董事会领导下的校长负责制，余利富自任董事长，校长由董事长聘任，余利富聘请了德高望重、有教学管理经验的淳安县优秀校长余根来担任育才学校第二任校长，后来又培养了年富力强、精明能干的胡卫平担任第三任校长。育才学校开办初期，只有四个老师，开办了电子、旅游专业。余利富大把大把地往这个学校里扔钱，究竟图个啥？他说："只有一个愿望，让更多的学生在这里有书读。"

建校二十四年来，新生开学第一堂课均由他开讲，解读育才学校校训："明礼、守纪、立志、担当。"切入学生中考普高落榜后，如何重拾信心，存信心胜黄金。首先，他告诉新生，中考只是人生的起点，未来的人生之路很长，中考成绩并不能在人生成功道路上起决定性的作用，要有信心，重新确立人生目标，深刻领悟学校校训，做一个懂礼貌的人、守纪律的人、有志向的人、有责任担当的人。其次，他让学生学会理财规划，管好自己的口袋子，管理好每个月的生活费。他说，每一天有计划分配生活费，做到月初用紧月末有余，这既是将来当好老板的基础，也是管理好家庭的保障。

民办学校主要靠收学费，政府补助只有25%左右，经费和公办学校相比天壤之别，老师待遇同样天地之差，大约只有公办老师的一半。如何增强老师队伍的凝聚力？余利富认为，无论公办、民办，教师都是社会尊敬的职业——灵魂工程师。待遇上，签合同、交社保，创造舒适的工作环境，与学生成绩挂钩考核，提供进步通道。通过大胆改革，学校闯出了一片新天地，育才学校二十四年来，历经了生存十年，发展十年，现在已步入腾飞十年的新阶段。

2000 年，第一批学生即将毕业。给学生安排工作，余利富到杭州的宾馆、工厂联系用工渠道。他弟弟的同学是杭州摩托罗拉公司的人力总监，正好生产线需要 200 名员工，能够安排进厂的学生数量还远远满足不了需求。中外合资企业管理理念先进，提出新的灵活用工制度。余利富想起老家很多剩余劳动力无处可去，立即意识到这是一件对各方有利的好事。他马上回淳安，成立育才人力资源有限公司。从此，学校培养优秀人才，公司开拓就业渠道，学校根据市场需要设置专业，公司保证学生毕业后有去处，实现了双轮驱动、比翼齐飞的效果，企业实力快速提升。

由于学校规模渐渐扩大，在县政府和县教育局的大力支持下，学校在浪达岭征用 50 亩土地，余利富先后拆借投资 5000 万元，建设新的校舍。2004 年，学校迁入新址，从此，有了自己稳定的办学场所。

办学二十四年来，学校以"求知的乐园，创业的平台"作为办学精神，以"明礼、守纪、立志、担当"为校训，以"一切为了学生，为了学生一切，为了一切学生"为办学宗旨。立德树人，余利富已经把办学当成公益慈善事业去做。

经过二十余年的发展，到 2021 年，育才学校在校生已达1400 多人，80% 是淳安籍，在淳安和周边地区树起了良好口碑，2018 年被浙江省教育厅评为三级重点职业学校，也成为杭州地区唯一一所民办职业高中。

2001 年 3 月，淳安县育才人力资源开发有限公司成立，在为学校学生创造一个"读书—就业"的坚实平台的同时，把服务触角延伸到社会。成立第一年，就实现劳务派遣 200 人，还给交社保，提供食宿，深受学生、民工欢迎。

公司在杭租赁了可容纳3000人居住的实习公寓，先后与杭州摩托罗拉、松下马达、东方通信、中策橡胶等几十家企业建立长期的协作关系。

2013年，新劳动法实施。企业劳务派遣比例不能超过10%，且仅限于临时性、辅助性、可替代性的岗位。余利富根据新形势，及时改变经营策略，成立浙江新联外包服务有限公司，把工厂某个车间、某条生产线、某些岗位整体承包下来，独立核算业务量与费用，形成上下游之间的合作关系。工厂可以把一些简单、烦琐的车间外包出去，降低成本，简便管理，外包公司则能得到稳定业务，利润也比劳务派遣好。

外包业务是在原来劳务派遣基础上发展起来的，是人力资源派遣的升级版，是介于工业与服务业之间的新型业态。中策橡胶是育才公司最大的劳务派遣对象，双方合作多年，互相信任，结下了深厚的友谊。新劳动法实施后，浙江新联把中策橡胶的拉胎、包装、短驳工作承包下来，员工由浙江新联公司管理，穿新联工作服。并在原有设备基础上，自己投放新设备，以提高劳动效率。同时，他们经常对员工进行叉车装卸等技术培训，提高劳动者素质。中策橡胶对新联的服务十分满意。渐渐地，各分厂的外包业务越来越多，至今已达7个分厂，人员从几百人增加到2000余人。

余利富注重人才管理，启用人才激励机制。疑人不用、用人不疑，大胆放权，知人善用。他只在关系到规划、项目等重大问题时拍板决策。学校管理是这样，新联公司管理也是这样。

现任新联公司总经理叶国庆是龙游人，2006年育才人力成立不久就进了公司。由于他年纪轻，责任心强，忠诚正派，执行力强，余利富看中他，并着力培养，帮助他选择工作重点，哪些做哪些不做，哪些先做哪些后做。

"条条大路通广州，你只能选一条路走。"余利富用这样生动易懂的比方，要求管理团队做事切忌浮躁，一步一个脚印，稳扎稳打。他们推心置腹，亲密无间。成立新联公司后，余利富聘任叶国庆担任总经理，叶国庆把公司当成自己的家，全身心扑在公司管理上。

2003年，浙江大华还是一间几十人的研究所。老板找到余利富，希望派遣劳务去服务。余利富毫不犹豫接了下来，连续五六年，从几人到几十人，由于人数太少，都没有盈利。但他既然接下了单子，就要求员工全力做好服务。后来，叶国庆亲自带队进入服务。随着大华规模越做越大，劳务派遣转成外包，如今人数已达3000余人，成为新联最大客户。

2017年，浙江新联在新三板成功上市，改名浙江新联外包服务股份有限公司。但其注册地仍然在淳安县经济开发区，是淳安县第二家新三板上市公司。

泰戈尔有句名言："无论你走得多远，都走不出我的心，就像树木长得再高，树的影子永远连着它的根。"

从家乡起步，经过多年培育，余利富创业的大树以人力为主干，教育、培训、派遣、外包、网络、置业，已经枝繁叶茂，年销售收入7亿元。然而，他的根始终深深扎在家乡的土地上，所有公司注册地都在淳安，年纳税7000万元，位于全县前五名。

余利富常说："在家乡办事业更容易实现我的人生价值。虽然困难很多，但发展在自己的家乡，这是很有意义的。"由于他为家乡建设做出了巨大贡献，余利富已是多届的县政协委员。

学校是余利富创业的起源地，没有学校就没有人力资源以及后来的其他产业。学校是非营利事业，带有公益性，没有理由不坚持办好。学校投入大，没有产生经济效益，余利富就把其他产业的收入反哺给学校，提高办学硬件设施和教师待遇，学校则为企业输出人力，校企之间进入了良性循环。县政府十分支持民办教育，2015年开始每年补助三四百万元。县委书记和县长分别于2019年、2021年教师节前来学校看望育才学校教师，县领导高兴地说，普高毕业的学生70%不回到家乡，职高毕业的学生70%留在家乡，为家乡建设做出了贡献。

余利富除了办好学校和公司，也热衷于慈善事业。贵州剑河是淳安县的对口帮扶县，上级给淳安每年20个建档立卡户脱贫指标。县人社局领导找到余利富，希望他支持解决。余利富二话不说，马上带着公司领导亲赴剑河。他们跋山涉水，走村入户，帮助困难户劳动力来杭州上班。余利富给他们播放企业生产条件、食宿环境视频，承诺提供的岗位能够达到"两包"条件（包住宿、包工作餐）。来杭来淳务工人员做满3个月，可报单趟路费；做满6个月，可报往返路费。两地人社部门还在新联公司成立"杭州淳安职业介绍窗口"。经过耐心细致的工作，困难户离家太远的顾虑打消了，第一年就有50名到杭州工作。如今230多名剑河籍民工在新联公司上班，平均每年收入六万元，剑河党支部、剑河民工之家先后在公司成立，成为当地受人羡慕的职业。

余利富凭着挚爱故乡的情结，顺应时代潮流，顺势而为，成效卓越。在世纪之交的年代里，中国实业界唱主角的将是一大批"儒商"。余利富称得上一大批儒商中的一员，在创业办学的路上，迎接他的是鲜花也可能是荆棘，但他凭借故乡情结，定能与大批"儒商"一样，披荆斩棘，勇往直前！

# 赓续国茶四代人

2021年5月，章成花被中国茶叶流通协会评选为"国茶工匠"，这对出身茶叶世家的章成花来说，是"一生许茶"的实至名归，也是薪火传承的茶叶世家的莫大荣耀。

在中国，几乎人人都喝绿茶。因为绿茶是我国产量最多，栽种和饮用范围最广的茶种，而国外以红茶为主，所以，绿茶堪称中国的"国茶"。

1958年，章成花出生于遂绿原产地叶祀村，高中毕业后就进入淳安遂绿茶厂制茶，从事茶叶专业生产长达40余年，现任淳安鸠坑万岁岭茶叶专业合作社理事长。她家前世今生，与茶结缘，爱茶基因代代传承，赓续国茶几代人，称得上是淳安的"茶世家"。

浙、皖、赣三省交界的大山中，盛产优质高山绿茶，著名的婺绿、歙绿、遂绿被称为中国绿茶金三角，这里是中国绿茶的核心产地。章成花的家乡是遂绿原产地，歙岭脚下的叶祀村，祖父是种茶大户，父母公婆皆是当地种茶、制茶能手。太祖父章茶山是清末当地出名的茶商，在徽州屯溪开办茶行，将遂绿、屯绿、歙绿经营得风生水起，他经营的国茶，远销十多个国家和地区。从小在茶园里长大的章成花，受长辈言传身教，久经茶文化熏陶，从小爱茶，长大后，传承了祖业，掌握了种茶、制茶技艺。现在鸠坑万岁岭的"鸠坑毛尖"远销英、美、日等国，享誉国内外。因此，她成了我县茶产业的领军人物，多次受到县政府的嘉奖，2017年在杭州市非物质文化代表性项目绿茶制作技艺大赛中荣获"茶技艺能手"称号，2017年被县人民政府评为"千岛湖十大匠心茶人"，2019年被县委人才办授予"五星级乡土人才"称号，2020年被县人民政府授予"千岛湖工匠"称号，2020年被杭州市农业农村局授予"杭州市乡村产业技能大师"称号，2021年在"中国·千岛湖茶博会"上被授予"千岛湖匠心茶人"称号，2021年5月获市级"鸠坑毛尖茶制作工艺""非遗"传承人称号。

## 遂绿原乡，茶叶世家

章成花的父亲章发根出生在歙岭山麓的一个偏远山村——叶祀村，这里与安徽省歙县一岭之隔，是遂绿原产地。章家祖祖辈辈世居在遂绿茶乡，从事茶叶生产，章发根是方圆几十里知名的种茶大户和制茶能手。1949年中华人民共和国成立以后，章发根任村农会主任，后担任大队长，其间，带领全村茶农种植优质茶叶达千余亩，同时，还创办了全公社第一家水轮发电茶叶初制加工厂，使叶祀村成了全公社重点产茶叶村。章成花高中毕业后，回村跟着父亲从事茶叶培管和茶厂制茶管理，在村办茶厂学炒茶、评茶，掌握了传统手工制茶的基本技能。1982年出落成大姑娘的章成花被推荐进了社办企业——郭村遂绿茶厂当评茶员。胡大文是遂绿茶厂的厂长，胡大文的儿子胡明亮在部队服役，回家探亲就与章成花一见钟情，结成伉俪。胡大文家也是茶世家，家住瀛山之麓，瀛山胡氏的祖先与章成花的太祖父共同在徽州屯溪经营过茶行，两家是世交。据传，瀛山胡氏的祖辈与瀛山书院创始家族詹家有着联姻关系，瀛山胡氏曾是詹氏的外甥，成了詹氏旺族的至亲，南宋朱熹在瀛山书院讲学时，胡氏祖先曾时常用自家精制的上等好茶和家乡菜肴——瀛山汤瓶菜，款待朱夫子。淳熙年间，朱熹还特地从江西婺源带来浮梁香茶良种和优质油茶种子，在瀛山周边村，送给瀛山脚下的胡氏、章氏、詹氏族人栽种。胡氏种植的千亩茶园长势最旺，茶园环绕半亩方塘，青翠欲滴，碧绿连绵，胡氏家族将精心栽培的浮梁香茶，经过手工精制后，赠给朱夫子品尝，上等好茶配上源头活水，气味香甜，令人通体舒泰。故遂安茶农有民谣曰："遂绿茶，浮梁种，甜美可口香喷喷。若问香茶哪里来，朱熹应得头等功。"遂绿茶，至今已有890多年的历史，王兆槐《我的故乡遂安》一文中写道："我的故乡遂安瀛山书院盛产遂绿茶叶，当时闻名世界的龙井香片就是用遂安绿茶原料精制而成的。"

遂绿茶，以产地遂安而定名，尤其是遂绿眉茶，为中国绿茶珍品。遂绿茶历史悠久，饮誉天下，早在清朝末年就大量出口，远销50多个国家和地区。1915年，在巴拿马万国博览会上，遂绿就以其上好的品质赢得金奖。

20世纪80年代初，郭村公社（现属姜家镇）为了重振遂绿，使茶农增收致富，1980年规划筹建遂绿茶厂。茶厂选址在南宋"一代儒宗"朱熹讲学而闻名的瀛山书院山麓，寓意"瀛山书香润遂绿，源头活水烹佳茗"。书香茶香，相得益彰，著名书法家郭仲选为其题写了厂名——浙江省淳安遂绿茶厂。厂房占地11亩，拥有有机茶基地12000余亩，茶叶原料选自海拔800至1500多米的雾多、湿度大的高山茶园。据民国十九年（1930年）《遂安县志》载，郭村，因盛产遂绿，且贸易甚广，成为遂安四镇之一。

在党的十一届三中全会春风吹拂下，中国进入了以改革开放和社会主义现代化建设为主要任务的历史新时期。时任淳安县委书记的章耀德曾多次赴郭村公社调研遂绿茶厂筹建工作，从产茶大县临安调任我县的章耀德书记深入茶乡，访茶农听民意，茶农们亲切地称章耀德书记为"茶书记"。郭村遂绿茶厂，就在这春风化雨正当时时应运而生了。

说起遂绿茶厂，不得不说遂绿茶厂的创始人——胡大文。胡大文身为遂绿茶厂党支部书记兼厂长，在遂绿茶厂的初创和发展历程中，呕心沥血，为遂绿茶业复兴、发展，打造匠心产品，勤勤恳恳、埋头苦干，他的一生与遂绿结下了不解之缘。

胡大文，初中毕业后，曾任郭村供销社茶叶收购站评茶员，后调任郭村公社任茶叶干部，分管茶叶工作。1962 年，国家为度过困难时期，精简下放干部支农，胡大文响应党的号召，毅然回村，到霞五村担任大队长、党支部书记。1979 年下半年，胡大文负责筹建遂绿茶厂，担任茶厂党支部书记兼厂长。胡大文深知自己肩负着振兴遂绿茶，传承创新遂绿茶的使命担当，他脚踏实地，清廉自守，无私奉献，忘我工作，一心为茶。他兼任遂绿茶厂厂长期间，大力开辟新茶园，改造老茶园，推行精制茶，积极推动茶叶生产和茶叶精加工。

遂绿茶厂，是浙江省茶叶进出口公司定点生产出口眉茶的社办企业，主营收购、加工、出口绿茶，兼营内销烘青、花茶。胡大文常说，质量是企业的生命，以质量求生存，以效益求发展。在茶厂筹建过程中，胡大文一手抓好工程进度，一手抓好投产前准备工作，重点抓好仓库、车间加工、机械的布局，设立了"六科三室"即企业质量管理（简称生技科）、安全生产科、计量科、财务科、供销科、保卫科，茶叶审评室、环保室、综合档案室。在质量管理上，他制定了一系列质量管理制度，着重抓住原料进厂第一关，原料的质量、杆样审评定级，按毛茶的"外形五项""内质四项"要求，严格验收把关。

抓好企业员工素质提升是企业生存发展的根本。在筹建茶厂期间，厂长胡大文亲自带领茶厂技术骨干到县属淳安茶厂培训，系统学习了茶叶进厂验收、审评、定级、精制茶叶拼配、车间精制加工、出口茶箱的制造，及仓库管理等技术，历时半年。

遂绿茶厂经过几年的生产运营，在全省同行中产量、质量、经济效益均有显著成效，平均每年生产各类茶叶2500余吨，年产值8000万元，遂绿茶厂跻身于全省出口绿茶规模企业。遂绿茶厂致力于资源整合和新产品开发，实行产品系列化，质量稳定，效益年年攀升。遂绿茶厂走过了初创、竞争、壮大阶段，遂绿茶叶在传承与创新中，根据绿茶特点，精加工制成了"特珍、珍眉、秀眉、雨茶、贡熙"等5大类16个等级。针对国内对遂绿茶的需求量大，且有较大市场空间的现状，遂绿茶厂于1987年11月，又在章村建起了内销车间，建立遂绿二厂，该厂占地面积1350平方米，遂绿茶厂生产的绿茶外形硕壮、锋苗显露、香浓味醇，叶底柔嫩厚实，内含物质丰富，深受客商青睐。遂绿茶厂由于产品优质，适应市场销售，名列全省茶企业前茅，连续几年被评为国家AAA级质量信誉单位、消费者信得过单位、市级农业龙头企业，获得了国际国内各项企业管理认证及有机产品认证。1981年以来特珍一级、雨茶屡次荣获国家对外贸易部优质产品奖；1986年特级珍眉荣获第五届世界优质食品金奖；1988年12月，瀛山牌特珍一级、珍眉一级荣获省优产品；1991年遂绿仙茗在中国杭州首届国际文化节评比中，荣获"中国文化名茶"称号。

## 一生许茶，茶惠百姓

"一生许茶，茶惠百姓"是茶人章成花的一生追求，茶人，是对制茶、爱茶人的茶香雅气称号。章成花的茶业生涯，已有40多年。40多年来，她始终坚守在"茶"的岗位上，默默奉献，为淳安茶业发展尽了一份自己的责任和力量。

章成花，自高中毕业就进入淳安县郭村遂绿茶厂工作，在遂绿茶厂一干就是16年，积累了丰富的制茶经验和茶叶营销本领。1996年，一个偶然的机会，她在千岛湖茶叶市场遇到前来销售鸠坑茶的金塔村支部书记汪贵华，在交谈中，汪贵华倾吐了鸠坑茶销路不畅的苦衷，恳求章成花帮村里跑跑销售业务，章成花凭借手头上的客户资源，帮助金塔村联系了多家客商，由于章成花多年来的诚信经营和鸠坑茶的优良品质，鸠坑乡金塔村的鸠坑毛尖销售一路看好，短时间内销往杭州、临安、上海的订单接踵而至，单上海一地订单就达上百吨。

鸠坑乡通过招商引资，将章成花诚招到鸠坑乡兴办茶企业，1997年章成花在鸠坑乡成立了自己的茶厂，开始在鸠坑乡收购和加工茶叶，为鸠坑乡的茶农带来了源源不断的订单。后来，乡里希望章成花能成立一个茶叶专业合作社，带动茶农共同致富。于是章成花在2007年成立了鸠坑万岁岭茶叶专业合作社，为鸠坑乡茶农提供"统一培管、统一标准、统一采摘、统一加工、统一包装、统一销售"一条龙服务。以前，茶农除了要种茶，还要采茶、制茶、卖茶，而茶叶专业合作社建立后，茶农只要把茶园经营好，将鲜叶采来卖给合作社就可以了，真正实现了"采茶不制茶，制茶不采茶"的目标。合作社经营管理采取"合作社+农户+基地"的运作模式，促进了"茶叶增效，茶农增收"，振兴了鸠坑茶，带动了鸠坑乡的茶产业发展。

鸠坑万岁岭茶叶专业合作社成立之前，茶农家家户户做干茶，一家人从早上四五点钟就上山采摘茶叶，直至晚上五六点钟回家，晚上还要连夜赶制茶叶，几乎忙得没时间睡觉，早上天还没亮就翻山越岭赶船坐车到县城卖茶叶。即使这样，一家人一季茶也只有两三千元的收入。而如今，即使是家中年迈的老人，每天轻松采茶，都有两三百元的收入。

作为鸠坑万岁岭茶叶专业合作社理事长的章成花，成了大忙人，从鸠坑乡到淳安县城有55公里的山路，前些年，环湖公路未开通，还得坐船过渡，她一年到头，基本上是鸠坑至县城两头跑，一边抓质量，一边管销售。每到采茶旺季，总有几个月吃住在厂里，她一头扎进车间，严把每一道制茶工序，尽管现在有了机械化的制茶工艺，但她仍然不轻心，每道工序亲自监控，唯恐哪里出差错。她常跟制茶工说："质量是茶叶的生命线，有了质量不怕销不出去。"她抓质量，从茶叶源头的茶园开始严格把关，茶园实行绿色防控，不打农药，不施化肥，采取人工锄草等传统耕作模式，茶叶专业合作社免费提供有机肥，派专人为茶农安装杀虫灯和黄板纸，并将茶叶每年送检五六次，确保茶叶食品安全。

目前，茶叶专业合作社拥有有机认证茶园1210亩，杭州市农业标准化典型示范面积500亩，辐射面积3500亩，先后获得了无公害产地证书、有机认证、农产品地理标志证书。合作社拥有名茶生产车间1500平方米，拥有一套自动化名茶生产线，高峰期日加工6吨茶鲜叶，年产名茶80多吨，外销眉茶500吨。产品远销东南亚及欧洲等国家和地区，国外茶商纷至沓来实地考察并订购鸠坑茶。

近年来，"万岁岭"鸠坑茶在国际国内茶评中斩获了众多荣誉。"万岁岭"鸠坑毛尖和千岛湖红茶"国红金毫"在第十、十一、十二届国际名茶评比中分别荣获金奖和特别金奖。在2016年浙江省著名商标认定中，鸠坑万岁岭茶叶专业合作社榜上有名。如今，茶农与茶叶合作社达成合作的鸠坑茶园共有3800余亩，茶叶年产量以 15% 的速度递增，而章成花则把好几百万的身家都投入到了厂房和制茶设备的升级上。现在除了合作社 120 余户固有成员，还辐射带动了周边村 800 余户，4000 余茶农制茶销茶。

章成花常年在茶园奔忙，没时间顾上修饰一下自己的衣着，一副脸膛黝黑、憨厚可掬的模样，亲朋好友劝她该好好歇息一下了，都拼搏半辈子了，还精气神十足，她很实诚地说："我一辈子就跟茶有缘，做茶 40 多年了，我就是想帮茶农们把茶叶销出去，增加他们的收入，也增加自己的收入。"在鸠坑乡无人不识章成花，群众有口皆碑，茶农心悦诚服，常常夸奖她、感激她："多亏了章成花这位女老板啊！"章成花人生的最大追求，就是把茶叶事业做好，让鸠坑茶的品牌打响，让"万岁岭"鸠坑茶这张金名片熠熠生辉。

## 薪火传承，茶香绵延

章成花儿子胡必勇，35 岁，大专文化，茶叶世家出身，学成归来，跟随母亲学习遂绿茶制作工艺技术，从事茶叶生产已有十多个春秋，2012 年 3 月，注册 300 万元，创建了杭州千岛湖鸠茗茶叶有限公司。技高人胆大，十多年在茶叶市场上的打拼，让胡必勇练就一手操作技能和市场应变能力。他在原有生产技术流程上进行技术改造和提升，形成了较有特色的鸠坑茶新的加工技术流程，使公司生产的茶产品更符合现代人的饮用习惯，进一步拓展了市场影响力。同时，为了满足不同消费群体需求，2013 年茶企在胡必勇的带领下，成功开发了一款具有独特色、香、味、形的鸠坑种红茶，进一步提升了公司的生产能力，提高了茶农的生产效益。公司在推进鸠坑乡茶叶产业化建设中的龙头作用日益显现，闯出了壮大公司与茶叶产业化发展的双赢之路。

2018年8月在第十二届国际名茶评比中，该公司生产的"千岛湖红茶"和"千岛湖春露茶"双双荣获金奖，"千岛湖毛尖茶"获得银奖。2018年3月胡必勇荣获淳安十佳"新农人"称号，作为淳安县新生代企业家联谊会会员、高级评茶员，他以崭新的姿态成为茶人世家第四代传承人。

余倩倩，35岁，大专学历。因为茶缘，她与胡必勇结成姻缘，在茶世家的熏陶下，耳濡目染，茶艺日臻完美。2015年，她与丈夫一同踏上振兴鸠坑茶的新征程。2016年开通淘宝店，尝试线上运营，推广鸠坑有机茶；同时创建企业微信公众号，推送企业动态，分享传播茶文化。2017年在千岛湖鱼街选址创办万岁岭鸠坑茶茶文化体验馆，在销售茶叶的同时，开展相应的茶艺培训以及与茶相关的各类茶文化活动，让更多的人认识鸠坑茶，爱上鸠坑茶。甘于付出，终得成长。三十而立的她已有多项荣誉加身：中级茶艺师、高级评茶员、淳安县鸠坑万岁岭茶叶专业合作社理事、杭州市女企业家协会会员、淳安县女企业家协会理事。她在茶路上砥砺前行，传承经典，创造鸠坑茶新辉煌。

章成花"茶世家"的故事还在继续。

故事是人生的段落，"茶世家"这个段落另起一行，却仍然坚定地赓续着……

不仅有茶，还有诗和远方！

# 最是文化能致远

　　唐代诗人杜甫曾在《曲江二首》中提到"人生七十古来稀"。七十四岁，本应含饴弄孙，颐养天年，可就有这样一个老文化人，以年逾古稀的年纪奔波在屏门乡各个村落之间，自编自导了一个个赞美屏门的文艺节目，为家乡的父老乡亲带去一场场精彩的演出。

　　他，就是临岐镇原文化站站长童志荣。退休，对其他人来说意味着休息，可对于童志荣来说，退休是新生活的开始，退休之后的生活反而比之前更为忙碌。退休十多年的他，常出现在各村的文艺晚会上。近年来，去屏门"九瀑界"旅游的人越来越多，他又当起了业余导游，带领着游客游览屏门的山山水水。童志荣说："退休了，那时也是想过要休息的，后来好多人让我帮忙写歌谱曲、写剧本，我有这条件，也就尽力去做。"质朴的话语中透露着老文化人对文化工作的尽职尽责。

　　2011年，童志荣被选为屏门乡秋口村文化宣传员，之后，他立足乡村文化，及时了解和掌握国家大政方针，结合本村的思想文化动态，推出了一大批主题性文艺节目，这些节目无论内容还是语言都紧扣时代脉搏，用村民喜闻乐见、易于接受的形式，用真情实感，贴近普通百姓，用鲜活事例把党的政策理论具体化、形象化，融进乡村群众的日常生活，赢得了村民的点赞。

为宣传贯彻党的十九大精神，老童自编自导睦剧《十九大精神放光芒》《歌唱建设新农村》，为宣传五水共治工作，他创作了睦剧《屏门环保娘子军之歌》《六大嫂喜夸五水共治新气象》，为做好村级组织换届选举宣传，他组织睦剧演唱队到各村举办"村民自主选干部，基层民主新风尚"主题睦剧巡回演出，让老百姓听得懂，喜欢听。

童志荣结合自身才艺发挥余热。他从小自学乐器，练就了一身多才多艺的本领，笛子、二胡、葫芦丝、电子琴、锣鼓，十八般武艺拿得起放得下，他自掏腰包购买了二胡、京胡、月琴、唢呐、鼓架、锣架等器材。在跳广场舞的同时，他为了丰富节目内容，还特意编排了几个曲艺小品穿插表演，《秋口好家风之歌》《五彩竹马迎秀水》《万众一心防控新冠肺炎》深受大家的喜爱，"竹马班""夕阳红鼓乐队"以睦剧形式讴歌了真善美，传递了正能量。

童志荣说："能看到自己编排的作品登上舞台，受到乡亲们的鼓励欢迎，我的心里也是很有成就感的，这就是我的幸福啊。""政策理论说唱团"就在此基础上诞生，接过这个重担后，童志荣也深感不易。场地、演员、费用，任何一点差错都牵动着他的心。为了更快更好地排练出新节目，童志荣和演员们经常晚上一练就练到十一点，回到家，他还要根据表演情况修改剧本，并不断构思新剧本。在准备演出那短短几个月的时间里，他消瘦了很多。担任村级宣传文化员的十几年，老童的高血压、高血糖、高血脂"三高"越来越严重，每天都要吃药。家里人劝他歇息下，但都拦不住他，家属清楚他的倔脾气："要么不做，要做就要做最好。"家里人只好在背后默默地支持他。

童志荣说："乡亲们相信我，让我组织他们进行演出，我就不能辜负他们的期望。"在"政策理论说唱团"巡演之前，童志荣围绕学法用法编了小品《拆迁》《十劝》，围绕新农村建设编了《夸夸新农保》以及自编自导的尊老敬老小戏《老来俏》等十多个节目。一经演出，受到了广泛欢迎。在担任乡镇文化站站长的三十多年中，童志荣绞尽脑汁凑设备，自掏腰包垫开支，竭尽所能传承睦剧艺术，展现乡村美丽风光。在童志荣的带领下，他所在的文化站的工作始终高质高量，他个人也多次受到上级嘉奖。他退休不褪色，近年来，先后获得浙江省第二批优秀民间文艺人才、杭州市"十佳乡村文化公益使者"和"最美淳安人"、第二届"淳安县道德模范提名奖"等荣誉。退休后的他，为屏门乡创建中国"睦剧之乡"、浙江省"文化强乡镇"做出了较大贡献，同时，他所在的村也被评为"杭州市文化示范村""杭州市文明村"和"十佳活力农村文化礼堂"。

他说："我干了一辈子文化，现在是怎么也放不下了。"面对荣誉，他说："这些都是领导器重我，我也只是做了力所能及的事情罢了。""积一生之经验，攒一生之技能，绽开与自身、与社会有益的花是晚年的责任。余热发光，爱心奉献才是我晚年的幸福。"也许，这就是童志荣真正的幸福生活。

童志荣从事农村文化工作 40 余年，是一位乡村文化战线的"老兵"，乡亲们称他是农村文化的"痴人"。退休后的他，满腔余热"点燃"了乡村睦剧舞台。他创作的乡村文艺作品"党味"浓、"鲜味"足，他用倔强脾气，擦亮了乡村文化"金字招牌"。现如今，老童经常带领他组建的三支乡村业余文艺团队，在周边乡镇和本乡各村落举办多场演出活动，农村文化生活日渐丰富。最近，他又忙着辅导屏门乡睦剧剧艺社的小学员们，学习原创红色睦剧《红色金陵好风光》，以唱睦剧知党史形式，寓教于乐，赓续红色精神。

# 千岛湖畔种葛人

"南葛北参，植物黄金。"葛，是植物黄金，浑身是宝，其根可以食用，可炖汤或制成葛粉、葛饮料等相关产品。葛是药食同源产品，也可入药，有解酒祛毒及美容养颜之功效。其藤可以直接当扦插种苗，花可以制茶，茎可提取纤维制衣，叶可以作为畜禽饲料。葛根，素有"亚洲人参"之美誉，日本人把葛根誉为"长寿龙根"，葛的食疗价值独步天下。

说到葛，就不得不说枫树岭镇夏村陈家源里种葛人——张荣朝。

张荣朝，1992年杭州商学院毕业，先后在温州、深圳电子公司工作，出任长虹集团深圳海得曼公司副总经理。2005年受聘回温州，担任浙江万山红公司总经理。2009年该公司在安徽广德进入了新能源企业行业。2015年对产品进行升级，2016年公司由广德迁至四川成都，并在上海股交中心挂牌上市。张荣朝在商海中搏击浪潮，干得风生水起。可家乡这片热土，犹如强大的磁场吸引着他。

2016年底，他响应县委、县政府号召，回乡创业，被推选为枫树岭镇商会党支部书记兼商会副会长。

2017年回到家乡枫树岭夏村，他以独到的眼光和准确的市场判断力，发现素有"亚洲人参"之称的葛根种植大有市场。他在江苏宿迁考察葛根种植时，了解到：葛的市场需求量在 5000 万吨，而当时国内市场不足 300 万吨；全国需要种植面积 2000 万亩，而当时国内只种植了 60 万亩。葛的需求市场空间很大。葛可以提取葛根素和葛黄酮（葛黄酮每公斤销价可达 3 万余元），葛每年每亩可产出 4000 余斤，公司回购 2 元一斤，亩产值 8000 余元，且当年种植当年可以收获，葛是扎根土里的"金疙瘩"。于是，张荣朝毅然决然注册了惊石科技（杭州）有限公司，立马着手葛根种植。张荣朝这一抉择，无疑为他打开了更大的财富之门，广阔的市场等待着他的到来。

2019 年在枫树岭镇党委、政府的大力支持下，投资 500 万元的鲜葛全产业链项目签约落地，以惊石科技（杭州）有限公司为投资主体的远宏农业开发（杭州）有限公司注册成立，定位是葛根育种、种植、推广、回收、加工、销售为一体的综合农业企业。公司在陈家源流转土地 700 余亩，跨境流转安徽滁州、广德等地土地 600 余亩，两地种植葛根达 1100 余亩，通过葛根深加工，产值达 1000 余万元。

远宏农业开发（杭州）有限公司在发展过程中，注重科研创新，与中国科学院、浙江农林大学技术合作，对葛种进行了选育，培育出适应性广、丰产性好、出粉率高、抗性较强的高产经济作物，并在推广过程中根据市场行情以市场保护价回收葛根，保护种植户的利益，对项目区的葛农还进行葛苗管理、培育优质葛种，及葛粉制造等方面的技术培训；同时，做好葛系列产品的线上销售招商工作，公司线上销售由义乌岩敏跨境电子商务有限公司负责，并在线下招募销售团队，葛根面、葛根粉丝、葛根茶、葛根粉等葛产品已成功进入超市。

张荣朝的愿景是将枫树岭打造成浙江葛根之乡。这一想法一直激荡在他的心头，并且落实在他坚实前行的步履中。

　　首先，再扩大土地流转规模，完成本镇种植1000余亩，投入500万元资金，引进大型葛根加工设备；其次，打造生态葛谷，建成集科普体验、葛文化展示、葛技术交流为一体的农旅结合农业观光基地。目前，"生态葛谷"已种植葛根500余亩，修缮水泥路与基地管理用房。为带动更多村民创业致富，张荣朝打算建立葛根良种母本园1000亩，将"药用葛""超级粉葛"扩大种植面，吸引本地农民安心回乡种葛，为父老乡亲开创一条致富捷径。

　　从小对土地有着深厚感情的张荣朝说，不必东奔西走，在家种葛就可发家致富。他规划用三年时间，为家乡的荒地披上新绿，让葛根真正成为农民土地里的"宝贝疙瘩"。

# 民间风雅韵悠悠

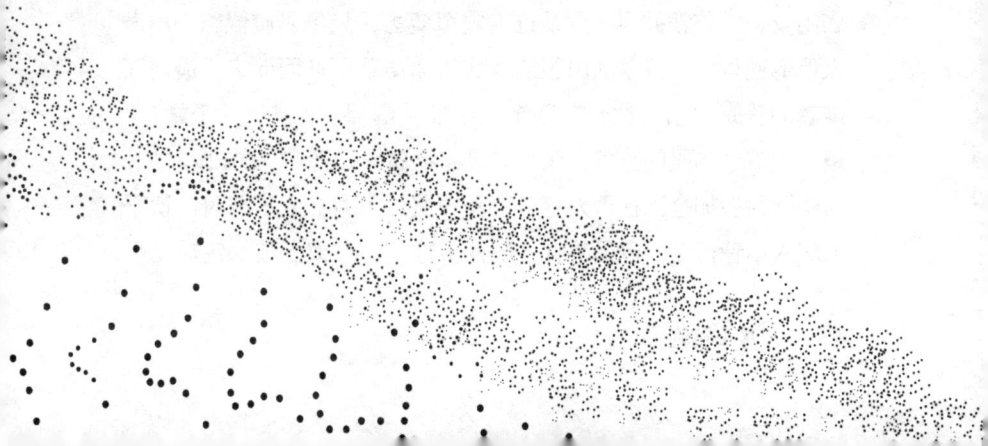

# 秋千露台——中国年里的"精气神"

　　中国人的年，是一个集中展现民间艺术的大舞台。春节将至，我又想起了富山村表演"秋千露台"的情景。

　　每年的农历正月初六，文昌镇富山村都要举行"方仙翁庙会"，此庙会是为纪念东汉方储（当地百姓尊称"方仙翁"）诞辰而举行的。其间，主要活动有秋千露台表演。据清光绪《淳安县志》载，东汉年间，歙东（今淳安）有方储、方侪、方俨三兄弟，俱讲授《孟氏易》，尤方储聪颖博学，知天文五行，精占卜吉凶。章帝元和初年，举贤良方正，对策第一，拜受议郎，转为洛阳令，升迁太常。方姓系淳安大姓，县北东源港一带均建有方仙翁祠庙，庙会活动颇盛。

　　正月初六，一大早，富山村举行的方仙翁出巡仪式启动，秋千露台表演就开始了，表演队伍抬着"方仙翁"的坐像从方氏家庙出发，一阵锣鼓声由远及近，应声望去，只见彩旗飘飘，出游人群逶迤里许。身着演出服装的队伍浩浩荡荡迎面而来，最前面撑着的队旗"富山秋千"四个大字非常醒目。"富山秋千露台"是一项古老的民间艺术，属于省级非物质文化遗产，2012 年曾赴河南开封参加全国秋千大赛，喜获银奖。正月初六表演时，秋千由四人抬着行走，台上装有木制秋千柱架，柱架上装木轮转动十字架，十字架上设四副小秋千，每副小秋千上依次坐着涂有脂粉穿红着绿活泼可爱的小女孩。同时，小女孩左手持有与衣服色彩一样的羽毛绒扇，右手持可借力旋转的红、绿色手绢花。通过四架秋千四位小女孩的齐心协力，台行架翻滚，架转人放歌。通常秋千表演与露台组合，并有乐队伴奏。露台由四人抬着走，台上装有铁支架，三米多高的铁架上站着一位男童，扮演"孙悟空"，铁架上设有一根套有钢管的运动木，露台上站着一位小女孩扮演"铁扇公主"。"铁扇公主"扇动芭蕉扇，"孙悟空"在铁架上翻滚，或高或低，或前或后，煞是惊险。露台前行，伴有锣鼓和歌唱，沿街走村，热闹非凡。

远远望去，秋千露台上表演的一个个戏剧中的人物，仿佛在半空中漫步，令人啧啧称奇，领略到了非物质文化遗产的独特魅力，同时也感受到了别样的民俗风情。

富山秋千露台是淳安民间艺术之瑰宝，它具有表演惊险性、演出欢快性和戏曲艺术性，表演时配有乐队伴奏，场面十分欢快、热闹，其表演形式融杂技、舞蹈、歌唱于一身。富山村正月初六，方仙翁巡游、秋千露台表演，沿途的各家各户皆设香案供奉，鞭炮声、锣鼓声、唢呐声、欢笑声纷纭交错，此起彼伏，天地氤氲，万物化醇，为乡村营造出了浓浓的年味。

# 淳安民歌里的爱情

三十年前，我有幸参加搜集和编纂《中国民间文学（故事、歌谣、谚语）三套集成淳安卷》采风活动。跋山涉水、走村入户搜集整理素材，所见所闻，难以忘怀。现在翻阅这套书——讲述故事的老人那神情，仍历历在目；民歌手那粗犷的歌唱，还萦绕于耳。

初夏的夜晚，万家灯火，万籁俱寂，隐约传来方言土语韵味的淳安民歌："桃红梨白燕唱歌，妹在房中想情哥。往年想哥还犹可，今天想哥心烦恼。哥要躲兵出门庭，妹妹流泪刀戳心。河水能断人行路，快刀难斩哥妹情。"这清醇的歌词，优美的曲调，在寂静的山村夜晚，就像山野的清风，沁人心田。

淳安民歌，有着独特的地方风韵，我常常被歌里的爱情故事感动，寻觅着歌里的爱情传说。淳安山区这块贫瘠的土地上，过去虽然物质条件艰苦，但因为有爱，人们的精神充实。淳安民歌，对爱情的表白直接明了，滚烫的语言，活脱脱地把那急切的心思毫不掩饰地倾吐出来，直抒胸臆。有首《洗衣歌》这样唱道："三月桃花满山岗，十八囡姑想情郎。双脚跪在青石板，哪有心思洗衣裳。一想想到柳树下，二想想到百草场。白嘎是哥哥背褡，红嘎是妹妹肚兜。哎呀一记棒槌敲，敲破中指痛心肠。八幅罗裙撕一块，赶紧包在中指上。只怪自家乱思情，怪不得情哥怪不得郎。"歌里的妹妹纯朴、勤俭、率真。

淳安民歌，生长在山清水秀的旷野山乡，受山越文化、新安文化的浸润，歌调细腻柔和，结构舒展流畅，旋律优美动听，淳安睦剧曲调与乡土民歌有着渊源关系，所以说，淳安睦剧是在淳安民间文学、民间说唱、民间歌舞的基础上发展起来的。淳安民歌中，情歌是一朵瑰丽的奇葩，散发着泥土的芬芳。爱情是生活永恒的主题，古往今来尽管已有多种艺术表现形式，如小说的委婉、歌舞的奔放、诗词的激越，终不及民歌来得轻巧、大方、直白、明了。

淳安民歌中的情歌，不仅曲调优美，旋律动人，还演绎了一段段凄美的爱情故事。如《东家囡人爱长工》："正月梅花朵朵开，长工小哥初三来。初三不来初四来，初四不来不应该。小哥初四果真来，先到厨房看小妹。田地生活都会做，聪明能干又有才。"这是一首叙事情歌，故事里的"东家囡人"是个敢于冲破封建势力束缚的富家女子，与给她家打长工的小伙子相恋，有情有义，生动感人，以十二个月农事变化为衬托，用对唱形式表达，抒发了年轻恋人的爱恋之情。

我不仅被淳安民歌里的爱情故事所感动，还被民歌里那大胆豪放的语言所折服。尽管它土气，土得掉渣；但它大气，大得粗犷豪放；它浪气，浪得让人酣畅淋漓；它美气，美得让人如痴如醉。且听："想哥想得脑壳晕，洗衣木槌当作针，走路走得撞壁角，烧饭不焦就是生。"歌里的痴情女子大胆豪放，率真自然，直白、敢爱，天然去雕饰。

淳安民歌，是历代淳安劳动人民创造出来的民间艺术瑰宝，它的艺术魅力，令人憧憬，令人缅怀，令人如梦如幻。

# 歙岭"金牛潭"传说

　　歙岭，是座海拔千米的大山，横亘于淳安县姜家镇西北，且与安徽歙县交界。走进大山，有种"入得山来不见脸，峰在仰首天上天"的感觉，走在歙岭古道上，不仅有移步易景的惬意，而且有着太多神奇的传说故事。

　　攀越长满传奇故事的歙岭古道，有处土名叫"塘汰"的山坳里，惊现飞流直下三千尺的大瀑布，瀑布下有口深潭，叫"金牛潭"。相传很久很久以前，"塘汰"山棚里，有位寡妇带着儿子住在这里，一日，太白金星路过歙岭，见寡妇儿子布衣大锄挥汗开山挖地，金星怜悯心起，化为一老者跟寡妇儿子说："孩子，我有一头牛，一套银犁具和一根铜牛鞭，借你耕地吧?"寡妇儿子喜笑颜开，双膝跪地叩谢。金星又说："孩子快起来，借你之牛要在三更牵出，五更回栏，银犁具套上不许加鞭，一鞭即飞。不得让外人知道，只见星星不见太阳。记住没?"寡妇儿子连忙回答："记住了。"话说头一天，寡妇儿子跟妈妈说，晚上要去山里守庄稼，驱赶野猪抢食。半夜，便牵出金牛，套上银犁，坠上铜鞭，只见那金牛开山如开豆腐般，麻溜地就赶在五更前犁好了一大坡地。寡妇儿子信守承诺，在五更前牵牛回栏。第二天晚上，照旧。第三个晚上，寡妇心疼儿子，心想连续两个晚上看守庄稼了，儿子也没带干粮。于是，半夜掌灯起锅摊粿，摊好了装入小提篮，就着月色给儿子送吃的。转过两个山口，只见一头金牛鼻孔冒着云雾般的气浪，银光闪闪的犁，把山开得哗啦啦响，儿子正把着犁在犁山。寡妇惊得大叫："啊!"寡妇儿子本来左手扶犁，右手执鞭，听到惊叫，本能地扬鞭驱打，一鞭击在牛臀上，金牛也受了惊吓，一声"姆——妈"嚎叫，化作金光落入山下水潭，也就是今日的"金牛潭"。银犁飞出化为两座山岗，一座叫杨家底，一座叫白坪岭，铜鞭劈开了对面一座山，现出一湾，叫潘家湾。

金牛飞入山下水潭，儿子很是生气，把他妈妈挑饭篮的扁担往山下一甩，扁担飞到了姜家甘坞的一座山上，把山戳出了个大窟窿，扁担又弹飞到九门桥下立着，现在九门桥下还竖着一块两丈（约6.67米）多高的条石，形似扁担，那个"大窟窿"名曰"扁担岩"。

有野史说用千年稻草可引金牛上岸，可何处能寻得千年稻草呢?!

# 开山葫芦

　　传说从前，在浙皖交界的歙岭山坳里，孤零零地住着一户人家，老两口带着一个儿子耕种着山上的几亩薄地，日出而作，日落而息，日子虽不富裕，但也还过得去。

　　天有不测风云，当家的患病撒手而去，撒下母子俩相依为命，娘儿俩起早贪黑，春播夏种，秋收冬藏，房前屋后稍有空地都不闲着，瓜豆齐全。一年春天，房前的东墙根下长出一棵葫芦秧，母亲以为是儿子种的，儿子以为是母亲种的，只见这葫芦秧叶茂蔓延，日渐旺盛，花熟蒂落，结了一个小葫芦，说来也怪，那么茂盛的葫芦只开一朵花，只结这一只葫芦，拔掉再种吧，已经过了种瓜的季节，于是便顺其自然吧，撂一旁没去理它。

　　这天，来了个徽州的风水先生，晚上来此借宿："大娘，行路之人路过此地，天色已晚，请行个方便，借宿一晚，明天就走。"老太太一看，来人文质彬彬，面容清秀，不像不善之人，爽快应允："那就住下吧，出门在外也不容易，和我儿子一起住吧。"

　　第二天，老太太看风水先生给她带来不少徽州特产，心里过意不去，为风水先生烙了路上吃的玉米粿，可早饭后，这位风水先生没有走的意思，而是叫老太太儿子陪着房前屋后一顿溜达，当他们来到房前东墙根时，看见了一只硕大的葫芦，风水先生看了看没有言语，和小伙子回到屋里，笑呵呵地对老太太说："本是路过，没想久留，但看这里房前屋后，山水沃野，景色秀丽，觉得和大娘弟弟有缘，想多住些时日，大娘想来不会不同意吧?"老太太说："哪里话，只要不嫌弃茅舍简陋，粗茶淡饭，就请多住几日吧!"正好，地也该锄了，活正多，巴不得家里添个人手，老太太心里思忖。

话说风水先生听太太答应得这么爽快，便说："我早年父母双亡，孤身一人，拜您老人家为义母如何?"说罢，没等老太太缓过神来，便跪地磕头行了大礼，"老娘亲在上，受孩儿一拜!"老太太赶紧走上前去扶起。这一拜不打紧，原来的宾主三人变成了一家三口。

既然认了义子，自然挽留多住几日了，这风水先生手脚勤快，口中"母亲""弟弟"叫着，山前屋后的农活干得干净利落，老太太心中暗喜，上苍关照，送来个现成的儿子，还这么勤快孝顺。

半月有余，一天早晨，风水先生收拾好了随身带的行囊，对老太太说："母亲，孩儿此次出来是有要事要办，外边有生意要去打理，在此与母亲、小弟有缘，已滞留打扰半个多月，孩儿要告辞去办事了，不宜久留。"老太太有些不舍："孩儿真的要走?等妈妈给你做些干粮路上吃。""母亲不用辛苦，我昼行夜宿，用餐自有客栈打理，母亲不用惦念，我此去多则两月，少则一月便回。走前有一事我要向母亲告知，咱家房前东墙根的那只葫芦不是凡品，是八仙铁拐李神葫芦籽遗落此地而生，成熟之后可做开山钥匙，咱家南面山里有大批金银珠宝，用这成熟的葫芦点开山，支住山峰，可进去取宝，切记一点，这葫芦必须百日才能长成，才有开山支撑山峰的力量，差一天也不行。"他告诉老太太某月某日某时是葫芦成熟之时，那时他一定能赶回来，"孩儿未回之前母亲千万别摘葫芦。"老太太一听满心高兴，竟有这等好事？满口答应："知道了孩子，放心走吧，妈妈一定守护好这只葫芦，等你回来。"

听了老太太满口的应允，风水先生背起行囊，与娘儿俩告别上路去打理生意，一路上昼行夜宿……

先不说风水先生去打理生意，说说山里这位守宝的老太太，自风水先生走后，她每天精心地去守护这只葫芦，浇水、施肥、除草，眼见得这葫芦一天大似一天，一天壮似一天，离风水先生告知的日期越来越近了，心里既高兴又忐忑，高兴的是发财的日子越来越近了，忐忑的是这风水先生说的靠不靠谱？终于到了九十九天，她摸着壮壮实实的大葫芦心中犯起了猜忌，真的非得一百天吗？他是不是怕自己忙生意路远回不来才这么说？是不是怕我独吞此笔财宝？这葫芦明明早就成熟了，干吗非得一百天？不能听他的，明天就一百天了，他肯定赶回来，这葫芦管他是谁的籽，长在我家墙根就是我家的，凭啥分他一半？

人，善恶只在一念之间。这时义子的勤劳孝顺全抛一边，殷殷叮嘱也不管不顾了，老太太想到独自拿到这些财宝便可一走了之，这茅舍竹篱还要它何用？

于是说做就做，老太太和儿子一起摘下了葫芦，怕有行人看见，等到日落之后，来到南山脚下，用葫芦点开了山，只听大山"咔嚓"一声巨响，山峰缓缓裂开一条缝隙，把葫芦支在中间，儿子赶紧钻了进去。

贪欲会毁掉一切美好的东西，包括人的信任和良心。小伙子看到眼前的金银珠宝，眼睛都红了，装了一口袋又一口袋……但，成熟期只有九十九天的葫芦功力尚不足，只听又是"咔嚓"一声，未十分成熟的葫芦经不住大山的挤压，粉碎了，大山瞬间合拢如初……

第二天，风水先生来到歙岭，面对痛苦不堪的义母，无言以对，能说什么呢？老人家已痛失爱子。

他临走之前，留给了老人家一部分银两，安慰了一番，并详细告诉了老人家他发现这只宝葫芦的来龙去脉……

两月前的一日清晨，他去水缸舀水，低头一看，有一繁叶青蔓的葫芦秧影子映在水缸里，赏心悦目，他平日里钻研易经八卦，深谙占卜之术，知道有一件宝物已出世，但不知落在何方，他启动占卜术，夜观天象，隐约看见这个宝物落在浙皖交界的歙岭上，正好有生意要去打理，他循着宝物的脉络一路查访到此，见山里有户人家，便以借宿之名住了进来……

传说只是传说，虽不是真实事件，但其中的教育意义是深刻的。

据传，歙岭一带在抗战时期，日本人曾乱采滥挖过铜、铁、锡矿，将此山破坏得千疮百孔。20世纪60年代，省地质勘测队曾到此地进行勘测，发现歙岭一带储藏着数量巨大的金、银、铜、铁、锡等多金属矿资源，验证了歙岭是一座宝山，蕴藏着丰富的宝藏。

# 石塘天子，康塘将，伊家坞出娘娘

姜家碧水青山，风光旖旎。独特的山水风光，厚重的人文积淀，孕育了丰富的民间传说。一个"石塘天子，康塘将，伊家坞出娘娘"的故事，使姜家的一山一水、一石一木都那样鲜活，连绵起伏的大山不知谁竟把它和天子、将才和娘娘联系起来，使幽谷深壑、层峦叠嶂的姜家山水浸润了千年传奇神话的滋养。

## 石塘出天子

石塘村地理环境独特，四面环山，腰悬玉带，背倚太师山，水口特紧，有"三塘龙吐泉，顶上有肥田，怪石若虎踞"三奇，是出天子的风水宝地。

相传，有一年，村前水口的巨石间，突然长出一根偌大的独毛竹，竹腰凸出，像个孕妇，大家都觉得很奇怪。村里有个做草鞋卖的老汉，每天出村卖草鞋都要到毛竹根头撒泡尿，使竹子越来越茂盛，凸处越来越大。一天，老汉刚给毛竹撒完尿，突然一阵奇风拂过，从竹后飘出位银须白发的老翁，手持蒲扇，指着毛竹对他说："从明日起，你只要每天往毛竹枝头上挂一双草鞋，竹根头自会蹦出一个铜钱赏你，当挂满七七四十九双草鞋，竹梢垂到地时，胎熟天子出，老汉成仙翁。此事天机不可泄露，切记！切记！"老汉正要问真假，那老翁蒲扇一拂，腾云而去。老汉急得一跺脚，竟踢在床板上，醒了，原来是个梦。

老汉将信将疑，心想，只要每天挂双草鞋，石塘就出天子，自己即成仙翁，还能得赏钱，真是一举三得，宁可信其有，不可信其无。第二天一早，老汉又出门卖草鞋了，像平日一样撒完尿，顺便试着挂了双草鞋，草鞋刚一挂上，竹根头真的蹦出一个铜钱来。老汉喜不自禁，就把那铜钱放在褡裢的另外一个袋里，以免混同，也好以钱点天数。

草鞋老汉一连挂了三七二十一天，有点不耐烦了。他想：这样一天挂一双，又麻烦又慢，不如把剩下的廿八双草鞋一起挂上去算了，横直都是四十九双，能早出天子早成仙，还能一下子得到二十八个铜钱哩。到第二天早上，他果真把廿八双草鞋一起挂了上去，但地下仍然只蹦出一个铜钱，他心里有点失落，但想到能出天子能成仙，还是乐哈哈地去卖草鞋了。第二天一早去看，竹梢虽弯，但离地面尚有五寸许，心急的老汉索性捧来一只小磨头，用绳索挂上去。刚一挂上，突然一声巨响，竹腹爆裂，里面弹出个红毛红发、尚未开眼的男婴，天子夭折了。顿时，天昏地暗，雷鸣电闪，风雨交加，雷声中还传来一阵阵牛叫声，忽一道闪电，只见观音娘娘手持柳枝，随云而下，一手抱起男婴飞天而去。随即一头神牛拖着金犁沿水口猛地一犁耕了下去，立时山崩地裂，耕出条又长又深的坑。这条深坑，即后来的"石塘坑"；观音娘娘抱去的男婴，后来投胎成了牛魔王与铁扇公主的儿子红孩儿了。

## 康塘出大将

如果石塘天子如期出世，天子就能带领康塘十员大将平定天下。因为石塘天子出世是个盲人，说明他不是真天子，康塘十员大将也只出了一位，还有九位大将未出世，出世的这位大将名叫洪大力，洪大力身为将才，可真天子未出世，这位大将也无用武之地，一身力气只用来耕田挖山。有一年春耕时节，突发洪水，康塘将要到黄村桥田畈里耕田，天上下着倾盆大雨，河里洪水泛滥，一片汪洋。康塘将要到对面田畈里耕作，大雨如注，他索性一手将大黄牛挟在腋下，一手提着犁耙，蹚过河去，看到的人无不惊讶！当地人都知道他是跟随天子打天下的康塘将，只可惜真天子未出世，还有九员大将也没来世，只能屈做一介莽夫，耕田种地了。

## 伊家坞出娘娘

石塘真天子出不来，伊家坞娘娘也当然出不出来了。相传，当年遂安县从木连村迁址到狮城，需建城墙、道路和桥梁，建造基础设施需要许多建筑材料，单说建造一座九门桥，就需要大量的石材，据说，这些石材都是从十六都源里的伊家坞村一带采来的。不说这巨大工程的石头是怎样采下来的，就是搬运也成了一大难题。相传是得到神仙帮助，神仙将建造九门桥的大石头变成一大群鸭，从十六都源方宅、伊家坞往狮城赶，神仙赶鸭路过伊家坞村木桥边，见一位衣着朴素的年轻姑娘正在溪埠头上弯腰浣衣、洗菜，神仙对着那姑娘背影问："姑娘可看见一群鸭子出去？"那天，天气晴朗，河里如镜子般清澈，神仙走近看见，那姑娘是个癞痢头，但倒映在水中的姑娘是位头戴凤冠的皇后娘娘，那神仙正诧异，姑娘回头跟那赶鸭人说："鸭子我没看见，我看见那些大石头往外滚。"姑娘话音刚落，那些大石头就再也不滚动了，神仙知道，天机不可泄漏。到现在，伊家坞溪滩里的石群依然可见，俨然一群石鸭。

伊家坞村前屋后都是青石塔，这种石头叫石灰岩，该村由于石灰岩多，伊家坞人就用这种石头烧石灰赚钱，这是一种最苦最累的行当。但凡有一点田地，人们都不会去吃这个苦，烧石灰卖钱也实在是无奈之举。

伊家坞娘娘是配石塘天子的，真天子都未出世，怎么会出娘娘呢？遂安十六都源里有这样一句俗语："石塘天子，康塘将，伊家坞出娘娘，娘娘出不来，出了一班烧灰匠。"意思是说，如果伊家坞出皇后娘娘了，那村人都是皇亲国戚了，还用得着烧石灰吗?!

# 苏家畈村出了个苏娘娘

东晋时期，中洲镇武强溪畔秀山媚水曾孕育出了一位才貌俱佳的红颜才女——苏娘娘（苏小小）。让我们一起看看这位绝美才女的故事吧！

青山此地曾出玉，风月其人可铸金。
雾蒙青山一孤塔，若解多情寻苏家。
千载芳名留传说，韵事风情著文章。

苏氏家族渊源深长，在东晋时期，先世曾在东晋朝廷为官，为逃避战乱，隐居武强溪畔苏家畈。此地山清水秀，地势平缓，荒野中有一条小溪弯曲有致，奇美无限，溪水清澈，清波荡漾，苏氏家族以姓氏定名"苏家畈"。自古美女出苏家，苏氏在这里生活了几代，有一苏氏族人生育了一个绝代美人，而且聪明伶俐，勤奋好学，自小能书善诗，棋、琴、书、画样样精通，此人即苏娘娘。苏娘娘六七岁的时候，就楚楚动人，音似莺歌，行若莲动。有一年正值酷暑，天气炎热，烈日灼人，她偷偷游至苏家畈村上村头小溪深处，这里山高水凉，人迹罕至。她选了一汪清澈潭水处，脱裙解带入水沐浴，洗完澡，穿好衣服，坐在溪边一个状如圆凳的石头上，右侧有个梳妆台状的石头，她将铜镜、木梳放在上面，对镜梳妆。她走后，留下许多印迹：溪边有坐印，山岩有脊背印，双手摸过的地方有手指印、木梳印、铜镜印……

苏家畈村忆苏娘，塔遮夕阳人了了。
纵有青山水长流，多情自作情未了。

苏氏家族本是书香门第，后来家境破落。苏娘娘十五岁时，父母相继谢世，苏氏家族先人和叔父领养苏娘娘，苏娘娘流迁到钱塘城西的西泠桥畔，成为钱塘一带最有名的诗妓。苏娘娘又称苏小小，因为她身材娇小，能歌善舞，诗琴书画，样样精通，受到许多文人雅士的追捧，其中有一位穷书生叫鲍仁，文韬武略，气宇轩昂，苏娘娘暗香浮动，以身相许。曾作诗一首：

妾乘油壁车，郎骑青骢马。
何处结同心，西泠松柏下。

秀才鲍仁在苏娘娘的资助下，苦读四书五经，皇天不负有心人，终于高中。可是几年不见心上人鲍仁音讯的苏娘娘，相思成疾，二十三岁就香消玉殒，魂飘九霄了。传说秀才鲍仁高中后，奉命出仕滑州刺史，顺道经过钱塘，却正赶上苏娘娘葬礼。鲍仁白衣白冠抚棺大哭，出资把苏娘娘葬于西泠桥畔，墓前立碑，上刻"钱塘苏小小之墓"。后来诸多文人骚客前往苏小小墓前凭吊，于是当地人在墓前修建了一个"慕才亭"。后人因仰慕苏娘娘文采，曾撰诗赞曰：

柳杨春风水清浅，暗香浮动月明见。
雾蒙流翠一湖水，才如清泉命如茧。
红尘有情亦无真，丹心留取为谁献？

# 朱元璋与"万岁岭"鸠坑茶

万岁岭，亦称谷雨岭，坐落在淳安鸠坑源与安徽歙县璜蔚源交界处。因当年朱元璋带领义军在此屯过兵、操过练、打过仗，朱元璋当了皇帝后，亲赐谷雨岭为"万岁岭"。自此，这座普通的山岭，便留下了诸多神奇的传说故事，平添了几分人文灵气。

相传元至正十七年（1357年），朱元璋在安徽太平县的起义军惨遭朝廷镇压，带着幸存兵马，从安徽南下浙江，采纳了军师朱升"高筑墙、广积粮、缓称王"的建议，广纳贤士，招兵买马，扩充队伍。在经过淳歙交界的谷雨岭时，军师朱升见这里山岭连绵，峰峦叠嶂，便于隐蔽，且能攻能守，就提议屯兵休整。朱元璋接受了他的建议，命部队停止前进，在谷雨岭安营扎寨。朱元璋义军在谷雨岭一带修起了"打天岩""打铁岩"和"牧马岩"三个寨。打天岩供将领们商议军机大事，打铁岩用来锻造兵器，牧马岩作屯草放马之用。朱元璋亲领士兵，天天在打天岩前的平地上练兵布阵。

谷雨岭上常年云雾缭绕，雨量充沛且光照充足，冬暖夏凉的自然环境非常适宜茶树的生长。因此，这里成了茶树生长的"风水宝地"。刚好是清明时节，漫山遍野的茶树已清香吐芽，茶农们开始上山采茶。一边是将士们热火朝天的练兵声，一边是茶农们欢快的采茶歌，一时间，谷雨岭上好不热闹。

春天多雨，尤其是山里更是雾重气湿，部队又整天练兵，士兵们常常汗一身，雨一身，贴身的衣服一会儿被体温烘干，一会儿又被汗水和雨水湿透。时间一长，风寒侵袭，义军水土不服相继病倒，几乎每天都有人倒下。见此情景，朱元璋不由得心生焦虑，忙与军师和军医商榷。正当一筹莫展时，山下来了一位老茶农，随身还带着两大包茶叶。他对朱元璋说："我有一个治风寒的偏方，可愿意试试？"老茶农的话让朱元璋眉头舒展，他连声说："愿意、愿意，只要能治病就行。"

老茶农叫人把茶叶拿到伙房，并吩咐赶紧生火烧水，转身又钻进了草棚。在草棚里他找到了茅草根和葛藤，又问伙头要来了生姜和大蒜，然后一并剁碎放入锅中大火熬制。水开后，他倒入茶叶继续熬。大概过了一个时辰，茶汤熬好了，老茶农舀了一碗请朱元璋品尝。朱元璋接过碗，慢慢喝下，片刻间就觉得一阵阵热气从体内升腾，筋骨渐渐舒缓，整个人一下子神清气爽了许多。也许是第一次喝到这种茶汤，朱元璋不由得大喜，忙传令立刻把茶汤送到各个军帐，分到每个将士手里。

果真，过了两天，风寒被控制住了，生病的士兵也渐渐好转。而此时，元兵得知朱元璋部队的藏身之处，前来讨伐。消息传来，朱升胸有成竹地对朱元璋说："凭谷雨岭这样的地势，抵挡几千元军不在话下。"说着，又指出岭上只有一条通道，等元兵过了山岙，就用树段、石头切断他们的退路。

第二天，浩浩荡荡的元兵大军进了谷雨岭，快接近练兵场时，突然战鼓雷鸣，埋伏四面的义军勇猛出击，杀得元兵死伤无数，元兵纷纷丢盔弃甲而逃。这一仗朱元璋大破元军。战斗结束后，鸠坑源的茶农们挑着茶水、带着苞芦粿赶来慰问。朱元璋一边喝着茶，一边乐呵呵地说："多亏有这鸠坑茶，不仅救了士兵们的命，还帮我们打了胜仗。"只可惜，朱元璋的战马被元军毒箭射死，他很是心痛。朱元璋做了明朝开国皇帝后，还派专人来此地厚葬了战马，又封谷雨岭为"万岁岭"。至今，打天岩的练兵场上还有 108 个土堆。据说，其中某一个土堆下还有军师朱升埋下的一面金锣呢！相传，如果谁能一口气数出 108 个土堆，谁就会得到那面金锣。

朱元璋在谷雨岭重整旗鼓，旗开得胜，扭转了局面，从此节节胜利。从谷雨岭发兵到鸠坑攻打威坪镇及淳安县城和桐庐县城，再战金华，攻下杭州，建都南京，国号大明，年号洪武。同年攻克大都（北京）推翻了元朝统治，统一了天下。

朱元璋做了明朝开国皇帝以后，非常思念万岁岭鸠坑茶，他常常念叨："多亏万岁岭鸠坑茶，救了义军性命，又帮我打了胜仗。"一日，朱元璋微服私访来到通县一个古庙时，口渴难忍，便坐下歇息。恰在此时，从茅草棚里走出一茶商，正是淳安鸠坑茶客，他给过路人倒了一杯茶水，朱元璋喝完茶问道："这是万岁岭上的鸠坑茶？"茶商说："是的！"朱元璋喝了这杯茶，回忆起了万岁岭率兵操练的那些艰辛时日及痛饮鸠坑茶的畅爽！于是就向茶商亮明了身份，亲赐鸠坑茶商为通县七品县令。茶商献茶当县令，一时间传得神乎其神。在通县县城有一名苦读十年，几次赴考不第的书生心中愤愤不平，便于古庙墙上写了一联："十年寒窗下，不如一杯茶。"翌年，明太祖重游此庙，见此联，知道是针对自己而题，遂提笔写道："他才不如你，你缘（命）不如他。"

# 后　记

一位美学家说过，人在山边便是"仙"。因为山是空灵的，使人有飘飘欲仙之感，能给人带来写作冲动和灵感。我家住在瀛山脚下，瀛山是处钟灵毓秀之地，朱熹一首《咏方塘》，使此山始重。千年瀛山书院，朱熹"往来论学于斯"，这里是一处"学术论辩"的"会文之所"，也是一处培养士子的"摇篮"，是淳安之文化高地。新作《瀛山随笔》面世，是我几十年坚持读读写写，对家乡山水、人文的直抒胸臆和华丽表达。

书中的百十篇文章，是我几十年来在报章上"华丽表达"的结晶。对于很多时尚的现代人来说，我抒写的东西也未免"太土气"，但我愿意宁静于乡土生活，也乐意写下泥土气息的文字，这是大山的"馈赠"。

正是如此，我决意要把这本书印出来，书中文章没有珍珠，只有贝壳。就像出海去捕大鲸的渔民，路过沙滩发现那里没有珍珠，但有十分精美的贝壳，不妨也拾起来，那也是一种收获。我熟悉农村，我热爱大山，更热爱大山里的人，农村百姓的喜怒哀乐在我灵魂里，酸甜苦辣涌动在我的血管里，我深深地爱着、恋着生我养我的故土，《瀛山随笔》的成书，因为是自己的产出，可当作一份家当保存起来，留给自己，也留给后人。

编织自己的收获梦，把散稿结集成书，这是足够完全的追求。如同没有不留遗憾的艺术一样，许多事的最后效果往往会有缺憾。其实，有缺憾就有点缺憾吧！想做的事你已经做了，其过程也是一种满足，估计有热衷写作又想结集出版的人都会有此同感。

淳安山川秀美，历史悠久，人文灿烂。这里的风土人情、地理风貌、人文历史所承载的乡愁符号和未来的发展任何时候都有可能成为我们的个性密码，都可能成为我们文化软实力的原始基因。"望得见山，看得见水，记得住乡愁！"淳安正是这样有山有水有乡愁的地方。我不时记起艾青的诗："为什么我的眼里常含泪水？因为我对这土地爱得深沉……"我们的家乡是一片美丽的土地、一片红色的土地、一片厚重的土地，更是一片希望的土地。

我深爱着家乡的一山一水，《瀛山随笔》那些朴实无华的文字，无不寄托着我深厚的乡情、乡思、乡愁。

在结集出版《瀛山随笔》过程中，欣喜得到中国作协会员、国家一级作家、中国作家书画院特聘书法家、新疆文联《新疆文艺界》执行主编孤岛（李泽生）先生题写书名。在本书出版过程中，还得到了淳安县委宣传部、淳安县政协、淳安县文联、淳安县文旅体局、淳安县党史研究室、淳安县县志办的关心和指导。

特别感谢浙江旭光电子科技股份有限公司董事长洪旭光、浙江新联外包服务股份有限公司董事长余利富、中匠鲁班（杭州）建设有限公司董事长王文祥，及淳安县鸠坑万岁岭茶叶专业合作社理事长章成花，对本书出版大力支持。

由于作者才疏学浅，本书错误之处在所难免，敬请读者批评指正。

章建胜

辛丑秋月